3
一路煩花
illust. Tefco
第二部
至上!
為女王獻上膝蓋
Kneel for your queen
—好戲登場—

秦苒

20歲，身高約175公分。
父母離異，從小由外婆扶養長大。
高三休學失蹤一年，
看似凡事都漫不經心，
其實有不為人知的身分……？

Kneel for your queen
程雋
身高：大約185公分
京城名家程家的三少爺。
智商過人，十六歲開始創業，
十七歲研究機器人，十八歲時去當小民警，
二十一歲當主刀醫生。

陸照影

身高：大約180公分
京城名家陸家的少爺，
時時跟在程雋身旁，是程雋的左右手。
將秦苒歸類為自己人。

秦語

19歲，身高大約167公分。
秦苒的妹妹。
父母離異後跟著媽媽寧晴到林家，
從小學習小提琴，學業成績優秀。

程木

年齡未知，大約180公分。
隨侍在程雋身旁，
是程家親信的兒子，
與金、水、火、土齊名。

Contents

Kneel for your queen

第一章　完虐成名

「苒啊，」南慧瑤能聽到自己的聲音在飄，「剛剛學姊找妳是……」

「進學生會吧。」秦苒抬手，不太在意地把毛巾扔到桌子上，又拿起手機跟耳機。

語氣不急不緩，幾乎沒什麼波動。

大學宿舍幾乎都是上面是床鋪，下面是書桌。秦苒拿著手機跟耳機爬到床上，又想起什麼，探頭看向南慧瑤，非常嫌棄地開口：「沒事別進學生會，麻煩。」

這句話當然是忙到一定程度的宋律庭在她來學校時，嚴重叮囑過她的。還教了她一招──遇到麻煩就拿院長當擋箭牌。

她說完就放下窗簾，南慧瑤跟楊怡對視了一眼，「……」

殺室友犯法嗎？

對面的冷佩珊一直僵著沒說話，這個秦苒究竟是什麼人？秦……莫非是秦家人？可是……秦家早就沒落了，這一代也幾乎沒什麼女性。

冷佩珊胡思亂想著，或許是她從小就過於優秀，沒拿其他新生跟自己比。

她站在原地半晌，最後拿起手機，打開門去走廊盡頭，撥出一通電話。

電話沒響幾分鐘就被接通，電話那頭是一個女生，懶洋洋的，『這麼晚找我有什麼事？』

「表姊，」冷佩珊透過盡頭的窗戶往下看，「秦家有秦苒這個人嗎？」

『秦苒？沒聽過。』歐陽薇下樓幫自己倒了一杯水，語氣淡然，眸色諷刺，『不過秦家接了兩個人回來，一個蠢，一個小。』

聽到「秦」字，歐陽薇心情也不太好，她不由得想起程家人口中的那位「秦小姐」。一二九裡有那麼多資料，歐陽薇卻找不到那位神祕的「秦小姐」的半點資料，一看就知道是被程雋保護得很好，圈內知曉的張向歌等人更是半個字不提。她捏著杯子的手指微微泛白。

冷佩珊知道自家表姊是一二九的人，手中有很多資料，聽到秦苒不是秦家人，她重重地鬆了一口氣。

歐陽薇不知道她在想什麼，喝完一杯水才回房間，『雲光財團剛入駐京城，IT部缺人，肯定會在人才市場招人，京大機會多。』

「我知道的，表姊。」冷佩珊應聲。

與此同時，程青宇回到宿舍，就接到了父母的視訊電話，問他有沒有幫程老爺好好照顧人。

「你們答應的，你們自己負責。」程青宇伸手解開釦子，脫掉外衣，冷笑一聲，「要不然她就別來軍訓！在我這裡，沒有特權！」

『不是，』電話裡，父母急了，『你一直在外特訓，不知道，那可是雋爺的小女朋友，你可別亂來，要是真的發生問題，小心雋爺找你麻煩！到時候你連程家分堂堂主的的位子都搆不到！』

「雋爺？」程青宇的臉色變了變，「他怎麼找了這種人？當初歐陽薇還全程參加了特訓……行了，我眼不見為淨。」

接下來的五天，知道程青宇對自己不滿的原因，秦苒也能理解，不過她一直都是麻煩人物，做事向來不羈慣了，幾乎不曾跟人低過頭。而程青宇是個眼裡容不得沙子的人，也帶過不少麻煩的手下。

程家一直都在培養勢力，每一個人都被送去特訓過，無論男女，連程老爺最喜歡的老么都不能避免，因此程家人都是箇中強者，這也是其他家族不敢招惹程家的原因之一。

第一次被要求在特訓中對人放水，程青宇不知道秦苒跟程家有什麼關係，但是不悅、不喜是真的。只是他父母跟他說明了原因，程青宇接下來連看都沒看秦苒一眼，兩人倒也相安無事。

第六天，所有新生整頓出發，去訓練基地。

京大跟A大每年都同時訓練，都是跟程家合作的，程家每年暑假會開放訓練基地十天，由京大跟A大平分使用。在這裡的訓練對所有新生來說，都是極其難得的體驗，能見識到更廣闊的天空。這也是周山作為京大校長，在程老爺那裡為新生拿到的第一份資源。

訓練基地在京城郊區，占地面積一百九十二公頃，一眼看過去，幾乎望不到圍牆的邊緣。

大門上方寫著很明顯的「程」字，囂張又跋扈。

秦苒跟南慧瑤坐在同一排，南慧瑤看著窗外，語氣激動，「聽說今天的課程是射擊，好期待！」

因為接下來的課程是射擊、攀岩類的極限訓練，在學校不適合進行，才會轉到基地。班上的人都在激烈討論著這個問題。

秦苒依舊只有一個黑色背包，隨意放在腿上，耳裡塞著黑色的耳機，半眯著眼睛，不太在意：

「喔。」

車很快就停在一個巨大的平整土場上，自動化一班的人下車，就感覺到熱氣翻湧。

早上六點出發，到這裡將近九點，不同於前幾天的陰天，今天太陽很大，又悶又熱，剛下車就滿身汗。

南慧瑤的臉色稍微變了變，額頭沁出冷汗。另一輛車上的楊怡把包包放到一旁，走過來，一掃南慧瑤就發現問題：「大姨媽？」

「提前了。」南慧瑤臉色蒼白，她一直都會經痛，這次提前了五天，更來勢洶洶，「沒事，今天只是射擊課。」

秦苒看了南慧瑤一眼，往下壓了壓帽子，又走上遊覽車，找到自己的黑色背包就隨意地往地上一坐，把裡面的東西倒在地上。

一瓶程雋幫她準備的防曬霜、一支黑色的厚重手機、一個白色的瓶子，裡面裝著藥，還有幾張紙、幾根棒棒糖……雜七雜八的。

南慧瑤也蹲下來，讓自己好受一點。這些東西很古怪，像是堆在一起的垃圾，她就問：「秦苒，妳弄丟東西了嗎？」

「沒有。」秦苒沒在裡面找到需要的東西，又把東西裝回去，拉好拉鍊。

「妳……」秦苒把背包扔回車上，側身看了南慧瑤一眼，想了想，把帽子往頭上一扣，低頭傳了條訊息：「算了，先去排隊。」

程青宇從教官車上下來，找到秦苒這班的隊伍。
他掃了所有人一眼，身體站得筆挺，身邊放著一張木桌，桌上放著十幾把安全壓縮空氣槍，面色依舊冷厲：「接下來的五天行程大家應該有所聽說，今天是射擊課程。開始前進行熱身，所有人——向右轉！起步跑！」
「報告！」
排列整齊的隊伍中，又清又冷的聲音響起，隨即，清瘦高挑的身影出列。
「什麼事？」看到是她，程青宇臉色發黑。
「頭痛！想要南慧瑤同學陪我去看醫生！」秦苒站了個非常標準的軍姿，理直氣壯地開口，猖狂又囂張。
一班的眾多男生都傻眼了。靠——現在的美女都這麼有個性？只是……您這麼中氣十足的聲音，確定頭痛嗎？
程青宇看著秦苒那張臉，目光漸漸沉下來，笑了笑，只是眸底氤氳著寒意：「多久？」
秦苒想也沒想，「一天。」
程青宇的臉色更黑了。他點點頭，沒跟秦苒講道理，冷聲道：「今天的課程是射擊，只要妳能達到及格分數，我就讓妳走。」說完，他把手裡的空氣槍扔到秦苒腳邊，眸色凜冽，「裡面有十發壓縮空氣彈，對面是靶子，只要有兩發中十分就算及格。」
秦苒俯身撿起空氣槍，愣了一下。
身後的南慧瑤立刻抓住秦苒的手臂，抖著嗓子，「秦苒，我知道妳是為了我。別跟教官槓，學校裡都說姓程的不能惹，我去解釋……」

「啊，不是，」秦苒站直，一手插著口袋，疑惑地開口，「我以為他要為難我。」

南慧瑤：「……？」

她以為自己聽錯了。靶子這麼遠？這在您眼裡還不是為難？

人群裡，一群男生也面面相覷。

褚珩跟邢開明顯知道一些事，邢開小聲開口：「教官瘋了吧，及格分數明明是十發中只要隨意中五發就算及格，還中十分？五十公尺的距離，這得訓練多久才能達到？」

程家訓練基地在京城家族中是出了名的嚴格。褚珩看著前方，沒回答。

邢開詢問：「你覺得她能嗎？」

褚珩看著秦苒的方向，沒收回目光，「不知道，但是……她很有自信。」

「新生王耶，會沒自信？」邢開嘀咕一句，人家學生會好幾天前就跑去新生宿舍搶人了。

程青宇的威嚴還是在的。

除了邢開這兩人，其他人不敢說話，就目不轉睛地看著秦苒一步步往程青宇的方向走。

看到她過來，程青宇又重新拿起一把空氣槍，隨手拆解，為她介紹構造。介紹完之後才說最後一句：「後座力對女生來說不小，自己小心……」

雖然他有點不喜歡秦苒，太弱了，但該注意、該吩咐的一字都不漏。

秦苒手裡把玩著空氣槍，漫不經心地聽著，眉眼間有一股很明顯的燥意。

程青宇本來說得好好的，看到她這樣，不由得伸手揉了一下眉心，程老爺真的是為他找了一個麻煩。
秦苒掂了掂手中的空氣槍，不太在意地看向程青宇，「我可以開始了嗎？」
「好，妳開始吧。」程青宇往後退了一步，把場地讓給她，「所有同學往後退十步。」
他怕秦苒待會會誤傷其他學生。
說完之後看向秦苒，一雙銳利的眼睛微微瞇起。
五十公尺的距離要射中十分，別說對新生來說很難了，就算是程家，也不是每個人開十槍就有一槍能射中十分。新人剛摸到空氣槍，能不出糗、不脫靶就算有些天賦了。
誰要妳小看這次訓練！不聽話！
程青宇淡淡想著的時候，秦苒已經抬起了手。因為帽沿壓得很低，她一手取下迷彩帽，另一隻手握著空氣槍，抬起的手臂又直又穩，肉眼看去看不到一絲顫動。只是臉上一如既往的漫不經心，表情還有些懶散，下巴微微抬著。
姿勢還、還很標準？
程青宇一愣。他這麼想時，秦苒已經瞄準了方向，眼睛都沒眨一下，直接按下——
砰！
砰！
砰！
「……」
十道聲響連續響起，大概只有五秒，一眨眼的功夫。

這期間內，秦苒的手臂依舊紋絲不動。

秦苒收回手。她沒看向靶子，只是吹了吹槍口，抬手把空氣槍扔到桌子上，瞥了程教官一眼：「教官，現在我可以走了嗎？」

程青宇沒有說話，只目不轉睛地看著靶子的方向。

秦苒就不管他了，抬手把自己的迷彩帽扣上，又朝南慧瑤那邊看去，「過來。」

南慧瑤還看著靶子的方向，聽到秦苒的聲音後，她迷茫地「啊」了一聲。秦苒抬抬下巴，示意她跟上，雙手插進口袋裡往出口走。

南慧瑤僵硬地跟著秦苒身後，似乎忘記了自己肚子痛。

兩人走了，程青宇和一班的一行人才反應過來。

邢開視力好，能看到靶子上只有一個彈孔，張了張嘴：「褚、褚珩……你看到沒？」

褚珩點頭，「看到了。」

程青宇抿著唇，大步往靶子那邊走。靶子上只有一個彈孔，但因為不停有空氣柱穿梭、帶動空氣流，穿透力很強，能看到彈孔比一般的彈孔大。

十槍全中紅心十分，程青宇瞳孔緊縮。也不是沒人能做到這種事，但讓程青宇覺得不可思議的是……秦苒連續開十槍，中間沒停留一下，只花了五秒，這速度有多快？還有後座力那麼大，她的手臂為什麼還能這麼平穩，像是一滴水落入大海，看不到半點波瀾！

這一點才是程青宇最不可置信的，因為就算是他，多多少少都會受到後座力的影響，開完一槍之後至少要停頓一兩秒……

程青宇看了眼秦苒跟南慧瑤的背影。秦苒今天走得很慢，但是一點也不像頭痛的樣子。南慧瑤則拖著腳步跟在秦苒身後，一手捂著肚子。

程青宇也有點意識到可能不是秦苒頭痛，生病的是另外一個人，「基地裡有醫院，直走左轉再問人。」

秦苒懶洋洋地朝後面揮了揮手，示意了解，頭也沒抬。

轉身看到其他學生還在看秦苒，程青宇眼眸一瞇，言辭犀利：「看她幹嘛？你們也要請假？」

「沒有！教官！」一班的男生大喊出聲，心底欲哭無淚。這種假，他們請不起……

程青宇這才點頭：「向右轉——起跑！」

這邊，秦苒已經到了基地的休息室，沒去醫院。

休息室大門旁有穿著黑色衣服的兩隊人馬看守著，南慧瑤拉了拉秦苒的袖子，臉色蒼白地說：「秦苒，剛剛教官說那邊有醫院，我們別來這裡吧。來的時候，班長說過在這裡不要隨意走動……」

主要是這兩隊黑衣人太可怕了。

秦苒看了看休息室的大門，語氣隨意，「沒事，跟我過來。」

她從大門走進去，站在兩旁看守著的黑衣人都沒有什麼動靜。

南慧瑤緊張兮兮的心也放下，忍不住想著：難道是班長騙她？

休息室是小型四合院的樣子，正中間的大門開著，施厲銘從裡面出來，看到秦苒，眼前一亮：

「秦小姐！」

他最近可能是因為常常晒太陽，皮膚有點黑。整個人也顯然有了變化，沒以往那麼急躁，只是在看到秦苒的時候明顯激動了一些。

「嗯，」秦苒點點頭，帶著南慧瑤往裡面走，看向施厲銘，「你來京城後一直在這裡？」

施厲銘來京城後就消失了。

「對，我是經過層層選拔進來的，現在是基地的大隊長。」施厲銘側身讓秦苒進去，語氣十分激動，「再過幾個月，程金先生跟我說只要我能爬到程家堂主的位置，就能行動自如了。」

兩個月，從一個新人到現在的大隊長，中間沒有受到任何人的幫助，施厲銘的晉升對整個程家來說簡直就是奇跡。在這過程中，施厲銘也漸漸變得沉穩，有朝程金發展的趨勢。

「老大在裡面。」施厲銘又跟南慧瑤打了個招呼。

南慧瑤現在整個人一頭霧水。隊長、堂主這些她都聽不懂，不過也明白了一點，眼前這個人是秦苒的朋友。

轉彎走進去，就看到背對他們站在窗戶旁的人矜貴淡漠。聽到聲音，他轉過身來，身後的陽光窗臺都淪落成了背景，眉眼如畫，俊秀爽朗，看起來就不像普通人，像是豪門貴族的大家子弟。

南慧瑤以前覺得世界上大概沒有人比她老公秦修塵更好看了，直到今天……

——不對，她老公才是天！下！第！一！帥！

南慧瑤突然清醒！

南慧瑤對自己做心理暗示時，程雋已經從一旁的桌上拿起一瓶藥，扔給秦苒，語氣懶散：「條件不好，暫時只有這個。」

秦苒接過來看了看，讓南慧瑤先吃兩粒。

「你怎麼這麼快就到了？」看著南慧瑤吃完，秦苒才坐到一旁的椅子上往後面靠，挑眉看著程雋。

從京城到這邊，開車要將近三個小時，現在才一個小時不到。

程雋低頭整理衣服，義正言辭：「公事。」

*

土場這邊，中午休息，程青宇讓一行學生去吃飯，自己站在土場中間想了想，沒去食堂，轉身走向大樓。

五分鐘後，他站在一個中年男人面前。

中年男人手裡還拿著便當，顯然在吃飯，只看了他一眼，語氣熟稔，「是青宇啊，坐，過幾天就要回程家了，你是來找我調資料的？」

「不是，」程青宇搖了搖頭，一張臉清冷，顯得沉著又冷靜，「我在新生訓練中發現了一個很好的人才。」

「京大的新生？」中年男人吃了一口飯，挑挑眉，不太在意，「有多好？」

見識過比程家人還彪悍的新人施厲銘，中年男人覺得自己的心態已經提升到有史以來最高境界了。

程青宇看了他一眼，語氣淡定，「今天射擊訓練，五秒不到十發紅心，手臂很穩。」

「咳咳咳……」

中年男人的一口飯沒吃下去，嗆到了，程青宇就把放在一旁的茶遞給他。

中年男人咳了一分鐘，「沒有經過專業訓練？」

「當然，連軍姿都站不好，」程青宇自然記得前五天訓練時，秦苒那門外漢的模樣，沒好氣地輕嗤，「就是太猖狂了。」

「猖狂算什麼！我們這裡猖狂的人還少嗎！」中年男人啪地一聲把便當放下，眼睛發亮。

與此同時，京大三食堂三樓——

江院長在跟朋友說話，放在手邊的手機突然響起來。他也沒放下手上的筷子，只拿起手機看了一下，是今年大一物理系的輔導員小陶。

『江院長！』

耳朵痛！江院長連忙將手機拿遠。

「什麼事，慌慌張張的？」飯桌上的人都認識，江院長也沒特意避開，淡定地開口。

手機那頭的小陶淡定不了，繼續吼道：『程家那邊的人看上我們今年的學生秦苒了！』

江院長手一抖，剛夾起來的排骨掉到桌上。

「什麼！」江院長一下站起來，臉色緊張，「你把連繫方式給我，這件事我來解決。」

他掛斷電話就匆匆拉開椅子離開。

飯才吃到一半，周郢看著他的背影，慢條斯理地開口：「江院長，你不吃了？」

「吃什麼吃！」江院長側身回頭看周郢，十分心累地開口，「再吃，今年的新生王可能就在軍訓時一去不回了！」

江院長說完，雷厲風行地走向樓梯。

他也太命苦了……

程青宇還在中年男人這裡沒走。中年男人打了兩通電話，又接了一通電話。

接完之後，臉色有些古怪。

「怎麼樣？」程青宇等了很久，就坐到辦公室裡一張空著的椅子上，摘下頭上的帽子，沉聲開口。

聽到程青宇說話，中年男人總算回過神來，看了程青宇一眼就繼續拿起筷子吃飯，「能怎麼樣？你知道她是誰嗎？」

「誰？她的天賦真的不錯，就是沒耐心。」程青宇一雙厲眸微瞇。該不會是程老爺打電話過來了？

秦苒確實是個好苗子，要不然程青宇也不會特意過來。

「京大今年的新人王，全國高考狀元，周校長好不容易挖到的。」中年男人吃了一口飯，抬眸，

「你覺得京大會放人？別想了，回去帶新生吧。」

「高考狀元？」程青宇一愣。

能考入京大的人都很優秀，知道秦苒這個人時，程青宇就知道對方的成績肯定不會太差，可也沒想到會好到這樣！這樣的成績，京大會不放人也理所當然……

程青宇心底有些遺憾，不過也沒再糾結，只是拿起帽子，要走的時候忽然想起一件事，「施隊長最近有在基地帶新人嗎？我有個瓶頸，想要跟他請教一下。」

對於這個最近在程家聲名大噪的施厲銘，程青宇發自內心地敬佩。

在這裡是以實力服人。施厲銘在這裡，唯一的弊端就是管理能力差了一點，但他十分聰明，能在這兩個月裡爬到小隊長的位置，可見他進步迅速。這裡有不少老人都想要跟施厲銘討教一番，程青宇自然也不例外。只是施厲銘是個拚命三郎，幾乎不接受挑戰。程青宇一直沒找到機會，甚至連施厲銘的面都沒見過幾次。

「沒有，」中年男人搖頭，「他應該也不帶新人了，別說你，我都找不太到人。」

「好吧。」程青宇點點頭，有些鬱悶，當即下了樓。

施厲銘今天沒有外出，手上拿了個便當，匆匆往休息室的方向走。

「施隊長，你今天沒任務？」程青宇剛從辦公室下來就看到施厲銘，大感意外。

畢竟施厲銘在這裡一向行蹤不定，有時候就算是施厲銘的頂層上司，要找他都不太容易。

施厲銘的記性好，跟程青宇沒有見過幾次面，但是記得他，知道他是程家嫡系一脈的人，施厲銘對他也很有禮貌。

「請了假。」施厲銘朝程青宇稍微打了招呼就離開，「我還有事。」

程青宇把帽子扣在頭上，點點頭，沒再多說。他本來想找施厲銘好好討教一番，因為對方的打法十分奇怪，不過一直找不到什麼機會。

另一邊，施厲銘很快就到了休息室。

休息室裡，南慧瑤還在睡覺。

程木今天沒來，但施厲銘已經學到了程木的精髓，他擺好菜，又幫秦苒倒了一杯茶。

秦苒把南慧瑤叫醒後，一行人都坐好。南慧瑤坐在秦苒身邊，拿著筷子吃飯，不敢看程雋，怕被程雋洗腦。

「我差不多好了，下午可以去訓練了。」南慧瑤喝了一口湯，想了想，對秦苒、程雋說了聲謝謝。

程雋本來漫不經心地吃著飯，聽到南慧瑤的聲音，他抬起眉眼，淡聲道：「確定？」

莫名其妙地，有股壓力。

南慧瑤摸了摸發涼的後背，硬著頭皮開口：「今天只是射擊，我能撐下去，謝謝您。」

「要回去訓練？」程雋不想跟南慧瑤說話，只側眸看向秦苒，問她。

秦苒一邊吃飯一邊滑著手機，頭也沒抬的，「她說可以就回去吧，顧西遲的藥都很不錯。」

程雋今天拿給南慧瑤的是顧西遲那裡的藥，秦苒對顧西遲的藥毫不懷疑。

南慧瑤說她可以訓練，絕對不會是逞強。

「喔。」程雋的聲音聽起來沒什麼興致。

中午除了吃飯時間，新生能休息一個小時，直到下午一點半，秦苒才拿著帽子去了土場。

程雋送她到土場入口處，等她入隊了才離開。

不遠處，程青宇跟幾個軍官也正好進來，遇到往回走的程雋。

「雋爺。」一行人立刻站直了身體。

程雋在京城是無所事事的狀態，但在這邊，卻受人發自內心的尊敬，至於原因……跟他一起特訓過的人不想回憶。

程雋剛從口袋裡拿了根菸，淡淡的煙霧升起，目光在程青宇身上掠過，不鹹不淡地開口：「加油。」

一行人也不敢走，等程雋走遠了才鬆一口氣。

「不知道雋爺怎麼會突然來這裡，當年讓他當總教頭，他卻跑去當醫生。」一個教官打開手裡的水。

程青宇往前走，言簡意賅地回，「看人。」

看誰？另一個教官有些求知欲，但摸摸鼻子不敢問。

他們這一隊也不是新人了，每年京大、A大的教官都是固定的，今年京大這邊卻很奇怪，程家特別指定了程青宇這一隊。說實話，以程青宇的實力，都可以去特訓那邊當教官了，拿來訓練新生……真的是殺雞用牛刀。

基地的人都希望能跟施厲銘那一隊合作，學學施厲銘的招式。本來程青宇這一隊有個任務，好不容易有機會合作……誰知道會被臨時派來帶學生，任務跟合作也因此不了了之。

手下的人也知道程青宇鬱悶，實際上他們自己也極其鬱悶，畢竟這種機會不多了。

這個人忽然想起中午在教官之間傳的一件事，「對了，程隊，你們班是不是有個特別厲害的女生，十秒十槍十分？假的吧？」

「是假的。」程青宇看了他一眼。

那個人點頭，「我就說沒這麼神。」

「人家是五秒十槍十分。」程青宇說完，直接朝一班的隊伍走去。

那個人還站在原地：「……」

＊

第一天特訓射擊。

第二天障礙物攀岩。

第三天負重登山。

第四天、第五天兩天，學習程家不對外開放的拳術。

特訓拳術只有九式，會教新生這個，一部分是希望他們遇到危險時能自衛、自保。這群能考入京大的學生天資都不錯，但畢竟是學生，沒有底子，都是虛有其表，軟綿綿的，沒什麼力道，就只有秦苒打的拳能看。

程青宇的目光掃了一圈。這兩天他的注意力都放在秦苒身上，因此要秦苒上來示範給其他學生看。

入口處，程雋正跟著管理人往這邊走。

「程少，這邊就是今年京大的學生。」中年男人跟在程雋身後，落後他兩步，語氣恭敬地為程雋介紹，「這邊是……」

程雋依舊穿著日常服裝，目光在整個訓練場轉了一圈。

秦苒的班級就在土場的邊緣，很容易找到，程雋抬腳就往那邊走。

中年男人本來想向程雋好好介紹，但看到程雋似乎別有目的，他一愣，然後了然，原來……程少是有私人目的，難怪會突然出現。

程雋跟中年男人路過的地方，教官的聲音都大了一些。其他學生都不由得朝這邊看來，能看出這兩人的身分不一般。

「歸隊！」程青宇讓秦苒暫時歸隊，轉身向程雋和中年男人敬禮。

程雋看了他一眼，雙手懶洋洋地環抱著，半低著眉：「特訓拳術教得如何？」

程青宇說還可以。

「嗯，」程雋微微點頭，伸手指了指秦苒，「妳，出來。」

秦苒從隊伍中出列。

「特訓拳術最重要是實戰。」程雋放下手，看了秦苒一眼，似乎笑了一下，眉眼清冽：「程教官，你來跟她對打，讓這群學生好好感受一下特訓拳術的威力。」

程青宇一愣，站直身體，「我們班還有其他學生也學得不錯，褚珩同學就不錯，本身也有練過。」

跟一個女生對打，尤其對方是秦苒，程青宇怕自己到時候下手會不分輕重，打傷了京大的學生王。別說其他了，程雋、程老爺和他爸媽這幾關他就過不去。

程雋沒有理他，只是看了眼秦苒。

陽光下，秦苒本來有些不在狀態上，聽到程雋的這句，她忽然清醒。

打架？

「報告，我可以用全力嗎？」秦苒抬頭。

程雋挑眉，十分縱容，「當然。」

這幾天，秦苒不管做什麼都有點懶洋洋的，不過天賦也的確不錯，程青宇到最後都只能無可奈何地放過她，甚至被氣笑了。昨天負重登山，她一個人拿著兩個人的負重物。等其他人到山頂的時候，她都已經爬到樹上睡了一覺。程青宇總覺得，秦苒的身體耐力好到可怕。

此刻，程青宇看了秦苒一眼，一愣……

他覺得自己眼花了，不然怎麼會看到秦苒的目光似乎隱隱有些發亮？

程青宇內心喊苦。這一個班有這麼多男同學，找哪一個不好，非要找秦苒？

「秦苒同學，妳先出手，我只防守，不還手。」程青宇往後退一步，十分有禮貌地朝秦苒抱拳。

秦苒沒有取下帽子，只是捏著手腕，微微側頭看著程青宇，「你在這些人裡是不是很厲害？」

程青宇臉色冷凝，還是回她：「還可以。」

這個人看起來是謙虛了。秦苒點頭，心裡有了底。

一班的人已經席地而坐，看起熱鬧。一群男生煽風點火，扯著喉嚨喊：「秦苒！加油！打倒教官！打倒教官！」

不遠處，其他班的人聽到這番大喊，都不由得朝這邊看來：那一班的學生得意忘形了吧？當他們教官是紙做的嗎？尤其那個人可是他們的程隊長，程青宇！

這兩天，秦苒剽悍的名聲也在教官之間流傳開來，還有不少教官要跟秦苒比射擊，基本上都被程青宇拒絕了。現在看到秦苒跟程青宇對打，周邊的幾個教官都停止了訓練，帶著自己班的學生來看熱鬧：「集體聽命，向左轉！齊步走！停——」

「原地坐！」

化學系的學生在教官的帶領下坐在東邊圍觀。

數學系的學生在教官的帶領下坐在西邊圍觀。

藝術系的學生在教官的帶領下坐在南邊圍觀。

秦苒這班的人坐在北邊，一瞬間就把秦苒圍起來了。

程青宇看了圍觀的人一眼。訓練快到尾聲了，他也沒對這些人多嚴格，任由他們圍觀。

幾個教官不敢往程雋跟中年男人那邊走，聚集在另一邊。

中年男人站在程雋身旁，負手而立。他看到秦苒的準備姿勢，一愣，「程少，這位同學學的速度很快呢，有模有樣……」

秦苒的左勾拳已經揮出去了。程青宇很確定秦苒沒有經過系統化訓練，本來也不把這場對打當一回事，直到秦苒出拳，耳邊幾乎能聽到破風聲！程青宇臉色一變，立刻後退一步，訓練多年的本能讓他感覺到危險，此時也顧不得之前說過只防守的話，連忙出手，被動地防守。還記得為新生們示範，用了第八招的格擋。

砰——

力道衝擊太大，程青宇就算做了最完美的格擋，也沒擋下秦苒的右手，手腕跟腹部都被狠狠震了一下，程青宇毫無預料地落在了地上。

塵土飛揚。

秦苒也只是在試用新拳法。她之前學的都是自己摸索出來的致命招式，這種防守的招式還是第一次學到，沒用什麼力氣。

程青宇一個鯉魚打挺站起來，揉了揉手腕，秦苒的第二波攻勢立刻襲來。

第一次程青宇還能防守，這一次卻連防守的招式都來不及使出來。

第三招、第四招、第五招……全程，程青宇絲毫沒有還手之力。

圍觀的學生跟教官一開始還有人鼓掌、大聲說「好」，到後來已經沒有一個人敢說什麼，全都目瞪口呆地看著對打中的兩人，連一開始有些擔心的中年男人臉上也是錯愕之色。

現在就算程青宇沒有多說，他也認得出來秦苒就是前幾天程青宇說的那個人才。

他後悔今天陪程雋來這裡了。

這一個好人才，卻只能看著不能要，這對惜才的他來說無疑是一個極大的打擊。

秦苒終於收回手，把帽子往上抬了抬，風輕雲淡地開口：「特訓拳術果然很厲害。」

「特訓拳術，原……原來這麼厲害？」半晌，化學系的教官聲音喃喃。

身側的數學系教官看他一眼，「你也學過，有沒有那麼厲害，你自己不知道？」

化學系的教官立刻不說話了，他就是因為學過才會這麼震驚。

這兩天在基地，這群新生也知道他們教官不是普通人，都是經過特訓的。程青宇還是這群教官的隊長，竟然被虐成這樣……

今天起，「秦苒」這兩個字將迅速在新生間傳播！

*

新生訓練最後一天結束，因為程青宇身負重傷，秦苒他們班最後一天的訓練由程雋接手。

十天軍訓一眨眼結束。這十天內，一群新生什麼都沒記住，只記住了「秦苒」這兩個字，並且迅速在京大裡蔓延開來，不用幾天就引發了熱潮。

休息一天後，新生才正式上課。

正式上課的前一天晚上發配教材，自動化一班就只有兩個女生，男生們恨不得親自把她們的書送到女生宿舍內，不過女生宿舍男生止步。秦苒在洗澡，南慧瑤就自己下去把兩人的書拿上來了。

她把秦苒的書放好，然後打開自己的電腦，「妳們有沒有人聽過京大的實驗室？」

楊怡推了一下鼻梁上的眼鏡，顯然不知情：「實驗室？」

冷佩珊沒去參加軍訓，這幾天，她一直在幫學生會的學長姊做事。聽到南慧瑤的話，她淡淡開口：「一個四大學院的人都想進去的地方。」

秦苒洗完澡出來，穿著白色的長T恤。

軍訓十天，秦苒跟南慧瑤也變熟了。她拉開椅子坐下，翹著二郎腿，看到桌子上整整齊齊的書，淡定地開口：「謝謝。」

放在手邊的手機響了兩聲，秦苒低頭看，螢幕上只有一個字——宋。

她一邊戴上耳機，一邊朝陽臺走。

『訓練結束了？』手機那頭的聲音清潤文雅，是一直沒有跟她連繫的宋律庭。

秦苒的頭髮沒擦乾，就靠在陽臺上，低頭看樓下行走的學生，「下午剛回來。」

那邊笑了一聲，找了一個安靜的地方，『我就在等妳軍訓完才來找妳。我聽江院長說，妳選了自動化跟核子工程？囂張啊。』

「還好還好。」秦苒將手撐在陽臺上，語氣還很謙虛。

『明天滿堂？』

秦苒只看過課表一眼，不過記得大概，她想了想後回他：「下午最後一節沒課。」

『到時候連繫。』宋律庭很忙，跟她約好時間就匆匆道別，『明月那邊我也約好了，她明天整個下午都有空。』

秦苒這次講電話不到兩分鐘就結束，南慧瑤用手撐著下巴，「同學啊？」

「一個朋友。」手機咚地一聲被她扔到桌上。

南慧瑤也沒那麼八卦，繼續剛才的話題，「對了，苒苒，妳聽過京大的實驗室嗎？」

「不太清楚，妳想進去？」秦苒只查過京城的幾間研究院，至於京大實驗室……宋律庭在那裡，她氣定神閒地開口，「放心，不難。」

宋律庭說沒什麼難度，她不需要知道，所以秦苒也沒特別去研究。

進入研究院之前，第一關就是實驗室。

冷佩珊本來拿著手機要爬上床，聽完秦苒的話，不由得「噗」一聲笑出來。她一言難盡地看向秦苒：「不難？妳知道實驗室是什麼嗎？」

京大、A大的四大實驗室，是通往研究院的唯一道路，但是想要進入實驗室，需要通過層層審核跟選拔。基本上都是繼續往上讀研究所、有博士或教授帶的學生才能進去，至於大一、大二的學生……他們有些連實驗室是什麼都弄不清楚。

研究院的發展已經趨向成熟，每年每間學校只會選幾個人，具體人數要看學生的品質。京城的消息都對外封鎖，尤其是研究院的存在，在網路上找不到任何痕跡，只有四大家族清楚底細。

冷佩珊跟歐陽薇走得很近，自然很清楚，更知道想進入實驗室有多難，有層層選拔，處處限制，就連四大家族的人想要進去都要憑自己的實力。此時聽到秦苒的那一句「不難」，冷佩珊簡直一言難盡。

不過她看了秦苒一眼。現在她真的確定秦苒跟秦家沒什麼關係了，畢竟秦家就算沒落，沒有了研究院的掌控權，也還不到晚輩都不曉得研究院是什麼的地步，何況……秦家這幾年一直在謀劃該怎麼拿回掌控權。

想到這裡，冷佩珊又放鬆不少。

上一個用這種語氣跟秦苒說話的傭兵，搞不好還在烤肉。秦苒沒打開電腦，只靠上椅背，側頭看冷佩珊，笑咪咪地問：「對，我不知道，妳知道什麼，說說。」

硝煙幾乎一觸即發，南慧瑤立刻站出來圓場，「佩珊，妳不是要睡覺嗎？快去睡覺。苒苒，我帶妳玩遊戲。之前叫妳下載九州遊，妳下載了沒？」

冷佩珊實際上很會拉攏人心，第一天來寢室，就送了不少東西給南慧瑤和楊怡，面膜、防曬霜，或是在外面跟學長姊吃飯帶回來的點心或奶茶。南慧瑤跟楊怡兩人跟冷佩珊之間，還算相處得來，但是……南慧瑤特別不理解，為什麼冷佩珊一看到秦苒就像變了一個人？

想到這裡，南慧瑤看了看秦苒，對方正翹著二郎腿，翻著新教材。寢室裡是日光燈，從這個方向看過去，能看到她白玉般的側臉，睫毛又長又密……

南慧瑤不只一次認為，秦苒要是進演藝圈，肯定會紅到爆，跟自家老公一樣。

說起來，兩人都姓秦。

想到這裡，南慧瑤坐了回去，又看了眼冷佩珊，對方已經爬到自己的床上去了。

冷佩珊長得並不差，也是校花等級的人，第一天來寢室時，南慧瑤比冷佩珊先到，自然還記得當初有三四個學長跟在冷佩珊身後，名聲甚至傳到了自動化系，直到秦苒來了……

南慧瑤若有所思。

*

翌日，早上七點二十分，自動化系的第一節課是高級數學。

南慧瑤洗漱完、化了個淡妝時，秦苒也從洗手間出來了。她從秦苒桌上找出課本，遞給秦苒，「快點！要遲到了。」

楊怡也準備好了，正抱著書等兩人。

高級數學是主修課，自動化一班跟二班一起上，楊怡自然也跟她們一起走。

「你們在哪個教室？」秦苒隨手拿了支筆，跟兩人往門外走。

「南A棟三〇四？」南慧瑤不太確定，就翻開課本的第一頁。她把課程時間跟教室都寫在第一頁，「沒記錯，南A棟三〇四。」

秦苒沒帶課本，只低頭隨手把袖子往上捲，形狀好看的眼睛微微瞇起，「那我們可能沒辦法一起走了。」

南慧瑤跟楊怡都發愣。

「我先去一趟教務大樓。」兩棟樓的方向不同，秦苒將手放在腦後，心情似乎很好，嘴角漫不經心地勾著，「應該不會去上自動化系的課了。」

她跟江院長說過，自動化那邊的課程只會參加期中、期末考試，平常會在核子工程那邊上課。

看著秦苒離開的背影，已經跨上自行車的南慧瑤跟楊怡面面相覷，兩人眼裡的意思非常明顯：第一節課就敢翹課？

到教室時，上課鐘聲還沒響。坐在最後一排的邢開一眼就看到了從後門進來的南慧瑤，立刻招手：「這邊！」

男生宿舍那邊都傳開了，二班的男生知道一班有個校花級的囂張美女，還痛揍了程青宇，因此聞言紛紛轉頭看來——

只有楊怡跟南慧瑤。

「嗯？」邢開一愣，讓出一個位置給南慧瑤兩人坐，「秦苒呢？」

南慧瑤含糊不清地開口：「請假了。」

不敢說她室友囂張到……疑似蹺課。

*

江院長辦公室——

「江院長，您怎麼這麼早來？」整理辦公室的教學助理看了一眼江院長，十分意外。

江院長一向日理萬機，也不會帶學生，偶爾會指導幾個研究生的論文，平常就算到辦公室也找不到人，大部分時間都在京大的物理系實驗室，今天卻這麼早來？

江院長坐到自己的辦公桌前，抬手看了看手錶的時間，七點四十分，回答教學助理：「來辦點事。」

教學助理疑惑，不過也放下手邊的事情，幫江院長倒了一杯茶。

沒幾分鐘，辦公室的門就被敲響。

正在忙碌的教學助理明顯看到江院長的眼睛似乎亮了一下，脊背也挺直了。

來人是誰？教學助理還沒多想，一個穿著白色襯衫的女生從外面進來。

江院長一手撐著桌子站起來，一手把桌上早就準備好的教材推到秦苒那邊：「這是教材，輔導員那裡我已經說過了，妳有沒有核子工程系的課表？」

他一邊說一邊看向教學助理：「把核子工程大一的課表傳過來。」

核子工程雖然是秦苒的第二主修，但學校還沒有這種前例，教務系統上只有第一主修的課程，因此秦苒應該還沒有核子工程的課表。

教學助理連忙收回目光，打開電腦查核子工程的課表。

「不用麻煩了，我有課表。」秦苒接過一堆書，對江院長道。

江院長拿著茶杯，有點燙，他沒喝，只下意識地抬頭，「妳怎麼會有？」

秦苒默不作聲地看著他。

忽然想起半個月前，秦苒駭入教務系統的事，江院長反應過來，放下茶杯後沉默了一下，「秦苒同學，下次注意點，工程部的人也很辛苦。」

秦苒「啊」了一聲，意識到這是學校，很抱歉地說：「不好意思，下次不會了。」

「沒事，沒事。」江院長大概是習慣了，也好聲好氣地開口。之後又想起一件事，「妳修了兩個科系，以後想不想去實驗室？」

秦苒來不及查京大實驗室的情況，聽江院長說起，她也抬頭，「進實驗室有什麼要求？」

「有個考核，通常會在大三、大四的學生中選出優秀的十個人進行考核，最終標準要讓實驗室的幾位博士決定。」這件事對江院長來說也非常重要，畢竟實驗室關乎著研究院，「不過也有例外。」

秦苒換一隻手抱著書，示意江院長繼續說。

江院長笑咪咪地說：「提前學完基礎知識的、成績優秀的人會被提前選入實驗室，去年的高考狀元宋律庭，說來也是你們雲城的，他在大一下學期初就進入我們物理系的實驗室了。」

大一就能考過這種變態級的考核，也只有天才等級的人物才能辦到，徹底引起大二到大四的學生一片譁然。直到現在，各種大考時還有人拜宋律庭。

說到這裡，江院長又壓低聲音：「秦苒同學，妳要是專注於自動化，我保證妳會比他還快三四倍進入實驗室，博士們就喜歡妳這種學生。」

腦子的計算速度比電腦還快，跟宋律庭有得拚。宋律庭當初進實驗室時，幾個博士差點打起來，還是江院長出面擺平的。

秦苒頷首，終於明白宋律庭說的「容易」是什麼意思了，至於江院長後面讓她專注於自動化的話，秦苒直接忽略。

她禮貌地跟江院長告別。

她走之後，教學助理放下手中整理的文件，疑惑道，「今年的高考狀元從大一就開始修兩個科系？」

「主修自動化，輔修核子工程。」江院長低頭，吹了吹茶末，「大家都在等著看她什麼時候進實驗室，估計不會比宋律庭晚。」

教學助理瞪大眼。這比大二的那個宋律庭還囂張……修兩個科系，還要在大一就進實驗室？

今年的新生又要教老屁股做人？

第二章　高手出馬

南A棟三〇四——

第一節課，自動化系的高等數學老師是數學系的老師。進來第一件事就是拿起名單，往教室內掃視一圈，先介紹了自己的姓名，然後開始點名。

「第一節課就點名，怎麼辦？」南慧瑤壓低聲音跟楊怡說話，「待會點到苒苒，我可以代答……」

南慧瑤還沒說完，老師就開口，「秦苒。」

自動化系的學生都是按照姓名的首字拼音來排序的，但老師跳過了一群人，直接點秦苒的名字，南慧瑤、楊怡一臉傻眼。

「秦苒。」老師叫了兩聲都沒有人回答，不由得放下名單，推了一下眼鏡，「秦苒同學沒來嗎？」

南慧瑤硬著頭皮舉手，說秦苒肚子痛，回寢室了。

她原本以為老師會繼續糾結秦苒這件事，沒想到說完後，老師什麼也沒問，只放下名單，擺手讓南慧瑤坐下。之後也沒繼續點名，彷彿只是為了點秦苒一個名字。

兩節高等數學上完，下一節是大學物理，依舊是一、二班一起上，在南A棟四〇七。

物理老師到教室後，什麼也沒說，直接點名：「秦苒呢？秦苒在哪裡？」

南慧瑤＆楊怡：「……？？」

「秦苒一個上午都沒來上課了。」邢開壓低聲音問南慧瑤，「褚珩說過，今年大一物理系的任課老師都是實驗室跟研究院的博士，非常重視我們這一屆，妳回寢室後，儘量讓秦苒過來上課。」

「實驗室的博士？」南慧瑤沒聽過研究院，但聽冷佩珊說過實驗室很了不起。

邢開笑了笑，「岳老師就是實驗室的博士。」

他說的岳老師就是大學物理老師。

一個上午的課上完，南慧瑤和楊怡去食堂買飯回到寢室，連中午跟學長一起出去吃飯的冷佩珊都回來了，秦苒還沒回來。

冷佩珊把包包放到自己的桌上，又拿出兩份報名表，笑道：「這是我從學長那裡額外要的學生會報名表，妳們要嗎？」

「內部報名表？真是太感謝妳了。」南慧瑤接過來，一張放到楊怡桌上，「我跟楊怡在路上都沒有搶到學生會的報名表。」

南慧瑤上了一個上午的課，全程跟褚珩、邢開這群人坐在一起，自然也知道了不少內部消息，也知道進學生會，對將來進入實驗室會有很大的幫助。

每年入選的名單都是學生會的人。

南慧瑤在位子上坐好，拿起筆開始填報名表，一邊填一邊偏頭跟楊怡說，「苒苒怎麼還沒回來？她都一個上午沒來了，傳訊息問她在幹嘛，她卻說自己在上課。邢開說我們的課程是實驗室博士帶的，很重要。」

冷佩珊正在整理自己的東西，聽到南慧瑤的話，一愣，「實驗室博士？妳確定？」

「邢開說的，教我們大學物理的岳老師就是。」南慧瑤放下筆，側了側身。

「實驗室的博士怎麼會去帶你們的課？」冷佩珊有些錯愕。她不是南慧瑤等人，自然知道這意味著什麼，她坐好，語氣近乎喃喃，「京大今年這麼注重物理系？」

她想不通這點。

「重視嗎？」南慧瑤不太了解學校的體制，但冷佩珊跟邢開都不像普通家庭出身，會這麼說肯定有他們的道理。

她填完報名表就打開電腦。上了一個上午的課，她也沒玩遊戲，只點開學校論壇一看——

論壇上有很多貼文，南慧瑤一眼就看到了飄在首頁的貼文：今年的新生王。

不是她好奇，而是因為其他貼文大多都是幾百、幾十個的回覆，但這篇貼文有九千多條回覆，將近一萬。

南慧瑤直接點開了文章，腦子裡還在想：新生王是什麼意思？

文章內容只是一個介紹。

『姓名：秦苒

性別：女

高考分數：七百四十七

先跟各位說說我知道的吧。今年的高考，京大、A大都有參與，可否記得高考前，我們為新一屆高考生默哀的文章？圍觀請到——http：%**#@！

這七百四十七分，沒有任何加分，國文一百四十七分，數學、理綜、英語全滿分。京大、A大校長曾為爭高考狀元打起來，最後我們京大又獲勝了。

然後——高考狀元入駐京大物理系，校方今年一連下了兩個任命，大家去查查物理系的課表就能看到任課老師，至少有四位都是實驗室級以上的博士。（說到這裡PO主就嫉妒了，為什麼連續兩年的高考狀元都選擇物理系，我們數學系不配嗎？）

新生王每年只會有一個，據說，學生會長在開學第一天就開始搶人（什麼時候我也能有這個待遇）……』

新生剛開學，又經歷了軍訓，根本沒時間討論其他事情，論壇上的文是大二學生寫的。今天大一新生休息完，一些喜歡逛論壇看八卦的人才有時間看論壇，南慧瑤就是其中一個。

看完後，她僵硬地轉頭看向寢室的另外兩人，愣愣地開口：「我好像知道為什麼了……」

「什麼？」楊怡還在慢吞吞地填報名表，聽到南慧瑤的話，她把椅子往後滑，歪頭看向電腦螢幕。

楊怡比較耿直，看東西也一目十行，當即開口：「原來秦苒是今年的全國狀元！」

對於高考狀元這件事，楊怡也知道，不過她平時不上網，只會偶爾看看新聞，也不知道高考狀元的長相……最重要的是，就算記得高考狀元的姓名，誰也不會想到是她們寢室的秦苒！

誰知道高考狀元長得那麼好看，甚至可以直接出道？這年頭，高考狀元都長這樣嗎！

聽到楊怡的聲音，冷佩珊手一抖，抿了抿唇，放在椅子扶手上的手微微握緊，「妳們說什麼？」

南慧瑤緩了兩分鐘才緩過神來，她看向冷佩珊，「喔，就是秦苒是高考狀元，那天學生會的學姊，還有我們系上今年來任課的博士，好像都是衝著她來的。」

＊

秦苒在核子工程那裡聽了一個上午的課，學校的餐廳很多人，她就去校外找了個安靜的地方吃飯，吃完才回寢室。

一到寢室，才發現寢室裡的氣氛不對。南慧瑤跟楊怡都目不轉睛地看著她，冷佩珊……坐在自己的位子上，第一次沒有用居高臨下又毫不在意的眼神看她。

秦苒淡定地從門外走到自己的位子上，拉開椅子坐好，咬著奶茶的吸管，腿微微交疊，挑眉看南慧瑤兩人：「怎麼了？」

南慧瑤悠悠地看著秦苒：「高考狀元？」

「是吧？」秦苒一手拿著奶茶，一手敲著桌面，眉眼一抬：「有問題？」

南慧瑤內心一顫。什麼「有問題？」難道沒問題嗎？

「妳知道嗎？去年的新生王，大一上學期初就進了實驗室，大家都在賭妳什麼時候能進去實驗室……」

說到這裡，南慧瑤話語一滯。她想起昨晚秦苒說，要進入實驗室不難……現在看來，秦苒要去實驗室好像……確實沒什麼難度，就是時間的問題。

寢室一度陷入詭異的沉默。

就在寢室一片寂靜時，寢室的門被人敲響了，離門最近的南慧瑤反應過來，立刻從椅子上站起來開門。

門外是舍監阿姨，她看了一眼房號，朝南慧瑤笑了笑，「秦苒同學是這間寢室的吧？這是她的快遞。」

她把一個紙盒遞給南慧瑤，笑容和藹又非常有禮貌，跟平常好像有點不一樣。

南慧瑤接過來，連忙開口：「謝謝阿姨。」

舍監阿姨嚴謹地說沒事，臉上的笑容綻開，像一朵菊花：「以後妳們寢室有什麼困難，直接來找阿姨。」

這舍監阿姨太熱情了，南慧瑤有些招架不住。等阿姨走後，她才鬆了一口氣，關上門把快遞盒遞給秦苒，語氣疑惑：「京大的快遞都這麼貼心嗎？竟然送到寢室門口？」

「沒有吧。」楊怡拿了一個剪刀過來，遞給秦苒讓她拆快遞，「我昨天那個快遞是去收貨站拿的。」

在學校裡要是送到寢室門口，快遞人員會跑斷腿吧？

南慧瑤催促秦苒拆快遞，「妳這個好重，裡面是什麼？」

秦苒掂了掂重量，心裡也有了底。她拆開快遞，裡面物品的樣貌露出全貌。

南慧瑤眼睛一瞪：「這也太好看了。」

楊怡也點了點頭，「確實好看，哪裡買的？」

一直沒有說話的冷佩珊聽到這句話，終於忍不住回頭。一眼就看到了秦苒手中物品的全貌，她臉色一變，猛地從椅子上站起來。
秦苒手裡的是一臺白色電腦，外形輕薄，十分好看，掀蓋上印著不太明顯的罌粟花標誌。但雲光財團只對少部分的集團開放，在市場上還沒正式公開，知道這個標記的人不多。
楊怡跟南慧瑤不關注IT界，也不知道雲光財團新推出的IT商標，只誇讚說好看。
確實好看，連沒什麼少女心的楊怡都十分心動。
這兩人不清楚，但非常關注雲光財團的冷佩珊卻認識這個商標，一直清清淡淡的臉色終於有了變化。雲光財團什麼時候開始賣電腦了？假的吧！
秦苒不太意外地掀開，電腦自動開機，一如既往的藍色螢幕，然後是機械音：『請進行瞳孔認證。』
認證完不到兩秒鐘，自動開機。整體流暢到不行，性能速度可見一斑。
直到瞳孔認證跳出來，冷佩珊才愣愣地坐回椅子上。
瞳孔認證人工智慧系統，是雲光財團獨一無二的技術。
「好高科技。」南慧瑤把自己的椅子拖到秦苒這邊，目光看得出來很心動，「妳在哪裡買的，有連結嗎？我也想買一臺。」
「妳想要？」秦苒隨手把電腦放在桌上，咬著吸管，開口，「沒有連結，妳想買的話，我可以幫妳連絡人。」
「多少錢？」

南慧瑤家裡不是大富大貴，算普通家庭，但是考到京大後，學校跟市政府都發了獎金，她爸媽的親戚也塞給她很多錢。上大學後，她也準備找個打工，算是一個小富婆，並不缺錢。

「三千元人民幣吧。」秦苒想了想，報出了一個數字。

南慧瑤瞪眼：「三千！」

她現在用的電腦，三十秒內都不一定能開機，這都要七千元了，秦苒這麼高科技的電腦只要三千？

秦苒愣了一下，又報了個數字：「兩千也可以。」

南慧瑤：「……」兩千也只能買個一般的手機吧……

楊怡也推了一下眼鏡，「秦苒，妳是不是少說了一個零？這電腦兩萬？」

「沒，」了解南慧瑤為什麼愣住後，秦苒收回目光，十分淡定地開口：「就是兩千，友情價。妳轉帳給我，我讓我朋友寄給妳。」

聽到這麼便宜，楊怡也要買。

秦苒打開微信，一眼就看到程溫如的訊息：『苒苒，電腦收到了嗎？』

『開心.JPG』

秦苒回了一句話給程溫如才點開南慧瑤、楊怡的訊息，十分心安理得地收下兩人的錢，之後又點開「鄰居」的對話框。

『轉帳兩千元。』

『轉帳兩千元。』

兩分鐘後——

『轉帳已被領取。』

『轉帳已被領取。』

『？』

鄰居十分高冷地傳了個問號過來。

秦苒就回一句：『我兩個朋友買電腦的錢。』

鄰居：『……』

秦苒把兩人的連繫方式都給了陸知行，才結束聊天。

下午，秦苒依舊沒跟南慧瑤等人一起上課，物理系上關於秦苒選了輔修的傳言也漸漸傳開來。

下午秦苒只有兩節課，南慧瑤跟楊怡依舊滿堂。上完課，秦苒就準備出去見宋律庭。

與此同時，京大物理系實驗室內，宋律庭正在做一個光學實驗。

實驗室外，一個高大男人拿著一本實驗記錄，過來找宋律庭：「小宋，江院長希望你去為大一新生演講。」

「演講？」宋律庭放下手中的實驗，接過洪濤手中的實驗記錄看了一眼，眉眼溫潤，「我知道了。」

洪濤是在大四上學期開學時，進入實驗室的新人。

宋律庭年初就進了實驗室，還是研究院副院長親收的弟子，這件事整個實驗室都知道。而洪濤當初是學生會會長，一路幫了宋律庭不少忙，今年能進入實驗室，有一大部分是靠宋律庭。

宋律庭是個研究狂人，在物理系提起他的名字，無人不知無人不曉，但他深居簡出，朋友也不多，洪濤就是其中一個。

「今年我們的物理實驗室可能會多一個新人。」洪濤手中的消息比宋律庭多，「就是今年的新人王，不輸你去年的風采……」

手中的實驗結果還沒出來，宋律庭抬手看了眼手錶：「你們幫我盯一下實驗。」

「你竟然還有其他事？」

洪濤把手中的實驗記錄遞給另外一個學生，這些到時候都要給博士過目的。接著他歪頭，不可思議地看向宋律庭。

宋律庭大一剛入學時，就被一群學姊查遍了。成績優秀，智商碾壓所有大一新生，樣貌超群，校花榜前十名的女學生中，至少有一半都對宋律庭有心思，是京大名副其實的校草。但觀察了這麼久，洪濤跟宋律庭的室友發現宋律庭的老婆就是實驗，甚至讓江院長破天荒地幫宋律庭在實驗室準備了一間休息室。

「嗯，見個妹妹。」宋律庭嚴謹地把手邊的用具擺好，又脫下實驗外套，不急不緩地說。

洪濤進入實驗室後，主要跟在宋律庭手下，他要出門，洪濤也無所事事，「你一直說的那兩個妹妹？是誰啊？愛拍照的那個？還是特別囂張的那個？我可以去看看嗎？」

「兩個都在。」宋律庭扣上領口的釦子，年紀不大，但眉宇間能窺見幾分淩人的氣勢。

認識宋律庭一年多了，對方一直都冷清得彷彿是個沒有七情六欲的修者，只有在提起兩個妹妹時才會稍稍有點人味。

「妹妹們來京城看你了？我能跟你一起去見妹妹嗎？」洪濤對這兩個妹妹好奇已久。可惜宋律庭是個護妹狂魔，別說照片，連妹妹的年齡、名字都一個字也不曾透露。誰也不能問，問了就是要打他妹妹們的主意。

洪濤死皮賴臉地跟著宋律庭來到校門旁的一個咖啡廳。

雖然是上課時間，但最後兩節沒課的人不少，咖啡廳有一半都是人。宋律庭看了看，還算安靜，就選了這裡。

洪濤坐在他身邊等了兩分鐘，期間，每個路過咖啡廳的女生都會被他猛盯，然後問宋律庭那是不是妹妹們。

宋律庭點了兩杯奶茶，眉目清明，「不是。」

「你看都沒看，怎麼知道不是？」洪濤隨手點了杯咖啡，依舊盯著門外。

沒等一會，一道身影出現。

對方穿著長袖、長褲，手上抱著一堆書，露在外面的皮膚看得出來很白，戴著一副黑框眼鏡，五官卻非常精緻。身上的氣質沉著淡定，又有一點不太明顯的沉鬱，能看出幾分宋律庭的風采。

洪濤連忙開口：「小宋，那是妹妹嗎？也是我們學校的？長得真好看啊，她要是不戴眼鏡會更好看！」

說話時，潘明月也看到他們了，直接朝這邊走過來。

她把書放在桌上，臉上露出了一個淺淺的笑，聲音不是很大：「宋大哥。」

「住宿還習慣嗎？我在附近有一套房子，」宋律庭看了她一眼，拿出一串備用鑰匙給她，「妳可以跟苒苒一起去住，學校那邊我會去說。」

潘明月接過鑰匙，想了想，「好。」

洪濤連忙跟潘明月介紹自己，心裡暗想，難怪宋律庭不給任何人看妹妹的照片，這模樣就算排不上校花榜的前十名，也能當個系花。

「對了，還有一個妹妹呢？」洪濤朝外面看了看，「沒看到人影啊。」

宋律庭看了一下手錶，四點二十八分，神色自若：「還有兩分鐘。」

兩分鐘？洪濤挑眉，「計算得這麼精準？」

兩分鐘後，咖啡廳的玻璃門被一雙修長白皙的手推開。

洪濤抬頭看了一眼，一個高挑清瘦的女生一手推開門，一手插在口袋裡，手上沒有書也沒有筆，頭上戴著鴨舌帽。對方將帽沿壓得低，又低著頭，看不清臉。

「那是妹妹嗎？」他看著宋律庭，指了指大門的方向。

宋律庭形容得很精確，還沒看到臉，就能感覺到對方很酷。

宋律庭抬頭，「是她。」

洪濤眼前一亮，等秦苒走到對面，就把另一個裝奶茶的杯子放好，「妹妹，妳坐。」

宋律庭側身看了洪濤一眼，洪濤摸摸鼻子，不敢再把妹妹隨時掛在嘴邊。

「謝謝。」秦苒拉開椅子坐好，拿下頭頂的鴨舌帽隨手放到一邊。

她今天又是隨意的格子襯衫、黑色牛仔褲，頭髮披散著。最近一直很悶熱，但她身上清清爽爽，攏來一陣涼風。

看宋律庭就大概知道他妹妹的顏值肯定不差，潘明月的顏值確實能打，然而……洪濤還是沒想到宋律庭的另一個妹妹長這樣！

論壇上的幾則熱門貼文也都更新了。秦苒憑著軍訓的大合照，成功登上了京大校花榜！加上她新人王的名聲，不到一天又一躍而上，成了榜首！

以往，校花榜首都會有無數的質疑聲，無論是誰登上榜首，都有不贊同的聲音。然而，這一次幾乎沒人反對。長相比不過，智商也比不過，甚至打不過，誰能說自己不服這個榜首呢？

洪濤雖然已經進了實驗室，不代表他不關心京大的大事，雖然學校論壇的照片只貼了一天就無故消失，洪濤也從其他室友那裡看過新人王的正面照片。那鮮明的長相、獨特的氣質，只要見過就絕對不會忘記！

他一直都聽宋律庭說過兩個妹妹，但宋律庭沒說——他的另一個妹妹就是秦苒！

洪濤的腦袋暈乎乎的，彷彿瞬間有無數個煙火在同時綻放。

劈哩啪啦，火花四射。

一家都考到了京大，一個是去年全國狀元，一個是今年的全國狀元……

宋律庭叫了一聲洪濤，看對方還沒回神，他就隨意地對秦苒兩人道：「洪濤，大四學長。」

秦苒跟潘明月都非常有禮貌地說學長好。

宋律庭拿著杯子，又看向洪濤，介紹秦苒、潘明月：「潘明月，政法系大一新生；秦苒，物理系大一新生。」

半晌，洪濤終於反應過來，幽幽地看了宋律庭一眼。

「沒修輔系？」宋律庭沒理會洪濤，只看向潘明月。

潘明月小口喝著奶茶，低了低眉眼：「我們系上要學的很多，空不出其他時間。」

她知道宋律庭說的輔系是攝影，但她跟宋律庭、秦苒不一樣，從小就是一個野孩子，成績是真的不好，現在所有的一切都是她自己努力得來的，也只能專心做好一件事，一心二用的話什麼也做不好。

宋律庭用指尖敲著杯子，微微頷首，「學校裡有攝影協會，不會耽誤妳的時間。京大的考試很嚴格，期中、期末考沒達標會被退學，遇到難題就來找我。」

他說到這裡，洪濤終於了解昨天宋律庭為什麼讓人送來一套政法系的課本了……

敢情不是要特地去考輔系。

洪濤現在終於找到了自己的聲音，他看向秦苒，「妹妹，妳今年來京大的動靜比妳宋大哥當初還要大，怎麼樣，準備什麼時候來物理實驗室？」

一個漂亮妹子來實驗室，實驗室也會鬧翻天，洪濤有點想看到時候實驗室裡的模樣。

「不清楚，書還沒看完。」秦苒微微交疊著雙腿，瞇眼看向窗外，聽到洪濤的聲音才收回目光，「看情況。」

「妳是自動化的吧？我也是自動化的，」洪濤還記得貼文中的介紹，拍著胸口說：「以後遇到什麼事就來找我。」

一旁的宋律庭轉過身來，語氣冷淡：「她輔修核子工程。」

洪濤：「……」當他沒說。

現在的天才一個個都那麼囂張嗎？一個在物理實驗室光明正大地學政法系的內容，一個才剛開學，就開始輔修了？那主修的課程怎麼辦？最厲害的是，還能讓物理系的院長跟輔導員同意……

*

見完宋律庭的四天後，南慧瑤跟楊怡終於拿到了雲光財團的電腦快遞。

兩人都在寢室拆快遞，她們的電腦顏色不是白色，南慧瑤拿了銀色，楊怡的則是黑色。

拿到電腦後，南慧瑤立刻下載了九州遊，速度比她想像的還快上幾百倍。這種速度、這種顯卡，不玩遊戲、不經常上網的楊怡感受不到，但她下載了一個物理構造圖，看到裡面的功能模擬全都能用的時候，也能猜到這臺電腦比市面上的電腦好上多少。

「我竟然沒有查到同樣的電腦。」楊怡拿著手機在網路上找了一圈，也沒找到電腦的原價。

冷佩珊拿著一杯水站在兩人背後，看著運轉的電腦，眸光複雜，「當然搜不到，這是雲光財團的概念電腦，只在內部試用，還在研發期。」

想拿到研發期的試用電腦，除了雲光財團的合伙人，就是京城一些有勢力、有人脈的。

不僅要有權，還要有人脈。冷佩珊會知道，是因為歐陽薇手裡有，是別人送給歐陽薇的。

京城裡，想巴結歐陽薇的人何其多，別說一臺，兩臺對歐陽薇來說都不是問題。

冷佩珊真的不知道秦苒到底是從哪裡拿到的……

想到這裡，冷佩珊就想起了秦苒說的那個早就畢業的人。

「秦苒呢？」冷佩珊看了一眼，沒看到秦苒，她桌上的電腦跟背包也收起來了。

南慧瑤打完一局遊戲就關了電腦，準備看一會書，「她中午就回家了。」

明天就是中秋節，之前軍訓後，學校沒有讓大一新生放假，所以中秋節多放了兩天假，秦苒就直接回去了。

南慧瑤跟楊怡不是當地人，老家離京城很遠，來回一趟太累了，兩人都不打算回去。

「她回去了？」冷佩珊一愣，「妳們待會不是還有課嗎？」

「苒苒修兩個科系，她現在輔修核子工程，只會在期中、期末考時回來考試。」南慧瑤解釋了一句。

這兩天秦苒一直沒跟她們一起上課，南慧瑤就認真地問過秦苒，得到這個答案之後她也是非常佩服。

「大一就修兩個科系？」冷佩珊的智商也不低，冷家跟歐陽家的等級差很多，但正是因為她夠聰明才能被歐陽家的人看中。聞言，她眯起眼，「京大不是高中，博士教的內容都有延伸性。」

冷佩珊說不出對秦苒的感覺，從一開始莫名其妙的針鋒相對，到現在她已經知道了自己跟她的差距。這幾天來一直都很少回宿舍，更沒有跟秦苒多交流。

聽到南慧瑤的話，冷佩珊搖頭。如果秦苒修兩個科系，輔系要考期中、期末考絕對沒問題，可是還要回來考主修的考試……京大每年的考卷都非常難，老師也從來不給重點，不是隨便考考就能過關的。就算是冷佩珊，現在在電腦系聽博士講課時，有時恍神一下都會跟不上許多，這不是自己看書就能了解的，更別說是一節課都不上……
冷佩珊覺得秦苒是不是太有自信了。
「不知道。」南慧瑤倒是擔憂，聽冷佩珊這麼一說，她也坐不住，立刻打開手機詢問秦苒能不能只考核子工程。
秦苒回覆得很快。南慧瑤看到答案，一愣，「我們院長叫她一定要考自動化的考試，考不過，她就不能再修核子工程了。」
冷佩珊淡淡一笑，「我就知道。」
也就半學期而已，半學期之後還是要轉回來。

另一邊，秦苒已經走出校門了。
京大的校園很大，秦苒走了十分鐘才出來。她到門外一看，就看到站在馬路對面的程雋。
因為亭瀾公寓離這裡很近，程雋就沒有開車，站在正門口。整齊的領結、襯衫，拿著手機似乎在跟人通話，眉目懶散，猶似朗月。
星期五下午沒課的學生多，再加上接近假期，不少旅遊團都來京大參觀。大門口的人流穿梭，但秦苒還是一眼就看到了他。
程雋也看到了人，頓了頓，朝她招招手。
「吃午飯了沒？」看到人過來，程雋稍微將手機拿遠一點，略低下眉眼，聲音溫雅。
手機那頭，陸照影被嚇了一跳。

雋爺跟他說話一向漫不經心，要不然就冷漠無情，怎麼突然這麼好聲好氣的？

『雋、雋爺……』

「還沒，剛從圖書館出來。」秦苒手上只拿了黑色的背包，裡面裝著她的黑色電腦。

核子工程的課程涉及了很多課外研究，秦苒平常上完課就會跟潘明月一起去圖書館。

手機那頭正說著「雋爺，你突然變成這樣，我有點不習慣」的陸照影聽到秦苒的聲音，不由得吞下到了嘴邊的話。

「先掛了，我們馬上到。」程雋拿起手機，跟陸照影說了一句就掛斷電話。

因為接近假期，京大這條路上的人流量大，開車不比走路快，因此程雋的車將停在亭瀾。

這邊也是京大大學城，從這條穿過去還有一條小吃步行街，人又多又雜。

程雋身材挺拔，矜貴淡漠，走在人流裡鶴立雞群，秦苒就跟在他身後。人太多了，每隔兩步就有人穿進來，阻擋視線。

耳邊都是說話聲，還有各種人身上的汗味、小吃的油煙味，以及店家叫喊聲、音樂聲，秦苒的眉心微不可見地擰起。

秦苒再次被一個虎背熊腰的壯漢撞到時，前面的程雋停下步伐，臉上沒有什麼表情地看了一眼那虎背熊腰的壯漢，只是伸手牽住秦苒的手，聲音不鹹不淡，「跟緊我。」

程雋身上的溫度一向偏低，手上的溫度也微涼。

秦苒跟著他穿過小吃步行街，人流才漸漸少起來。

「今天有幾個朋友來，正好妳也放假，」程雋放緩腳步，聲音不急不緩，「有一個妳應該還

記得，張向歌。」

秦苒點點頭，「喔」了一聲就沒有說話。

地點是陸照影選的，因為遷就秦苒，就選了靠近京大的一間餐廳。走過小吃街，再往前走不到五分鐘就到了。

餐廳包廂內，還是張向歌這群人，加上陸照影跟江東葉也不過六個。這群人之前在天堂會所都跟秦苒見過面，是圈子裡最合得來的一群人，不過這一次他們都沒帶亂七八糟的女人，包廂內比較安靜。

秦苒跟程雋進來時菜已經上齊了，一群人有一搭沒一搭地聊著天，有人拿菸出來，但也沒點，顯然被陸照影提醒過。

「秦小姐，您坐。」看到秦苒進來，一直淡定坐著的江東葉立刻站起來，幫秦苒拉開了椅子，還幫她擺好筷子，然後殷勤地接過她手裡的包包，放到另一邊的沙發上。

陸照影跟程雋都很習慣江東葉的狗腿，但包廂裡的其他人顯然不習慣，傻眼地看著他，張向歌都不例外。一行人面面相覷，心底對秦苒有點好奇。

整個京城，除了程雋、程溫如那個等級的，真的找不到能讓江東葉用這種態度對待的人。

江家是程家那邊的，但江東葉平常也不是這樣的人，不會因為是程雋的人就對她獻殷勤，因為沒必要。就算是歐陽薇，江東葉頂多也只是對她稍微有禮貌一點。

「秦小姐，在學校還習慣嗎？京大有必須住宿的傳統，不過妳可以找雋爺解決。」張向歌回過神，叫服務生來點了一杯果汁，畢竟這個飯局是他約的，「對了，妳進學生會了嗎？你們學校的公關部之前找我拉過贊助，如果有意願，可以找我。」

張家在京城不算頂級的豪門，不過張向歌人脈廣、會做人、情商高，又混進了程雋這個頂級圈子，在京城特別吃得開，很多人都願意賣他面子。

秦苒坐好，本來在看手機，聽到張向歌的話，她抬頭有禮貌地開口：「不用了，謝謝。」她現在每天去圖書館，江院長後來更陸陸續續把大二、大三的課本都寄來給她了。她除了聽課，就是去問核子工程系的老師專業性的問題，偶爾也會問宋律庭。

學生會也不只來找過她一次，上次那個學姊後來來過寢室兩次，還打過幾通電話給秦苒。

張向歌看了秦苒一眼，點點頭，沒有再多說。

「雋爺，秦小苒怎麼還在住校？」陸照影翹著二郎腿，拿著筷子，偏頭看程雋。他記得程雋上大學的時候，在附近是有房子的。

坐在陸照影身邊的程雋將手放在桌子上，表情沒什麼變化：「吃你的。」

就是語氣不太好，陸照影笑了笑，表示了解。這種情況，就是秦苒自己不願意了。

程雋在京城連程老爺都管不了他，陸照影跟程溫如都得到了一個結論：遇上對手了啊。

他翹著二郎腿，嘴邊的笑容擴大。

一行人一邊吃飯一邊聊生意場上的事情，是最近關於雲光財團的事。

「昨天看標，」張向歌吃得差不多了，就靠著椅背，手上拿著杯酒漫不經心地晃著，「中秋後會公布新的幾間公司，應該是幾個小型ＩＴ公司，不過都挺有實力，我們就是陪跑。我看大小姐也在，情況怎麼樣了？」

張向歌說的大小姐是程溫如，京城有名的女強人，圈子裡的人看到都會尊稱一聲大小姐，這是歐陽薇現在都沒有的待遇，畢竟不是同一個等級的。

程雋放下筷子，偏頭看了眼秦苒，對方還在慢吞吞地啃一塊排骨，他就隨手拿起杯子，重新倒了一杯淡茶放到秦苒手邊，語氣漫不經心：「不知道，她剛借到一批流動資金。」

這場飯局上的人在京城都極其有分量，見到這一幕，心底翻湧更大。難怪張向歌說今天的飯局誰也不能對外宣傳，就這情況……說出去也沒人信吧。

秦苒現在一手拿著茶杯，一手在跟秦陵傳訊息。秦陵今天上午就放假了。

『姊，明天晚上能一起吃飯嗎？』

明天是中秋，秦陵有這個想法很久了。

秦苒看完，眉頭一挑。秦陵跟秦漢秋不是回秦家了嗎？明天晚上還能找自己吃飯？她傳了一個問號，秦陵一下子就意會到了：『秦爺爺說，現在還不是時候。』

秦陵說的「秦爺爺」，就是秦漢秋說的「秦叔」。

聽完解釋，秦苒大概就了解了。她直接傳了一個「好」字過去。

這頓飯沒有吃很久，秦苒還要回去繼續看一些資料，跟秦陵聊完就跟程雋一起離開，江東葉跟陸照影自然也與他們一起走。

張向歌等人把他們送到門口後也沒走，繼續回到包廂喝酒。張向歌想起了什麼，打了個電話給京大公關部。

「于部長，」張向歌坐在椅子上，手裡點了一根菸，「有件事希望妳通融一下。」

公關部的于部長也是乾脆俐落的性格，是經管系的女生，為人冷豔，『張總，您說。』

張向歌就告訴對方希望塞一個人進去。他的目光長遠，提供給于部長的贊助也很多，京大學生會都非常給張向歌面子，不怕張向歌有事，就怕張向歌沒事。

于部長也非常乾淨俐落，她打開擴音，又打開通訊錄添加新紀錄：『您跟我說姓名、連繫方式，我去連繫。』

張向歌也報了電話號碼：「一六六……」

輸入前三個數字時，于部長還沒有什麼感覺，直到輸入後面的數字，她看著手機螢幕上跳出來的人名，沉默了一下。

「于部長，妳存好了嗎？」張向歌等急了就問一聲。

于部長「啊」了一聲，『張總，您說的人是不是姓秦？』

張向歌挑眉：「是啊。」

『單名一個苒，荏苒的苒。』于部長說這句話時，有些咬牙切齒。

張向歌也握緊手機，坐直身體：「妳也知道？妳們認識？」他很疑惑。

『您跟我說這件事的時候，她本人不知道吧？』于部長不答，反問。

「……沒錯。」張向歌已經感覺到不對勁，「怎麼回事？」

『我就知道。』于部長笑了一聲，『我去過她寢室三次，找她加入學生會，她都沒有理我，怎麼可能會主動找您。』

張向歌更疑惑了：「妳主動找她三次？因為她長得好看？」

外聯部主要看顏值，依秦苒的顏值，張向歌也不難理解。

『什麼長得好看，我們學生會要是這麼好進，還是京大學生會嗎？』于部長嘖了一聲，『您不知道嗎？那個秦苒是今年京大的新生王、高考狀元，我們校長好不容易請過來的，前後都有物理系的江院長在安排，哪會隨意加入學生會。』

這種學生不需要去找人脈、進入實驗室，他們只要專心學術，其他的事，博士、院長或學校都能解決。于部長之前還找過秦苒兩次，後來江院長打了通電話給于部長，她就遺憾地放棄了。

『張總，您如果沒有其他事情的話，我就掛了。』于部長開口。

張向歌沉默了一下，「麻煩妳了。」

他手上拿著一杯酒，把手機放下，一飲而盡。

「怎麼了？」包廂裡剩下的三人看張向歌這樣，不由得問了一句，「事情不順利？」

張向歌搖了搖頭，然後把酒杯放在桌子上，「你們知道秦小姐在京大吧？」

「我知道，圈子裡還流傳雋爺花了不小的代價。」一人開口。

這件事從六月初就開始流傳，也不知道是從誰嘴裡傳出來的，還說程老爺也有參與。

「都是謠言，」張向歌看著三人，扔下一句話：「秦小姐是今年的高考狀元。」

雲錦社區——

秦陵今天放假，一直在房間玩遊戲，直到得到秦苒肯定的回答，眼睛才亮了亮。

拉開房門探出頭看，秦漢秋還是坐在桌旁，那位秦叔坐在他對面。

「還沒看完嗎？」秦叔拿起桌上的一份數據，沉聲開口。

秦漢秋羞愧地低頭：「還沒有，秦叔。」

「電腦呢？」秦叔按了一下額頭，問。

秦漢秋立刻回書房，把自己的筆記型電腦搬過來。

秦叔看了身後的中年男人一眼，中年男人拿來一個隨身碟，把裡面的軟體複製進去，「中秋三天，看完檔案，再把這電腦上的代碼整理好給我。」

秦漢秋一陣頭大，不過還是點頭：「是，秦叔。」

吩咐完，秦叔才跟中年男人一起離開。

中年男人按了電梯，「秦管家，二爺沒受過系統化教育，現在才過了半個多月，能看懂文件已經是極大的進步了。」

這半個多月來，秦叔幫他找了不少家教，完全是填鴨式教育。秦漢秋雖然憨厚，但是腦袋很靈活。

「我知道，但還不夠。」秦叔擰著眉，「這麼大的家業，還有四爺跟歐陽家在虎視眈眈，他扛不下來。」

如今，秦家已經不如以前，附庸的家族也一個接一個去投奔歐陽家了。

兩人走到樓下時，司機已經在等了。打開後車門，秦叔坐進去後，感覺到手邊有一個東西。

他讓司機打開後面的車燈一看，就看到了一個隨身碟。

「這……」秦叔一愣。

中年男人聽到秦叔的聲音，也往後看了看，「這不是要給二爺的隨身碟嗎？」

「是今天技術部送來的半成品，跟二爺的隨身碟搞混了。」秦叔按了一下太陽穴。

中年男人一愣，「那把車開回去，再換回來？」

車子已經開出雲錦社區，駛到了大路上，秦叔想了想，搖頭：「算了，二爺不一定能看完那些資料，中秋讓他輕鬆一下吧，下次再給他。」

聽秦叔這麼說，中年男人點點頭，也沒再多說什麼。

等秦叔他們走了，秦陵才從裡面出來。

秦漢秋頭痛地翻著一堆文件，看到秦陵：「小陵，你怎麼出來了？餓了？」

「不是，」秦陵搖頭，拿著手機看著秦漢秋，臉上沒什麼表情，但眼睛很亮：「姊姊明天中午會過來吃飯。」他說的姊姊，從來都只有秦苒。

秦漢秋聽完，眼前一亮：「真的？那我明天早上要早起買菜。」

他很會做飯，以前跟寧晴在一起的時候，也大多是他做飯，手藝也不錯。現在住在雲錦社區，秦叔雖然常說不需要他自己做飯，但秦漢秋一直改不掉這個毛病。

「小程也會來吧？」秦漢秋再次詢問。

這個秦陵沒問，不過想了想，還是回答：「程大哥才不會不來。」

「好。」秦漢秋臉上浮現十分明顯的笑意，然後拿出一張紙張，開始寫明天的菜單，至於電腦，被他隨手放在桌子上。

第三章　秦家

翌日，秦苒不算很早起來，她下樓時程雋已經去晨跑回來，連澡都洗好了，剛開始吃飯。

程溫如雙手環胸，筆直地坐在椅子上，氣勢十足。看到秦苒下來，她的臉色瞬間破冰。

「苒苒，今天中秋節，妳有什麼活動嗎？姊姊帶妳出去玩，晚上再帶妳去吃飯。」

秦苒走到餐桌旁坐下，拿起筷子很抱歉地開口：「我今天要去我弟弟那裡。」

「妳弟弟？」程溫如一愣，她從來沒有聽秦苒提過家人，只從陸照影那裡聽說秦苒的外婆去世了，所以一直不敢在秦苒面前提起親戚之類的。現在聽說她還有個弟弟，也不好多問，只是十分遺憾，不過臉上若無其事地說：「沒事，妳跟弟弟好好去玩。」

她低頭，傳了條訊息給程老爺。想了想，又問了秦陵的年齡跟喜好，讓李祕書送來一個禮物，是限定版的高級遊戲機。

這件事，程雋早就知道了，兩人吃完飯，跟程溫如聊了一個小時左右就出發去雲錦社區。

雲錦社區不在校區周圍，但地段也不錯。今天過節，人流量大，程雋開車開了一個多小時才到達雲錦社區。後座還放著三個禮品袋，一個是程溫如給秦陵的，兩個是程雋要程金準備的。

秦苒看了看，看不出那兩個禮品袋裡裝的是什麼，頂多是補品之類的。

程雋把車鑰匙遞給秦苒，自己輕鬆地拎著三個袋子進了電梯。

到達八〇一室的時候，秦漢秋拿著鍋鏟來開門。

他現在形象也有很大的改變，穿著名牌衣服。秦漢秋長得好看，雖然四十歲了，但這半個月來一直沒出門也沒打工，臉上看不出太多風霜，出去外面也值得一看。

「你們先坐，我還有兩道菜。」他讓秦陵幫兩人泡茶，又去廚房做菜。

程雋放下禮品袋就脫下外套，將襯衫袖子捲起幾折，看了眼坐在桌旁的秦苒姊弟就走去廚房幫忙。

「在編程式？」秦苒拖了張椅子坐在秦陵身側，他在用一個半成形的程式，「很厲害啊。」

秦陵剛接觸這些，秦苒列給他的書單也還沒全部看完，所以只寫了一點運轉代碼就卡住了。

聽完秦苒的誇獎，秦陵搔搔頭：「這個是秦爺爺給爸爸的任務，要爸爸在中秋期間完成。」

「他？」秦苒翹著二郎腿，「你確定？」

秦家那些人瘋了吧，連秦陵都搞不定了，還交給秦漢秋？病急亂投醫？

秦苒撐著下巴，微微思索著。

也不是沒可能，能把秦漢秋從寧海鎮找回來，這件事本身就讓人難以理解。

「沒錯。」秦陵點頭。

「來，」秦苒伸手將電腦拿過來，話說得漫不經心，「給我。」

秦陵眼睛一亮，就從椅子上爬下來，站到秦苒身側。

秦苒拿著滑鼠滑了一下，就看到主程式的代碼。這只是半成品，還需要引擎代碼的連結。

秦苒想也沒想就打開編輯器，輸入一堆繁瑣的代碼，而秦陵目不轉睛地看著。

「你們在幹嘛？」二十分鐘後，秦漢秋先端一碗菜出來，看到秦苒、秦陵一直盯著電腦，沒有劈哩啪啦的聲音，但也不小，像是在打遊戲。

秦陵連頭也不抬，「玩遊戲。」

「喔。」秦漢秋也不意外，他點點頭，「你們快點玩，再等兩分鐘就可以吃飯了。」

電腦上的半工程對秦苒來說沒有特別難，跟雲光財團公開出去的一半代碼有點類似，此刻也接近尾聲了。

她看了秦陵一眼，忽然想起什麼，「複製一份？」

秦陵一句話也不說，直接去房間拿了個隨身碟出來。

程雋拿了四個碗、四雙筷子出來，一一擺好。所有菜擺好的時候，秦苒手中的軟體也剛好弄完，然後關掉電腦、拔掉隨身碟，讓秦陵送回秦漢秋的書房。

秦漢秋今天做了滿桌的飯菜。自從來京城，他第一次這麼高興，菜的味道也非常好。

他跟程雋還一人倒了一小杯白酒，一邊聊一邊喝著。

秦苒跟秦陵不喝酒，吃完飯，秦陵就帶秦苒進去看他電腦上的遊戲。

「這是你程大哥的姊姊給你的。」秦苒把程溫如送秦陵的遊戲機拿到秦陵房間，遞給他。

秦陵伸手打開禮物，確實是適合他這個年紀玩的遊戲。他一開始很有興趣地玩了十分鐘，然後就……破關了。好玩是好玩，就是太簡單了，秦陵破完所有關卡之後就不想玩第二遍了。

秦苒現在打開秦陵的電腦。

「有幾個破關了？」她指著上面的幾十個圖示。

秦陵不太好意思地低頭，聲音很小聲，「第一列。」

一列有七個，都是陸知行以前給她的啟蒙遊戲改良版，是秦苒跟陸知行兩人花一個下午弄好的。這些是秦苒在半個月前給他的，也就等於他幾乎每兩天玩完一個遊戲。秦陵才九歲，這速度跟秦苒估計的差不多。

秦苒在秦陵的臥室教他一系列的啟蒙知識，而外面，程雋跟秦漢秋又喝了一個小時之後，兩人才收拾碗筷。

今天秦苒在，秦漢秋又忙昏了頭，所以不敢喝太多，只喝到臉紅。他忙著整理碗筷，之後放到洗碗機後才出來，看到程雋正拿著秦叔給他的文件。

「小程，你看得懂這些嗎？」秦漢秋把手裡的圍裙脫下來，頭痛地看向程雋，不過又想起程雋是個醫生。

他被填鴨式地教育了幾天，看到這些就頭痛。

程雋掃了一眼文件，笑得風淡雲輕：「略懂。」

「那你幫我看看。」秦漢秋眼前一亮，立刻把秦叔給他的一堆紙拿到桌上。

秦叔是希望秦漢秋能早點獨當一面，不指望他能做點事情，至少要能唬住底下的人，因此有點急功近利，以至於秦漢秋到現在對一大半的事情還是一知半解。

程雋讓他拿一支筆來，又拿了幾張紙，把秦家的文件放到一旁，一一為秦漢秋剖析。

秦叔為秦漢秋請來的老師也都是業界大老，剖析問題的時候十分犀利，但秦漢秋經常聽得一知半解，但換成程雋，秦漢秋覺得這些問題好像變得淺顯易懂許多。

兩個人一開始討論，就從下午一點半討論到下午四點半。秦漢秋腦子裡的一團迷霧似乎被撥開了一些，讚嘆地看著程雋，「小程，你比那些什麼高級金融分析師厲害多了，你不是學醫的嗎？」

「大學曾輔修經濟學。」程雋理了理衣袖，說得面不改色。

「難怪。」秦漢秋點頭，看著程雋，越看越覺得這個年輕人不錯。

四點半，秦漢秋又重新去廚房忙了，程雋就讓他少做一點菜。

秦漢秋想了想，忍痛刪掉幾道菜。他今天非常高興，晚上又拉著程雋喝了幾杯酒。

與此同時，程家——

中秋節，程家一家人也難得有一半的人齊聚一堂。程老爺今天穿著一身絳紫色的唐裝，威嚴又莊重地坐在主座上，晚輩們拿著酒杯一一來向程老爺敬酒。

程饒瀚看了眼坐在客廳的人，臉上有些不悅，「爸，今天是中秋，三弟也不回來？」

他知道程雋就在京城。

「三弟有事，大哥，你這麼急幹嘛？」程溫如舉著酒杯，話說得不緊不慢。

程家的家業那麼大，老爺這一輩有三個兒女，但家主的位置只有一個，除了「無所事事」的程雋，其他人早就爭得白熱化。

聽程溫如這麼說，程饒瀚笑了一下，看著程溫如，語氣淡淡地道：「聽說二妹的公司為了爭奪雲光財團的二標，將公司所有的流動資金都調出來了，看來，二妹這次勢在必得。」

雲光財團是亞洲的五巨頭之一，絕對不是京城隨便一個企業就能掌握的。他們入駐京城，一來就做了三番大動作，誰都想跟雲光財團合作，只要能搭上這條命脈，不說其他，至少沒有哪個企業再敢動你後路，畢竟……跟亞洲的五個巨頭拚財力是自找死路吧。

「大哥說笑了。」程溫如四兩撥千斤，不動聲色。

吃完飯，程饒瀚回到自己的廂房，一群手下正等著他。看到他過來，一一站起。

「大少爺，基地那邊我們已經派人去看了，現在有兩個要調回程家的人可以拉攏。」一個人拿著一份名單，微微躬身。

程饒瀚坐好，拿了一杯茶，眉眼微動：「哪兩個？」

「程青宇，老爺那一派的人，沒有派系。還有一個施厲銘，背景乾淨，二小姐也沒派人去接觸過。」手下恭敬地回。

程饒瀚微微點頭，「二小姐最近有什麼情況嗎？」

「除了去雲光財團，就是去三少爺那裡，還為那位秦小姐花大錢買了一臺內部電腦。」手下似乎有些疑惑，「大小姐是不是真的能競標到？那位秦小姐，我們是不是也要……」

程饒瀚皺眉，想了好一會才開口：「不用，多在程青宇那兩人身上花點功夫。」

*

中秋節過去一天，該上班的也都上班了。

雲錦社區內，在程雋的幫助下，秦漢秋的腦子變得比之前靈光很多，秦叔給他的兩份方案決策也差不多弄懂了。中間有不懂的，他會打電話給程雋，程雋就會耐心地教他。

本來要兩天才能看完的內容，秦漢秋只花一天就弄得清清楚楚。因此一有空，他就開始看秦叔給他的隨身碟。之前秦叔也給過隨身碟，所以秦漢秋還以為是之前教學整理的小程式，卻沒想到打開來就是一堆亂七八糟的數字、記號、字母，他看得眼花，看了一個上午都沒看懂。

秦叔跟中年男人如約而至，秦漢秋去開門。

「你把文件看完了？」看到桌上竟然擺著電腦跟隨身碟，秦叔一愣。

秦漢秋點頭，有些拘謹：「是的，秦叔。」

秦叔只覺得意外。他接過秦漢秋遞來的兩份方案，低頭看著，本來漫不經心的渾濁眼睛微微一亮，神色也變得嚴肅認真。看到最後，秦叔詫異得圍著秦漢秋繞了好幾圈，又接連問了秦漢秋幾個問題，秦漢秋都一一回答。

「士別三日，刮目相看。」秦叔臉上第一次浮現了驚喜之色，「二爺，您進步很多。」

就彷彿突然開竅了。

秦漢秋連忙擺手，有些不好意思，「這都是小程教我的。」

「小程？」秦叔聽到了一個新名字。

「是個醫生，他大學修過經濟學。」秦漢秋笑呵呵的。

秦叔點頭，對那個「小程」也有點好奇。看得出來，那個小程提出來的東西都一針見血，當醫生有些可惜了，「下次見面，你問問他有沒有興趣來秦家。」

「那我問問。」秦漢秋點點頭，準備等秦叔離開就傳訊息給程雋詢問。

秦陵出來喝水，聽到這一句，看了一眼秦漢秋。

「不過您給的這些沒有完成，」秦漢秋沒注意到秦陵的目光，他想起隨身碟跟電腦，有些羞愧，「我看不懂。」

「無妨，」秦叔拿起桌子上的隨身碟，淡淡開口，「之前我給錯了隨身碟，這是公司裡的一個大工程，還是半成品，我們開發部的人都還沒找出解決方案，待會還要帶到總部。」

說到這裡，秦叔的臉上微微沉下來。

老爺這一脈手下的工程師都跑到四爺、歐陽家那邊了，剩下的人手沒幾個，這些複雜繁瑣的引擎連四爺自己都沒理出頭緒，還故意刁難秦叔這邊，所以當初隨身碟丟在秦漢秋這裡時，他們也不急，畢竟秦叔他們帶回去也毫無辦法，而且待會還有一場硬仗要打。

今天秦漢秋出乎秦叔的預料，問了幾個問題，都不像以往一樣支支吾吾，答不出來。秦叔在這裡也沒有待多久，拿了隨身碟就離開這邊。

黑色車子在樓下等著，秦叔跟中年男人坐上車，中年男人轉動車鑰匙，神色有些異樣。

「有什麼問題？」秦叔今天開心，神情也分外輕鬆。

中年男人將車開到大路上，聽到聲音，朝後照鏡的方向看了一下：「秦管家，您有看到二爺家放的禮品嗎？」

「這個倒沒有。」秦叔拿著隨身碟，搖頭。

「包裝精緻，是不對外開放的大品牌，是特地為內部會員準備的。」中年男人提起這個，很是詫異。

秦漢秋跟秦陵之前的生活環境說不上好，買不起這種等級的東西，而且……秦漢秋看起來也不像有這種朋友的人，著實費解。

秦叔把隨身碟放好，沒有想太多。他看向窗外，略微思索：「我在想，二爺說的那個『小程』到底是誰，來京城這麼久都沒有見過……」

現在是早上，當車開到秦家總部時，還沒過八點。如今的秦家早就不能跟往昔相比了，總部大樓不如以往繁華，來來往往的人很少。秦管家在大樓底下看了一會才進去。

「秦管家。」

「……」

一路走進去，不少人停下跟秦管家打招呼。

秦管家一路走到會議室，裡頭只有三個四十歲左右的男人，樣子有些頹廢，還能聞到一點點酒味。看到秦管家，三人立刻站起來。

這是秦家分裂後，幾個受過老爺恩惠的工程師，一直沒有被秦四爺跟歐陽家拉攏。

「四爺他們人呢？」秦管家打過招呼，朝周圍看了一眼，沒看到其他人。

三個人站起來，均搖了搖頭。

秦管家低頭看了眼手錶的時間，八點一十分，已經過了早會的時間，他眉頭擰了擰。

又等了幾分鐘，才有一個踩著高跟鞋，頭髮盤得一絲不苟的女人推門進來，她手上還拿著一份文件，氣勢極足：「秦管家，今天四爺要去參加雲光財團九點半的競標，現在已經出發了，來不及告訴你們，勞秦管家您久等了。」

「妳……」秦管家身後的中年男人臉色一怒。

秦管家臉上卻是笑意不變，微微側身，「阿文。」

中年男人忍下到嘴邊的話。

「尹祕書，不知道四爺什麼時候回來？」秦管家的聲音一如既往，沒有明顯的情緒變化。

尹祕書若有所思地看了秦管家一眼，「十一點左右。」

秦管家微微頷首，依舊笑著，像是沒有脾氣：「好，那我們就在這裡等四爺回來。」

與此同時，亭瀾——

秦苒今天沒有去學校，她一共有五天假。這個時候，程溫如正在樓下等她。

程溫如要帶她去看京城的風景。

她在中秋節那天拒絕了程溫如的邀約，所以今天程溫如來找她，秦苒也沒拒絕。

程雋拿了車鑰匙，本來想開車送兩人出去，程金卻從樓下上來，「雋爺，程土有新消息。」

程雋就站在原地，手撐在桌子上看了程金一會兒，眼瞼低垂，徹底服了：「真及時。」

程溫如雙手環胸，朝程雋抬抬下巴，笑得挺開心：「三弟，看來只能讓李祕書送我們去了。」

程雋把鑰匙扔給程溫如。他扔得很準，程溫如手一抬就接在手心。

程金不知道發生了什麼事，等程雋上樓、秦苒跟程溫如出去之後，他才看向小花匠：「怎麼回事？」

程木十分同情地看著他：「雋爺剛剛要送秦小姐出去的。」

程金：「……」

他低頭看了眼手上的文件，在心裡將程土罵了一遍才上樓。

「邊境有問題？」

書房內，程雋轉過椅子，手上轉著黑色的毛筆，正面面對程金，眉眼疏淡。

程金把文件遞上去，「巨鱷那裡有個很厲害的駭客，程火對付不了，他還找了秦小姐，不過最後也沒查出底細。好消息是，巨鱷那邊的駭客沒有再出手，程土跟他『談』的生意成功了。」

這個「談」肯定不是普通的「談」。

聽到駭客，程雋手中轉著的筆一停，抬眸：「沒再出手了？」

程金看著程雋。他跟著程雋闖蕩這麼久，自然能猜出一點程雋的心思：「您有頭緒？」

「你覺得，巨鱷的駭客是孤狼的可能性有多大？」程雋隨手把筆扔到桌子上。

程金一愣：「他？」

程雋拿起文件隨意翻了翻，語氣淡漠卻篤定：「百分之百。」

除了一二九的人，程雋想不出來還有誰能全力壓制住程火跟秦苒。

「一二九很少插手其他勢力的事，」程金擔憂地皺眉，「程土那邊會不會有事？」

孤狼最近一年才出山，但手中的單子依舊很少，到現在才接不到八單……

「若來真的，程土不是對手。」程雋抬頭。

程金這次是真的愣住了。他一直都知道一二九深不可測，但他的生意跟一二九沒有交集，所以不太清楚這個勢力的底細，對於京城裡狂捧的歐陽薇也不太在意。現在，聽到程雋肯定一二九的實力，程金對一二九有了更深的恐懼，「難怪那幾個家族的人突然對歐陽家示好……」

樓下，本來已經回公司的李祕書又把車開回來。

「我們要先去一個競標會，雲光財團的。」程溫如跟秦苒坐到後座，她將手放在腿上，脊背挺得很直，「不過我就是走個過場，這次輪不到我們。之後我們去雲光財團一公里外的古城，三弟和陸照影他們小時候經常去玩……」

秦苒的手撐在車窗上，坐姿沒有程溫如那麼標準，另一隻手撥開滑到眉骨的碎髮，「不一定呢。」

「嗯？」程溫如聽著秦苒的話，反應到秦苒的意思是不會去雲光財團走個過場，「雲光財團的事情有些複雜，裡面涉及到許多利益，妳可能不清楚。算了，我們不提這個，我跟妳說說我三弟……」

秦苒摸了摸鼻子，沒再說話。直到抵達競標地點，程溫如才停下來，臉色一板，踩著高跟鞋下車，下巴微抬，眉眼淩厲，整個人又變成了女強人。

秦苒漫不經心地跟在她身後，一手拿著手機，一手把鴨舌帽扣在頭上。

程溫如的腳步停了一下，等秦苒跟上來，才繼續往雲光財團裡面走，腳步稍微放緩。

她在京城的知名度廣，每走兩步都會有人跟她打招呼，不過大多數程溫如都只高冷地點點頭。

競標會的位置上有貼名字，程溫如在第一排，秦苒就坐在李祕書的位置上。

「看到沒有？那是秦家四爺。」程溫如雙腿併攏，坐姿相當標準，一手擋在唇邊，跟秦苒說話，「秦家原本是第四研究院的掌管人，研究院是什麼，妳以後就知道了。秦家雖然已經沒落，不過現在秦家四爺跟歐陽家結盟，這兩家都是從事ＩＴ產業，就是因為有他們在，我才會說我只是個陪跑員。」

秦苒本來不太有興趣，聽程溫如說到秦家，才朝秦家四爺那邊看了看。秦家四爺也坐在第一排，跟程溫如隔了五個位置，大概四五十歲，除了臉上的紋路，精神、外表都不顯老，穿著銀灰色的西裝。

似乎是看到了程溫如，秦家四爺連忙過來打招呼，「大小姐。」

別說秦家現在已經沒落了，就算秦家還是鼎盛時期，也比不上四大家族之首的程家，遇到程溫如，秦家四爺也要低頭。

因為秦苒，程溫如對姓秦的人多了一絲好感，她朝秦四爺稍微點頭，態度比以往好不少。

秦家四爺心下疑惑地回到了自己的座位。

「估計是知道四爺您馬上就能成為雲光財團新技術的開發者之一。」坐在身側的股東壓低聲音。

不少人都提前恭喜。

秦家四爺聲音謙虛且謹慎，「雲光財團還沒下結論，一切尚早。」

不遠處，秦苒正慢悠悠地從口袋裡拿出耳機，不知聽到了什麼，她朝那邊看了一眼，翹著二郎腿，漫不經心地笑了笑。

「怎麼了？」程溫如很關心她。

秦苒把耳機塞到耳朵裡，開著音樂，往椅背上靠，「只是聽到了一個笑話。」

九點半，雲光財團負責招標的經理拿著一份合約出來。

他站在最前方，稍稍側身，手一畫，背後就出現了4D投影。他轉身微微彎腰，聲音自信且有力道：「我是IT總編部楊……」

說話時，他的目光下意識地掃視十幾位投標的企業管理人，掃到第一排第五個位置的時候，聲音忽然有些卡住。

「……！」

對著那張臉，他要怎麼說下去……？？

坐下時，秦苒曾把鴨舌帽放到一旁的椅子上，現在又面無表情地把鴨舌帽重新戴上。手指放在一旁的扶手上，微微敲著，五指骨節分明，白得刺眼。

程溫如看了秦苒一眼。她聽程木說過，秦苒脾氣不太好，最怕吵，雖然這兩個多月來，程溫如也沒有發現秦苒的脾氣哪裡不好了。

看秦苒這樣，她壓低聲音安撫，「再等一會我們就走，妳看看他們公司的4D投影，很逼真，其他地方看不到。」

她覺得秦苒可能是待得太久了，有些耐不住性子。

程溫如今天會帶秦苒過來，也是想帶秦苒來看看這4D投影，這東西連程溫如第一次看到都很驚豔。

秦苒小聲回道：「謝謝。」

她稍微抬頭看了看，IT總編部的楊紹琦似乎是感覺到了目光，他的手指有些僵硬，滑動投影螢幕的時候，手非常明顯抖了一下。

「楊、楊紹琦。」楊紹琦終於介紹完了自己，不敢再看第一排。

他伸手又在虛空比劃著，一條條新聞滑過，然後停在產品頁面。他板著一張臉，介紹得既官方又嚴謹，一絲不苟，像在跟上司彙報工作。

一番介紹後，楊紹琦才翻開文件，略微放鬆：「經過總部決定，這次加投的人選是——」

座位上，秦家四爺不動聲色地理理衣服，嘴角儘量往下壓，眸底卻是明顯的笑意。

程溫如已經拿好手邊的挎包，準備離開。

「程溫如，程總。」楊紹琦宣布完，朝程溫如那個方向看去，稍稍鬆了一口氣。

秦家四爺臉上的笑容微滯。

「恭喜大小姐啊。」其他人投資者也反應過來。

雖然秦家四爺在這領域遠勝於其他人，但雲光財團會選擇程溫如也不難理解，畢竟程溫如是程家人。

程溫如只愣了三秒就迅速整理好表情，端著大小姐的態度，氣場全開，抬手跟人道謝。

楊紹琦跟其他投資人打完招呼才往這邊走來，有禮貌又小心，「程總，請到這邊來，我們需要重新簽合約。」

程溫如跟楊紹琦握了手，然後看向秦苒：「苒苒，妳先回車上，我十分鐘後出去。」

雲光財團會嚴格管控進出的人，程溫如有點了解。

楊紹琦微微笑了一下，溫和地道：「程總，雲光財團今天對所有人開放，這位小姐可以跟您一起進去。」

是嗎？程溫如微愣，上次來的時候需要打卡才能進去，今天怎麼規則又變了？不過現在程溫如也想不了那麼多，她跟著楊紹琦走向電梯。

楊紹琦刷卡，按了二十八樓。

程溫如看著樓層，微微瞇眼。上次去的好像都是二樓……

二十八樓很安靜，楊紹琦直接拿出合約，沒有絲毫拖泥帶水。程溫如掃了一眼，跟之前列的條件沒什麼兩樣，雙方都簽得很俐落，整個過程不過十分鐘。

「快午餐時間了，」楊紹琦起身，跟程溫如合作愉快地握了手，紳士地邀請，「程總能賞個臉，一起吃飯嗎？」

這種機會難得，若是以往，程溫如不會拒絕。

「抱歉，楊總監，我得帶孩子去看京城風景，早上已經說好了。」程溫如收回手，表示歉意，「下次有機會，我請楊總監。」

楊總監連忙開口，「無妨，您的事重要。」

他說著，還把程溫如送到樓下車上。

程溫如不動聲色地跟楊紹琦告別，心底卻詫異。今天的楊紹琦……熱情得似乎有些過頭了。

雲光財團大門的不遠處，等程溫如的車子開走，楊紹琦才擦了擦額頭上十分細密的汗。

「總監？」身側的助理詢問，「您沒事吧？」

「沒事。」楊紹琦搖頭，鬆了一口氣。

敢叫秦小姐「孩子」的人……楊紹琦覺得都很了不起。

另一邊，車上，程溫如翻了翻合約，鳳眼微挑，「楊總監竟然沒有選秦家……」

開車的李祕書也覺得奇怪，「程總，我們走狗屎運了？」

「秦家四爺跟歐陽家結盟，我以為不管從哪個方面，他們都比較占便宜。」程溫如闔上合約。

秦苒翹著二郎腿，正拿著手機玩遊戲，只稍微側了側頭，挑眉。

程溫如想起秦苒是學物理的，應該不喜歡聽這種事，估計也沒特別懂，因此立刻換了話題，詢問她弟弟喜不喜歡遊戲機。

秦苒碰了一下額頭，「很喜歡，就是遊戲簡單了一點。」

十分鐘就破關了。

「這樣啊。」程溫如猜秦陵跟秦苒一樣，也喜歡遊戲，決定下次去找更難的遊戲機。

*

秦家總部——

秦四爺回來時，臉色顯然沒有很好，眉頭微微擰著。

尹祕書踩著高跟鞋迅速跟上去，「秦總，秦管家等人還在會議室等您。」

秦家四爺腳步一頓，拿出一根菸來，叼在嘴裡，「還沒走？」

真有耐心。

「從八點到現在，等了三個小時。」尹祕書一一彙報。

「好，讓技術部的人準備一下，我們去會會秦管家，看這一次他要讓多少分成。」秦家四爺腳步一轉，拿著菸往會議室走。

會議室內，秦管家坐在左側的首位上，雙眸微微闔上，老神在在的，半點也沒有不耐煩的意思，阿文就站在他身後。

砰！會議室的門被人從門外推開，秦家四爺等人湧進來。

他坐到中間的位置，朝秦管家看去，「秦管家，抱歉，讓您久等了。」話是這麼說，他的聲音裡卻沒有半點抱歉的意思。

技術部的人也陸續拿著隨身碟跟文件進來。

「開始吧，」秦家四爺首先看向秦管家，「秦管家，這裡面您輩分最大，您要先嗎？」

站在秦管家身後的阿文抿了抿唇，恨恨地捏著手指。秦四爺壟斷了秦家的工作室，秦管家手底下有能力的老人也都被他挖走了，能不能做出來，這不是明知故問嗎！

秦管家臉上卻不見絲毫怒意，依舊笑得淡定從容，「四爺，您的人先。」

這個結果，秦四爺早就料到了。秦管家能不能拿出內容，沒人比秦四爺更清楚。他似笑非笑地看著秦管家淡定的樣子，然後讓技術部部長彙報情況。

技術部部長拿著隨身碟跟文件，上臺將整個引擎類比了一遍。這是雲光財團內部之前在網路上公布的人工智慧片段，所有ＩＴ企業表面上不說，但暗地裡都在研究這個片段，秦家也不例外。

只是裡面的代碼過於晦澀，很少有企業能在短時間內研究出來，秦四爺這邊也只進展到百分之八十，不過這些也比秦管家的半成品強。

技術人員說完，秦家四爺敲著桌子，抬眸看向秦管家：「秦管家，換你的人了。」

秦管家沉默了一下，他捏著手中的隨身碟，看了一眼坐在第一排的三個工程師。

其他人沒說話，中間那個身上略有酒氣的人接過：「我去吧，秦管家。」

他拿起秦管家遞過來的隨身碟，走到電腦前插入電腦。

秦家四爺沒有看他，只低眸喝了一杯茶，掩飾嘴角的冷笑——

垂死掙扎。

秦家四爺皮笑肉不笑地放下茶杯，「秦管家，這個工程如果你們接不了，今年的分成照例分三成。」

他跟歐陽家結盟，有歐陽薇在，秦家四爺早知道秦管家瞞著他，將秦漢秋父子接回來了，更知道秦管家在培訓秦漢秋。不過秦管家要是覺得隨便培養一個人就能打壓他，那可是大錯特錯。

秦管家依舊不動如山，他身後站著的中年男人卻掩蓋不住臉上的憤怒。

「阿文。」秦管家側頭，警告地看了阿文一眼，然後看向站在電腦前的阿海，「你繼續。」

阿海昨晚喝了一整晚的酒，現在還有些宿醉頭痛。插入隨身碟之後，他直接打開投影機，又打開資料夾。

這個半成品，秦管家給他們看過，憑他們僅剩的三個人，連電腦都不足以運轉這麼大的類比系統引擎，三個人研究了一段時間後不得不放棄。他們都是陪老爺一起奮鬥過來的人，沒想到秦家會敗在他們手上。

阿海一邊想著一邊看向資料夾……好像多了好幾份文件？

阿海有些詫異，不過這時候也沒有想太多，點開最上面的資料夾，能看到資料夾內有一片葉子形狀的主引擎。

還在宿醉，有些不清楚的腦袋忽然清醒，阿海瞪大了眼睛。研究過這代碼一段時間，阿海怎麼可能不清楚，上次看的時候，主引擎根本就沒有成型，哪會有圖示！

阿海直接點開了圖示。他們根本沒有動手做，所以秦管家也沒有裝模作樣地打成文件跟設計方案，分發給會議室裡的人。

「秦管家，今年的分成協議你們簽一下吧。」今天的競標沒中，秦家四爺的心情本來就不好，也沒時間再跟秦管家耗了，他手撐著桌子，直接站起來，「尹祕書，把合約遞給秦管家。」

他一句話說完，全場都沒有動靜。

「尹祕書？」秦家四爺看向尹祕書。

尹祕書正偏頭看著投影螢幕，不僅是她，全場大多數人都抬頭，不可思議地看著螢幕。

他們這樣，讓秦家四爺想到一個可能，不由自主地回頭。

投影螢幕上有個3D系統旋轉著，正是半成品的完整連結構想……這半成品的構想最初還是在秦家四爺的參與下完成的，只是後續的解碼工程複雜繁瑣，秦家四爺這邊有這麼多人手跟人才，都只解開了百分之八十，所以他把半成品交給秦管家的時候，根本就沒想過秦管家憑手下的幾個人能成功，可誰知道秦管家還真的成功了！

「秦管家，我真是小看你了。」秦家四爺的表情一點一點褪去，走到秦管家身邊，半晌後陰鷙地笑了一下。

一句話也沒說，直接走出會議室。

阿海也演示完了，連忙把隨身碟拔下來，回到秦管家身邊，臉上的頹喪一掃而空，目光熱切：「秦管家，你找到哪個高手了？竟然還瞞著我們！」

秦管家自己臉上也有點呆愣。

「我根本就沒有找人，若是找了高手，哪會陷入這種兩難之地……不對！」秦管家猛地站起來，忽然想起了什麼，轉身看了眼阿文。

兩人顯然想到了同一件事，「二爺！」

隨身碟在秦管家手中根本就沒有什麼變數，唯一的一次變數，就是跟秦漢秋的隨身碟弄混了。

*

秦陵今天去上學了，秦管家又誤算了秦漢秋看文件的日期，沒給新的任務，秦漢秋有些無聊，就打了通電話給程雋，然後拿著一壺酒，興沖沖地搭車到亭瀾，跟程雋一起喝酒。

這是秦漢秋第一次來亭瀾，他環顧四周，不停點頭：「這個地方環境好，距離學校也近，苒苒也方便。」

兩人坐在落地窗旁，程木從冰箱裡拿了幾碟下酒菜出來。

「那位是誰？」程金並不認識秦漢秋，壓低聲音問程木。

他第一次看到雋爺這麼認真地坐下來陪聊。程金不曾見過秦漢秋，對方舉手頭足間還略顯侷促，他想了半晌，也沒想到京城什麼時候有一位這樣的人物，也對不上長相。

主要是秦漢秋整個人的氣勢很一般，不像程溫如那麼幹練，也沒程雋那麼可怕，更沒有秦小姐到哪裡都讓人忽視不了的模樣……

程木拿著茶壺，準備去燒一壺醒酒茶，聞言，雲淡風輕地回：「那是秦小姐的父親。」

「秦小姐的父親？」程金跟著他來到廚房，沉默了一下，「難怪。」

程木將一壺茶燒好，程金乾脆俐落地接過他手中的茶，去為程雋兩人倒茶。

還維持著拿茶壺姿勢的程木，不可思議地看向程金的方向：「？」

「對了，小程，」喝到一半，秦漢秋吃了顆花生，忽然想起秦叔的話：「你對管理公司有興趣嗎？」

剛走到兩人身邊的程金聽到秦漢秋左一句「小程」，右一句「小程」，放眼京城……敢叫雋爺一聲小程的，恐怕只有秦漢秋一個人，也是真的膽大。

「管理公司？」程雋放下酒杯，語氣有些輕描淡寫，「我只會紙上談兵，沒那個耐心，就不耽誤您了。」

最近被一直被逼著看文件的秦漢秋深以為然：「對，其實沒什麼好的，沒有搬磚快活。」

好一段時間沒有搬磚，他的骨頭都懶散了，但是他不敢跟秦叔說他想再回去搬磚。

兩人聊了將近兩個小時，秦漢秋口袋裡的手機響了，他掏出來看了一眼，赫然是秦管家。

「我現在在哪裡？」秦漢秋沒有喝很多，思緒很清醒，「我在小程家。」

他不知道這邊的具體地址，又問了程雋，把地址報給秦管家。

電話裡，秦管家說他不到二十分鐘就會到。

秦漢秋掛斷電話，還沒喝盡興，「這麼急著找我？」

「應該是有急事，」程雋也喝了酒，不能開車，思忖了一會兒，然後開口：「我讓程木送您回去。」

「不用，苒苒不喜歡秦叔，」秦漢秋連忙擺手，「秦叔會在社區大門口等我，我自己等他就行了。」

程雋沒查過秦漢秋的事，不過光聽描述，也知道秦漢秋口中的秦叔肯定是秦家人。

程雋不記得自己認不認識秦家人，他想了想，就把秦漢秋送到樓下，又陪他等了三分鐘，在轉角處看到秦管家的車時提前離開。秦管家他們停下車後就算再仔細看，也只能看到模糊的背影。更何況他們就是衝著秦漢秋來的，根本沒有注意到其他人。

「大小姐有打電話給你嗎？」程雋一邊往回走一邊低頭看了眼手錶，詢問程木。

語調不高，懶懶散散的，像沒什麼精神。

他說的大小姐自然是程溫如。

程木跟上程雋，「半個小時前來過電話，正帶著秦小姐去吃飯，晚上才會回來。」

「晚上？」程雋瞇起眼。

秦苒明天就回學校了。

亭瀾社區門外，阿文從駕駛座上下來，「二爺，您怎麼在這裡？」

他抬頭看了眼社區的名字——亭瀾。這裡都是豪華高級公寓，一套少說都要九千萬以上，如果是複式樓層，價格要翻兩倍，是京城的頂級豪宅。

「我來找小程喝酒。」秦漢秋拉開車門，坐上副駕駛座。

又是那個「小程」？阿文心底驚訝。今天早上發現那些禮品袋的時候，他就猜秦漢秋口中的那個小程不簡單，可也沒想到，對方竟然住在亭瀾。

「秦叔，」秦漢秋綁好安全帶，側身往背後看了一眼，「您這麼急著找我，有事嗎？」

這時候秦漢秋才發現後座還坐著另外一個跟他年紀差不多的人，戴著眼鏡。

阿文已經發動了車子，往雲錦社區開去。

秦管家也等不到回到雲錦社區，他目不轉睛地看著秦漢秋：「二爺，我丟給你的隨身碟有誰碰過？」

秦管家知道一定不會是秦漢秋，才會這樣問他。

副駕駛座的秦漢秋抬起頭，突然被這樣一問，他有點頭暈，立刻坐直：「隨身碟有什麼問題嗎？」

「沒有，二爺，您放心，」秦管家看了眼身側的阿海，「阿海，你解釋一下。」

阿海點點頭，「秦管家給你的，其實是秦家總部做到一半的工程，裡面有一串智慧代碼十分難解，總部的人才解到百分之八十……只有放在您那裡的被解出來了。」

秦漢秋不懂代碼、程式設計之類的，聽不太懂，只弱弱地詢問：「解開那個代碼……很厲害嗎？」

聽秦漢秋這麼說，阿海頓了一下。

……很厲害嗎？

雲光財團poppy，一個僅憑名字就吸引了無數工程師去雲光財團的人，你說厲不厲害？

秦漢秋朝後照鏡一看阿海的神色，就知道了結果。他訕訕地笑了一下。

「所以我們才問你有誰碰過電腦，這兩天你們那裡有沒有什麼人來？」秦管家再度詢問。

「我不知道，秦叔，隨身碟在我家也沒有弄丟過。」秦漢秋更搞不清楚了，那天除了秦苒跟程雋，沒有其他人來。

程雋不是跟他一起喝酒，就是在廚房幫忙，沒碰過電腦，至於秦苒，則一直跟秦陵一起玩遊戲。

秦漢秋臉上的表情迷茫不似作偽，秦管家等人面面相覷。

「那天去你家的小程是誰？」秦管家想了半天，只能想到教過秦漢秋的小程。

一提起程雋，秦漢秋的表情更開心，「就是小程，不過他還是喜歡當醫生，下次有機會我介紹給你們認識。」

從秦漢秋嘴裡實在問不到什麼，到了雲錦社區，一行人就下車。

秦管家落後一步，低聲吩咐阿文：「你去物業那裡調一下這兩天的電梯監視器。」

阿海則跟秦管家等人一起上樓。

秦漢秋去臥室把自己的電腦拿出來給秦管家和阿海看：「這就是我的電腦，你們看看。」

阿海拉開椅子坐下，然後打開電腦，在電腦上尋找痕跡。

二十分鐘後。

「奇怪……」阿海若有所思地開口，「我找不到半點痕跡。」

他跟秦管家都認定變故是在秦漢秋這邊發生的，但偏偏在秦漢秋這邊並沒有發現到半點痕跡，秦漢秋的電腦乾淨到不可思議。

秦管家在房間裡掃視一圈，最後將目光放在秦漢秋身上，「還有其他電腦嗎？」

秦漢秋遲疑了一下，「小陵房間裡還有，不過他還沒放學。」

沒有秦陵的允許，秦漢秋不會隨便動秦陵的東西。

小陵？阿海詢問地看了秦管家一眼。

「是二爺的小兒子，在上小學。」秦管家解釋。

阿海只是一個工程師，對秦家的恩怨不清楚，不過也有聽說過秦家上一代死的死，失蹤的失蹤，旁系嫡系只剩下秦家四爺跟秦修塵。而秦家二爺剛被秦管家找回來，聽秦管家一解釋，阿海就知道小陵是誰了。只是阿海有種直覺，就算秦陵回來，他也查不到什麼。

秦管家坐在椅子上等秦陵回來的時候，口袋裡的手機響了幾聲，拿出來一看，秦管家的眼睛微微一亮。他從椅子上站起來，直接接起——

「六爺，您回來了？」

秦老爺最小的兒子，秦修塵，今年三十二歲，在演藝圈紅透半邊天，是少數實力與顏值並存的影帝。秦修塵之前在國外拍一部大工程的電影，期間通訊不好，所以很少連繫秦管家。

手機另一頭，秦修塵穿著一身隨意的休閒裝，鼻梁上架著墨鏡，耳邊掛著黑色口罩，『剛下飛機，聽說二哥找到了？』

「您的電影是封閉式拍攝，我一直沒連繫到您，就沒通知您。」秦管家解釋。

秦管家又說了幾句，然後掛斷電話站起來，「二爺，六爺回來了，我先帶你去見他吧。」

此時也等不到秦陵回來了，秦管家直接把車開到學校，等秦陵放學，就帶他去見秦修塵。

另一邊，秦苒跟程溫如逛了一下午，此時正在一處復古的酒樓吃飯。

「這裡是會員制的，聽說祖上是皇家御膳總廚。」程溫如把竹簡遞給秦苒，「喜歡吃什麼自己點。」

這裡位於古城裡面，外面被一層城牆圍起來，地下是假山噴泉，每天只接待三十桌客人，極其幽靜，知道這個地方的人都是京城有底蘊又有歷史的家族。

兩人坐在二樓，靠窗，正好能看到城牆外悠遠的古樓。

秦苒隨手點了兩道菜就把竹簡還給程溫如，程溫如又加了幾道店裡的招牌菜。

酒樓頂樓，程饒瀚正拿著竹簡等人，手下在他耳邊低聲說了一句話。

「我二妹在這裡？」程饒瀚瞇起眼，「她來見什麼人？」

作為皇家酒樓，不是特別重要的人，一般是不會帶來這裡的。

「應該是那位秦小姐。」手下頓了頓，聲音有些古怪，「她們……好像在這裡逛了一天古城。」

「逛了一天？」程饒瀚放下了酒杯，聞言，眉頭擰起：「程溫如最近到底是怎麼回事？」

一直跟程雋和什麼「秦小姐」混在一起，還逛古城？公司的資金都快運轉不來了，簡直像中了邪一樣。

「走，我們下去會會我二妹。」要等的人也還沒來，程饒瀚覺得疑惑就放下竹簡，站起來要下去找程溫如。

手下立刻往外面走，剛打開包廂的門，外面就有一位穿著一身紫色旗袍的女人。

「程先生，抱歉，久等了。」看到程饒瀚，女人抱歉地開口，「我正好接了一個單子。」

程饒瀚笑了笑，轉身往後走：「也沒等多久，薇薇妳願意在百忙之中抽出時間來這裡，就已經是給我面子了。」

這女人正是歐陽薇。之前是歐陽薇沒來，程饒瀚才想要下樓看看那位「秦小姐」，現在歐陽薇來了，程饒瀚自然就沒了這個想法。

這兩個人擺在一起，不用想也知道誰更重要。

樓下，秦苒跟程溫如剛吃完，飯後甜點端上桌，程溫如也沒繼續吃，直接讓人打包，讓秦苒帶回去。

「這裡的甜點味道不錯，不對外販售。」程溫如一邊下樓一邊開口，「不吃可惜。」

兩人走下樓，程木的車已經停在樓下了。

秦苒一眼就認出了程木的車，跟程溫如打了聲招呼才往程木的車走。

李祕書站在程溫如身後，疑惑道：「大小姐，您今天吃飯怎麼吃得那麼急？」

這種餐廳吃兩個小時也不算晚，現在才過多久？剛過半個小時而已。

程溫如雙手環胸，嗤笑一聲，「再不放人，我們下個月也沒有錢了。」

程雋說沒錢，就真的突然沒錢了，所以程溫如的公司最近這段時間是赤字的事，連程饒瀚都知道了。

李祕書：「……」

*

小提琴協會——

自從抄襲曲譜的事發生後，秦語已經半個多月沒有來了，她怕看到別人鄙視的目光，而戴然也沒有再連繫她。這半個多月，秦語也不敢去沈家，就住在林家買給她的社區。

直到過完中秋，網路上的熱度也消退了，秦語才敢戴著口罩來小提琴協會。

現在是下午五點多，小提琴協會的學員大部分都走了。秦語低著頭，一路躲躲藏藏地來到教學大樓。在一樓的電梯廳，偶爾只會有一個人下來。秦語戴著口罩又披散著頭髮，幾乎沒有人能認出她。

秦語走到最旁邊的一個電梯，按開電梯門，等門關上才鬆了一口氣。然後從口袋裡摸出自己的學員卡，刷了一下，電梯沒有絲毫動靜。

秦語一愣，低頭看了一眼學員卡，不敢置信地又刷了一遍。

二樓的按鍵依舊沒有亮起……

想到了一種可能，秦語手中的卡啪地一聲掉在地上。

她蹲下來把卡撿起來，走出電梯，又走進一〇一教室，拿出手機登入小提琴協會的官網。

在小提琴協會裡面用協會的網路，是可以登入官網的。

秦語輸入自己的名字，又輸入密碼，點下登入，螢幕上很快就跳出一行字——

『此用戶不存在。』

不存在？怎麼會不存在！

秦語瘋了，她以為這件事等風頭過了，她就能再次復出，但是小提琴協會怎麼會突然把她除名？沒有小提琴協會，沒有了戴然……秦語想像不到她還剩下什麼，想像不到沈家跟林家會怎麼對她……

正想著，秦語的手機響了一聲。

是寧晴打來的，她的聲音也有些疲憊：『語兒，妳小姑讓我們晚上去沈家吃飯。』

去沈家吃飯？秦語一愣，沈家還願意讓她去吃飯？

她握緊手機，抿著唇胡思亂想，不知道要用什麼表情。

半個小時之後，她來到沈家，寧晴已經到了，正跟林婉坐在沙發上聊天。

「語兒來了，坐。」林婉放下手上的茶，微微笑著，一切好像都沒有變化。

秦語坐到寧晴身邊，沈家的傭人還幫她端了一杯茶。

對面，林婉晃了晃手中的茶杯，低垂著眉眼，朝寧晴笑了一下：「嫂子，母女間哪有隔夜仇，只要妳開口，苒苒怎麼可能不原諒妳。」

聽著林婉的話，秦語的心猛地往下墜。她忽然明白了，林婉現在還願意讓她來沈家，完全是因為秦苒。

秦語渾身上下的血液都是冷的，指甲幾乎嵌入掌心。一想到這是因為秦苒，她就感覺到一陣莫名的屈辱……

寧晴拿著茶杯，低著眉眼，不知道該說什麼，心裡似乎也有一根線緊緊繃著。她何嘗不知沈家是因為秦苒，才對她這個態度。

門外，出門談生意的沈家老爺進來，看到寧晴，仍非常親切地打招呼，「你們在說秦苒嗎？林夫人，說起她，妳可是生了一個好女兒，全國狀元，肯定能進實驗室，說不定最後還能進入那裡……」

實驗室？寧晴聽到了一個新名詞，不過她沒有表現出特別無知的樣子，只稍微抬起頭。在林家那麼多年，她已經學會了隱藏，深知怎樣才會被別人看不起。

砰！

大門口，沈予玟一腳踹開門，手裡還拿著電話：「明天一定要給我搶！這次再搶不到言昔的門票，我們又要再等一年……」

坐在沙發上的秦語眉眼深邃，本來就不想聽到關於秦苒的事情，聽到沈予玟這句，她忽然想起一件事，她去年來京城的時候，沈予玟似乎說過，那首小提琴曲目跟言昔的非常像……

與此同時，秦漢秋、秦陵等人已經到了天堂會所。

第三章 秦家

這是全京城最隱密也沒有狗仔的會所，秦修塵現在的知名度很可怕，私生飯也多，整個京城只有天堂會所能擋住那些狗仔。畢竟天堂會所有個特別出名的事情，就是有個狗仔混進去拍了幾張三流明星的照片，賣給了幾家報社，還在網路上流傳，結果不到一天，網路上的照片全都消失了，與此同時，天堂會所還查出狗仔的ＩＤ，全城封殺了狗仔和幾家貼了天堂會所照片的報社。

也是從那時候起，所有人才知道天堂會所也是雲光財團旗下的，圈內再也沒人敢在天堂會所惹事。

秦漢秋從來沒有來過這種地方，有些不習慣，渾身不自在，倒是秦陵看起來比他穩重很多。

秦修塵一一見了秦漢秋跟秦陵，還為秦陵帶了從國外買的禮物，不巧，也是一款遊戲機。

雖然已是三十二歲，歲月卻沒在秦修塵臉上留下痕跡。他的五官無一不是恰到好處的美，一雙桃花眼，輾轉間風流盡轉，睫毛極長，微微垂著的時候遮住眸底流淌的神色，骨架修長勻稱，渾身上下猶如精細雕磨。

見到親人，秦漢秋朝秦修塵舉杯：「想當初也有人挖我去當模特兒，但我沒去……」

說到最後，已然是喝多了。

秦修塵今天也開心，他看著秦陵，目光很溫和，「小陵，喜歡叔叔送的禮物嗎？」

他是聽秦管家說秦陵喜歡玩遊戲，才帶了遊戲機回來。

秦管家站在一旁看著，十分驚訝，他沒想到一向不好接近的秦修塵這麼喜歡秦陵。

秦陵低頭看了一眼一模一樣的遊戲機：「……喜歡。」

秦修塵笑了笑，伸手揉了一下他的腦袋，然後把秦陵跟秦漢秋送回雲錦社區。

等安頓好兩人，秦修塵才負手往車子走：「小陵剛剛說他還有姊姊，怎麼不一起接回來？」

從言辭裡，能聽出來秦陵很喜歡那個姊姊。

「四爺虎視眈眈，我都不敢帶二爺回老宅，」秦管家搖頭，「我怕出問題，當初找到二爺的時候，二爺連大學都沒上。」

秦修塵一聽，眉頭擰起。他剛拍完戲，眉宇間有些許倦色，「不管她怎麼樣，那都是我秦家的人，那也是我嫡親的侄女。找到我二哥這麼久了，連他女兒長什麼樣子都不知道……」

他接過助理遞來的眼罩，疲倦地開口：「秦管家，你把二哥女兒的資料給我，我去找她。」

秦管家：「……事實上，阿文說小少爺的姊姊在京城上學的時候，我查過一點點。」

秦修塵抬眸，詢問。

秦管家羞愧地低頭：「然後什麼都沒查到。」

秦修塵錯愕。秦家雖然現在已經沒落了，但也不是一般家族能比的，查秦陵的姊姊……卻什麼都沒查到？

「不會出什麼事吧？」秦修塵坐直，看向秦管家，「這件事，我四哥沒有動作？」

秦家四爺心狠手辣，能聯合歐陽家吞噬秦家產業，秦修塵這幾年也有查到秦漢秋當時會失蹤，跟秦四爺的母親有著千絲萬縷的關係。

秦管家頓了一下，意識到事情的嚴重性，「我再讓人查查。」

＊

第三章 秦家

翌日，秦苒比平常早起來，早上六點就醒了。現在正坐在飯桌旁，剛吃完飯。她昨晚看書看到很晚，沒睡好，有點睏地打了個哈欠。

「你放在那裡，我待會去學校。」一眼眸一抬，就看到程雋拿了她的背包。

程雋掂了掂手裡的背包，隨口道：「順路。」

「我是去學校。」秦苒喝完牛奶就跟上來。

「我正好去醫學實驗室。」程雋拿了鑰匙，靠在門口等秦苒換鞋。

秦苒換好了鞋，跟著他走向電梯。

程木抱著一盆花，遠遠跟在兩人身後。秦苒現在住校，程木要把這盆花送到學校。

一大早，路上的人還沒那麼多，程雋把車開到校門口才停下。他走在前面，秦苒拖著步伐跟在他身後兩三步遠的地方。走進校門就是一條大道，往前走兩步就能看到操場，這個時間段有人在晨跑。

「現在還早，妳要不要去醫學實驗室看看？」程雋低頭看了看手錶上的時間。

七點還沒到，他也知道今天秦苒第一節沒課，現在來學校，是要去圖書館占位置。

他說亭瀾也能看書，她就說分心。

秦苒沒興趣，揮揮手，「都是福馬林，不去。」

來到路口，她扯過程雋手裡的背包，隨意地往身後甩，頭也沒回地朝後面揚了揚手：「走了。」

程木抱著花盆趕到程雋身邊，「奇怪，秦小姐怎麼知道醫學實驗室都是福馬林……」

圖書館會在七點準時開門，秦苒用學生證占了位置，又去找了幾本書過來。
剛回到自己的座位，就看到手機上的一條訊息。
秦陵像在跟她分享寶貝一樣：『姊，妳想要有個叔叔嗎？』
秦苒抬手把書放到桌子上，然後拿起手機看了看，『不想。』只回了兩個字。
對面一直顯示正在輸入，但一直沒有消息。
秦苒拿著筆看了一會書，半晌之後才看到秦陵的回覆。
『秦陵：喔。』
秦苒挑了挑眉，隨手把手機放到一邊，繼續慢悠悠地翻著書。
核子工程的書大多都是理論性的知識，複雜繁冗。秦苒遇到特別專業的問題，就會記下來等上完課再問教授。
物理系這次撥了好幾個實驗室的教授下來，也是為了避免這種情況。畢竟去年一開始沒有實驗室教授的時候，宋律庭就把講師問倒了，幾次之後，為宋律庭上課的一眾必修課老師都快瘋了，然後聯名寫信給院長，院長才知道這些事，後來還給了宋律庭幾個教授的電話號碼。
手機另一頭，秦陵把課本裝進書包，有氣無力地拿著書包下樓。
「小少爺，您不舒服嗎？」阿文拿著車鑰匙送秦陵去學校，看到他這狀態，擔心地問。
「沒有。」秦陵搖頭，再次低頭看了眼手機，跟著阿文一起下樓梯。

第四章　秦陵姊姊

秦修塵的經紀人一大早就到了秦家老宅，手裡還拿著一份行程表。

「秦影帝，」看到秦修塵出來，經紀人把手裡的一份合約拿給他看，「這是您上次簽的一個綜藝節目。」

秦修塵出道這麼多年特別拚，電視劇、電影都會接，賺了不少錢，但大部分資金都給了秦管家暫時運轉。

秦四爺今年壓迫本家一脈，已經動到檯面上來了，秦管家手底下只剩下三個工程師，秦修塵就接了一檔大型實境節目。以他的等級，又是第一次接實境節目，出場費是天價。實際上，秦修塵現在在演藝圈的資歷並不適合參加這種節目，應該專心鑽研電影就好，只是當初急需用錢。

誰知道他拍了個電影回來，秦管家就莫名其妙用一個智慧系統，拿回了被秦四爺吞掉的分成，秦家本家這一脈漸漸回暖。也因為這些分成，秦管家暫時不缺錢，只是合約都簽了，秦修塵也不打算毀約。

「放這裡。」秦修塵慢條斯理地拿起一塊三明治，「準備一下，我晚上要帶小陵去吃飯。」

經紀人看了他一眼，詫異，「看來你很喜歡那個小孩。」

「投緣。」秦修塵吃完，拿起一張紙巾擦了擦手。

秦管家幫秦修塵端來一杯溫熱的牛奶，詢問經紀人那是什麼實境節目，危不危險，經紀人就跟秦管家解釋了一遍。

這檔節目是國內最熱門的實境節目，每一集在各大網路平臺的總點擊數都超過十億。

秦管家自然也看過，他遲疑了一下，「這檔節目我看過，好像是帶家屬一起上……」

「秦管家，我們公司有很多十八線的素人，如果秦影帝要上，這些公司都會安排好。」經紀人知道秦管家擔心什麼問題，笑著解釋。

外界人都覺得秦修塵家世好起點高，要混演藝圈很容易，可是只有少數人知道秦修塵早期被秦四爺打壓，要發展事業有多困難。

秦管家在初期還幫秦修塵處理過不少事，自然知道演藝圈的不少事。聽秦修塵這麼一說，他忽然想起什麼，「要不然這次您別找那些素人，讓小陵跟你一起去？省得節目播出之後，那些素人的熱度炒個不停。小陵長得那麼好看，比那些素人好看多了，觀眾肯定也喜歡，還能光明正大地帶他去玩。」

聽秦管家這麼說，秦修塵有些心動。

經紀人看到秦修塵竟然真的在考慮，有些哭笑不得，「秦影帝，秦管家不知道，您還不懂嗎？演藝圈是個放大鏡，一舉一動都會被放大，網路暴力您又不是不知道，到時候會影響到小孩子發育。」

「小陵還小，而且很乖、很聰明，怎麼可能會表現不好、有人不喜歡他？」秦修塵不贊同地看著經紀人。

經紀人就閉嘴沒有再說話，怕自己再說，秦修塵當場就去找秦陵了。

要不是他從秦修塵二十歲就開始當他的經紀人，他差點就覺得秦陵是秦修塵的私生子了。

＊

中午，秦苒上完課就回到寢室，寢室的桌上多了一盆花。

「我回來的時候，舍監阿姨送過來的。」南慧瑤側了側身，取下耳朵上的耳機，指著那盆花道。

秦苒一看，就是程木早上拿過來的花。

南慧瑤還在打遊戲，不過她的卡牌都死光了，就跟秦苒聊天，「看不出來，妳竟然還會養花。」

秦苒去浴室洗了個臉，「隨便澆澆水就行，也不用養。」

放假後，這還是第一次見到秦苒，寢室裡沒有其他人，南慧瑤就壓低聲音問：「苒苒，妳真的要上輔修的課，去考主修的考試？聽說京大的期中、期末考都很難，不達標很麻煩，聽學長說今年的會特別難。」

語氣帶著擔憂，顯然把上次冷佩珊的話記在心裡了。

「今年特別難？」秦苒的關注點跟南慧瑤不一樣。

南慧瑤放下滑鼠，撐著下巴，「輔導員說的，具體情況他也不知道，只讓我們好好聽課。」

「喔。」秦苒坐回自己的椅子上。

南慧瑤看著秦苒，想起她上午查的課表，「對了，下午我們一起出去吃飯，小吃街上有一家好吃的店。」

秦苒抬起頭靠著椅背，忽然想起一件事：「可能不行。」

「妳下午沒課，別騙我！」南慧瑤立刻拿出她請人抄的核子工程系課表。

「不是，我要去見一個朋友。」秦苒翹著二郎腿，神情漫不經心。

下午兩點，京大附近一間幽靜的下午茶會所，二樓包廂內。

「言哥，汪老大要是知道我擅自帶您離開廣告拍攝現場來這裡，一定會被他打死，演唱會在即，京城到處都是你的粉絲，更別說是大學城了。」言昔的小助理碎碎念，「您要見什麼朋友啊？」

言昔把口罩取下，又把鼻梁上的眼鏡拿下來，規規矩矩地放在一旁。

聽著小助理的話，言昔也不回答，直到門外響了兩聲敲門聲，不急不緩。

言昔猛地一下站起來，去開門。

小助理瞪眼：「言哥，你別隨意開門，要是……」

他還沒說完，言昔已經手速極快地打開了包廂門，門外是一個年輕的女生，戴著鴨舌帽，看不清長相。言昔側身讓她進來，就關上門。她一邊往裡面走，一邊摘下頭頂黑色的鴨舌帽，露出一張眉眼恣意的臉。

正是秦苒。

看到正臉，小助理瞪大了眼，長這麼好看？一副大學生的模樣？是大學城的學生？還讓言昔特地推掉一個通告，千里迢迢地來到大學城這種危險的地方見她一面？

各方面一推理，小助理感覺自己找到了真相。他顫抖著手指，不敢當著言昔的面打電話，不敢看兩個當事人，就怕被滅口，只敢拿出手機傳訊息給手機上的「汪老大」。

小助理：汪老大，言哥他有地下女朋友！

汪老大：？

汪老大是言昔的經紀人，因為只帶言昔一個人，又是公司裡的扛把子，底下的人，包括一些藝人都叫他汪老大。

小助理在演藝圈混的時間不長，八卦之心燃起，連忙添油加醋地跟汪老大說這件事，還把那個「地下女朋友」形容了一下——

小助理：你知道言哥拿他演唱會的VIP後臺門票幹嘛嗎？他都給對方了！言哥什麼時候做過這樣的事！

小助理：汪老大你怎麼不說話？！

半晌，汪老大才慢吞吞地回了幾句話。

汪老大：那不是言昔女朋友。

汪老大：那是江山邑，言昔他爸爸。

汪老大：我繼續工作，你看好狗仔。

汪老大可能還在慢悠悠地喝茶，打字有點慢，傳的速度也慢，最後還讓小助理好好招待大神。

小助理捧著手機，還沒回過神來。他也跟大部分的人一樣是言昔的粉絲，對於言昔的發展史也是如數家珍。言昔出道時因為第一首單曲在網路上意外走紅，然後被星探挖掘、參加選秀，而從出道到現在，一個名字一直跟他綁在一起——業內認定的神級鬼才編曲江山邑。

言昔的粉絲查過這個江山邑，無數個音樂人都想要買通跟在言昔身邊的工作者，就為了挖走言昔的人。也有狗仔連續跟了言昔三個月，把他身邊的人都查了一遍，都沒找到江山邑這個人。

對方太過神祕，什麼都挖不到。

剛剛汪老大說……眼前這個長得好看、特別年輕的女生，就是大神級的編曲江山邑？難怪狗仔一直找不到，江山邑就算正大光明地出現在言昔面前，也沒有人會猜到她就是江山邑吧？

小助理站在原地，腦子裡一片空白。

叩叩——外面有人再度敲門，然後是服務生的聲音。

小助理立刻回神，在言昔反應過來前，把門打開一個小縫，接過了服務生手中的托盤。是幾塊甜品跟蛋糕，小助理恭恭敬敬地先把托盤中的咖啡端給秦苒，才往言昔那邊走。彷彿秦苒是他爸爸。

「大神，妳最近很忙？」言昔拿著勺子攪拌咖啡，看向秦苒。

秦苒收起門票，隨手折了折就塞進口袋裡，「有點。」

小助理看著秦苒就這麼把票隨手一折……

「難怪，」言昔幽幽地看了秦苒一眼，繼續面無表情地說，「妳還記得欠我的編曲嗎？」

秦苒往椅背上靠，手扶著額頭。一開學就開始軍訓，後來又去了訓練基地，說好要給言昔的編曲也就一拖再拖。

「再過兩天。」她想了想，有些頭痛地回言昔。

秦苒還要去圖書館，跟言昔聊沒幾句就拿著背包離開。

她走後，小助理還是目不轉睛地看著秦苒離開的方向，結結巴巴的，似乎剛回過神：「言哥，剛、剛剛那、那是江山邑大神？」

他已經開始預想到，演藝圈要是知道這件事，會瘋掉啊……

＊

傍晚，程雋從醫學實驗室回來，就看到坐在客廳的程老爺。

「爸？」程雋在門口換好鞋，不緊不慢地開口：「找我幹嘛？」

程老爺一臉微笑地看向程雋身後。

後面，程木一張冷臉出現，看到程老爺後忙不迭地彎腰，開口：「老爺。」

一看清是程木，程老爺瞬間收起笑臉，一如既往的威嚴，不苟言笑，眼皮向下垂，沒什麼情緒地「嗯」了一聲。

程木：「……」

程雋神色如常地坐到沙發上，接過程木手上的杯子，慢條斯理地喝了一口，靠著沙發，神情懶倦。

「徐家人要從美洲回來了，他們開發美洲的市場已經有了成效。」程老爺看了程雋一眼。

程雋點點頭，「喔。」

「晚上有家宴，記得回來。」程老爺被他堵了一口氣，直接站起來。

程家每個月都有一次家宴，這一次主要是為了討論徐家的事。徐家要是真的打開了美洲的市場，將對其他幾個家族造成很大的影響，京城的格局也會因此發生變化。

程家家宴。其他人都很早到，最後還是程雋跟程溫如準時來到。程老爺左邊的兩個空位是留給程雋跟程溫如的，程木就恭恭敬敬地站在程雋身後。

看到兩人，其他人下意識地皺了皺眉。

「人到齊了，先吃。」程老爺穿著一身唐裝，掃了桌旁的人一眼，當先拿起筷子開口。

「徐家的事情，大少最清楚，他上次跟歐陽小姐調查過。」程家一位堂主開口。

其他人聞言都不停點頭，「沒錯……」

桌旁的一群人都在討論程饒瀚。

程溫如就坐在程雋身側。她不在意程饒瀚的事，只是夾了根菜，壓低聲音，「苒苒還是沒跟你一起回來？」

程雋剛拿起筷子，他笑了笑，氣定神閒地低頭，回她，「今天妳公司的漏洞補上了？」

程溫如咬了咬牙，卻還是陪笑，轉而把手中的肉放到程雋碗裡：「來，弟弟，吃這個，你最喜歡吃這個。」

這兩人自顧自地聊著，對面的程饒瀚不由得嗤笑一聲：「三弟，聽說你帶了一個女朋友回來，怎麼今天沒有帶回來看看？說起來，二妹最近也一直陪三弟弟的女朋友去玩，連跟雲光財團的合作案都忘了，不知道這個合作案如何了？」

程饒瀚一直都跟其他兩姊弟不和，待在一起就不太平。程老爺看程饒瀚一眼，有些頭痛，「好了。」

程老爺明顯偏袒程溫如，不過程饒瀚也不在意，他端起酒杯喝了一口。

站在程雋身後的程木忽然抬頭，面無表情地說，「大少爺，您不知道嗎？」

程饒瀚看了程木一眼，沒想到程木會突然開口。對方跟程雋一樣，在程家幾乎是隱形人，「什麼？」

「大小姐昨天跟雲光財團簽定了合約，是四大家族中第一個跟雲光財團合作的。」程木聲音有點憨憨的，卻對桌子上的人扔下一顆炸彈。

這一句話，讓一直很淡定的程老爺都忍不住驚訝：「溫如，這是真的？」

程溫如放下筷子，風淡雲輕地開口：「剛簽好約，本來想等合作穩定後再告訴您的。」

程饒瀚嘴邊的笑容凝住。

京城幾大家族都在盯著雲光財團，誰都不敢輕易行動，程饒瀚也不是沒有跟雲光財團連繫過，只是送出去的消息都石沉大海，半點也沒有回應。

程溫如最近不是公司出問題了嗎？怎麼還成功跟雲光財團簽了約？她怎麼做到的？

程溫如跟程家其他人接下來的對話，程饒瀚已經沒有心情聽了，腦子幾乎就快炸掉。他怎麼也想不通，程溫如究竟有什麼能耐能簽下這個合作案……

程饒瀚在想這些的時候，程溫如也若有所思地看了程木一眼。找到機會往後一靠，她挑著眉眼笑：「程木，你怎麼知道我簽約了？」

她不相信秦苒是那麼多嘴的人。

程木低頭，「……我猜的。」

*

秦修塵將車停在附中大門旁，他這張臉不方便下車，就傳了他的位置給秦陵，然後打開藍牙耳機。

耳機另一頭是一道挺沙啞的女聲，『秦影帝，我們查到一份資料。』

秦修塵將手放在方向盤上，他已經看到了從校門走出來的秦陵，眉眼略微舒展，同時禮貌地開口，「後面的款項我會讓財務部匯給妳，麻煩把資料寄到我的信箱。」

那邊的聲音依舊沙啞，『好。』

秦修塵掛斷電話，取下耳機，看向車外。

門外的秦陵站在馬路對面掃了一眼，秦修塵有傳訊息給他，他知道秦修塵停的位置、車牌號碼和車的顏色，一眼就看到了車子，然後拿著背包走到車旁，打開副駕駛座的車門。

秦修塵沒有帶他去飯店，而是去自己住的公寓。

他住的公寓住了不少藝人，非常注重隱私，秦修塵也沒什麼好避諱的，直接帶著秦陵進去。

「走吧，我跟你爸爸說了，今晚你住我這裡。」秦修塵在玄關幫秦陵拿了一雙拖鞋，又往裡面走了兩步，「這是你的房間，裡面有電腦跟遊戲機，你先玩，我去做飯。」

他聽秦管家說過這孩子有些自閉，又喜歡玩遊戲，他特地請人花了一天的時間整理房間，還買了不少絕版遊戲機。

秦修塵去廚房把湯的火關小一些，又把雞翅醃好。秦陵的門沒關，他看了一眼，對方正戴著耳機拿著手把玩遊戲，身側放了一疊遊戲光碟。秦修塵笑了笑，站在門口看一會兒，然後想起了什麼，回到自己的房間打開電腦，打開新郵件。

這是他今天讓人查到的秦陵姊姊的資料。在演藝圈打拚這麼多年，秦修塵也有自己的工作室跟人脈。秦管家說他查不到，秦修塵就自己動手查這件事。

廚房裡還在煮湯，秦修塵直接點開最上面的一封郵件。

秦修塵將附件的文件下載下來，大略掃了一眼。他記性好，拍戲的時候幾乎不用花太多時間記臺詞。這份資料雖然很長，但他一目十行，不到十分鐘就看完了，最底下還有幾張照片。

秦修塵看完，不由得捏了一下眉心，很是憂心。

看到秦陵這樣，秦修塵對秦漢秋的兩個女兒滿懷期待，沒想到會收到這樣的內容。

外面有人敲門，秦修塵放下滑鼠，「進來。」

「秦影帝，你的湯燉多久了？」經紀人拿著圍裙進來。

「下午燉的，再等二十分鐘就能關火。」秦修塵拉開抽屜，從裡面摸出了一根菸。

經紀人看他的樣子，詫異道，「出什麼事了？有人綁你還是秦四爺那邊有問題了？」

「都不是，我查了點資料。」秦修塵直接把筆記型電腦轉到經紀人面前，「你看看。」

經紀人推了下鼻梁上的眼鏡，眯眼看去，「秦語？」

他看的速度比秦修塵慢，但看到一半就開始皺眉，「不行，修塵，你聽我說，這個人不能帶回來。」

這份資料赫然是秦語的資料，每一頁都有一二九的標誌。經紀人跟秦修塵認識這麼多年，也知道秦修塵的門路，一二九出手的話，一定不假。裡面寫得很詳盡，包括秦語去林家之後沒有去看過秦漢秋，每次在學校都避開其他人……還順帶寫了一點寧晴的資料。

「我知道。」秦修塵彈了彈菸灰，「小陵好像很喜歡她。」

如果沒有秦陵，就算秦家大張旗鼓地把秦語接回來，秦修塵也不會看一眼。

「看你的想法，」經紀人嘖了一聲，「這個秦語一旦帶回來，肯定會作怪。」

「我待會再問問小陵。」秦修塵淡淡一笑，然後把菸蒂壓熄，他不太相信秦陵會喜歡那個秦語，倒是記得秦管家說過秦漢秋有兩個女兒。

今天在車上他也問過秦陵，只是一提起姊姊，秦陵就閉著嘴，一句話也不說，低頭玩著遊戲機。

＊

京大，女生宿舍——

秦苒晚上沒去圖書館，洗完澡就坐到位置上，拿出一疊空白的紙，在紙上寫下一行音符。

言昔的曲風多變，去年主要是走民族抒情風，今年偏搖滾。這是個大突破，秦苒一時半會也沒那麼多靈感，毀了一張又一張的紙。

「苒苒，妳學過音樂？」旁邊的南慧瑤本來要叫秦苒一起打遊戲，看到秦苒在紙上畫著音符，不由得收回目光。

耳機裡，是自動化一班男生的聲音，『怎麼樣，南慧瑤，秦苒要打遊戲嗎？』

「不打。」南慧瑤收回目光，幽幽地開口。

一班男生一愣，『她還在看書？』

「那倒不是。」南慧瑤選了卡牌，「說出來你們可能不信，她在寫簡譜。」

秦苒寫了一會，都不太喜歡。她放下筆，正巧，此時放在桌上的視訊通話提示音響起。是何晨。秦苒想了想，拿著耳機去陽臺，接起來。

『我今天接了一筆生意。』螢幕上，何晨從冰箱拿了罐啤酒，走到沙發上，單手拉開。

秦苒靠著陽臺，把另一邊的耳機也戴上，聞言，挑眉：「跟我有關？」

『差不多。』何晨開口，『主要是查秦漢秋的子女。我也是查了之後才發現跟妳有關係，就把妳的消息抹掉了，只剩一個秦語。』

不過何晨也沒查到秦苒的大概內容，她也是調查時才發現秦語是秦苒的妹妹。

何晨這麼說，秦苒大概就明白是誰的人了。

她半坐到陽臺上，嘴裡咬著一片在花上摘下來的葉子，聲音不鹹不淡，「繼續。」

『下單人是秦修塵，』何晨坐在沙發上喝了一口啤酒，『我之前當狗仔時他幫過我一次，是秦家人。這個要我跟老大幫妳解決掉嗎？』

「不用。」秦苒笑了笑，伸手一撐，從陽臺上跳下來，吐出嘴裡的葉子。夜色下，眉眼浸染得有些亮眼，有明顯的邪氣，「我來就行。」

『了解。』何晨也不擔心，她把喝完的啤酒罐捏扁，隨手往後一扔，匡噹一聲直接扔到垃圾桶裡，『我掛了。』

翌日，秦苒一早就接到了秦陵的電話。

「怎麼了？」秦苒拿著背包去圖書館占位置。

手機那頭，秦陵坐在馬桶上小聲開口，『姊姊，我可以跟叔叔一起參加綜藝節目嗎？叔叔說很好玩。』

秦苒知道，秦陵說的叔叔應該是秦修塵，昨晚何晨說的那個人。

這還是秦陵第一次對一個人表現出這麼明顯的喜愛。

「好玩？」秦苒走到最後一排靠窗的位置，把背包往桌上扔，靠著椅背把玩耳機線。

『我也不知道，所以問姊姊。』秦陵小聲開口。

秦苒拉開背包的拉鍊，從裡面拿出課本跟筆記本：「你爸呢？跟他商量。」

『不能找我爸，』秦陵看了眼關著的門，壓低聲音，『容易被套話。』

整體來說，秦陵不相信秦漢秋的智商。

秦苒笑了笑，似乎很開心，「你說的沒錯。這樣吧，你跟你叔叔晚上有時間嗎？」

秦陵一愣，『……姊姊？』

「我跟他談談綜藝節目的事。」秦苒看了一眼陸續進來的學生，「我先掛了。」

手機另一頭，秦陵不太相信地低頭看了看手機。半晌，傳了一條訊息。

『秦陵：姊姊，妳要來見叔叔嗎？』

圖書館內，秦苒去書架旁轉了一圈，拿了兩本書回來。看到秦陵的訊息，她十分嫌棄地回了一個字：『嗯。』

秦苒今天課表滿堂，下午五點半上完最後一節課，這個時間，學校門外的人不多，秦苒也沒回寢室換衣服，直接拿著背包往外面走。學校大門旁很好攔車，秦苒看了一下秦陵傳來的地址就攔了一輛車，最後停在一個幽靜的酒樓旁。

不遠處，程金正跟人說話，就看到身側的程雋腳步頓了頓，似乎在看什麼地方。

「雋爺？」程金也停下來，朝那個方向看了看，什麼都沒有看到。

程雋從口袋裡摸出了一根菸，輕哼一聲，眉眼垂著，似乎沒什麼表情，「沒什麼，走吧。」

程金點點頭，繼續彙報工作上的事情。

程雋漫不經心地聽著，嘴裡咬著菸也沒點燃，只是拿出手機，骨節分明的手在螢幕上按了按，半晌之後才傳出一條訊息：『來幹嘛？』

樓上，酒樓包廂。

秦陵戴著耳機玩遊戲，經紀人剛剛才知道晚上要見誰，不由得低下頭，小聲詢問秦修塵：「秦影帝，你太衝動了，那個秦語一看就心機不淺，她要是知道您是她的叔叔，肯定蹭個不停。」

不會對秦修塵造成什麼實際上的影響，但會令人作嘔。

經紀人昨晚把秦修塵給他的資料看了一遍，秦語這種人，演藝圈多得是。秦漢秋是個搬磚的工人，卻沒見過秦語做什麼，只住在林家，似乎忘了她還有一個父親。當然，秦語這種人在現實中很常見，跟她媽媽一樣。

「她到時候也要進演藝圈的話，麻煩就大了。」經紀人嘖了一聲，秦修塵沒什麼汙點，但以後唯一的汙點可能就是秦語了。

秦修塵幫經紀人倒了一杯酒，舉止有度，斯文淡雅，「不急，也許比你想像中的好。」

秦修塵看了秦陵一眼，略微沉吟。

經紀人小心翼翼地看了秦修塵一眼，點點頭，不再勸說，「那你要做好被蹭熱度的準備。」

他也要準備好以後的公關內容。

就是這時候，秦陵摘下耳機站起來，「我姊姊來了！」

秦修塵跟經紀人看向秦陵。

「到哪裡了？」秦修塵站起來，低頭。

秦陵把耳機收好，目光看向門外，微微發亮：「樓下。」

看得出來他很喜歡這個姊姊。

「別急，」秦修塵笑著，「馬上就能見到了。」

經紀人看了眼門外，眉頭微不可見地擰起。他看到的資料只有秦語，所以秦陵說他姊姊要來的時候，經紀人只想到秦語，頭有點痛。

門被敲了三聲，現在勸秦修塵也來不及了，經紀人就拖著沉重的步伐去開門。

經紀人跟著秦修塵一路打拚到現在，之前秦修塵自己開了一家工作室，也開始簽新人，經紀人也在物色有潛力的新人。所以看到人的時候，總是會先看這個人的外形、氣質、特色。

昨晚他見過秦語的照片，小家碧玉，在演藝圈中可圈可點，但比起秦修塵還有點差距。演藝圈什麼都缺，就是不缺美人，秦語那張臉放到演藝圈中，連個水花都濺不起來。再加上秦語的資料，經紀人懷著複雜的心態來開門，「秦……」

他抬頭，剛想說話，看到秦苒那張臉之後，還沒說出口的話瞬間就被吞入了腹中。

站在門口的不是秦語，而是一個高挑的女生，長髮過肩，隨意披散著；皮膚雪白，杏眼微低，聽到聲音，她似乎抬了抬眉，微薄的唇漫不經心地勾著弧度，莫名有點邪氣。

經紀人用自己專業的目光看著秦苒，或許是因為差別太大，他不敢把眼前這個人跟秦苒的姊姊連繫起來，只愣愣地開口：「您找誰？」

秦苒看了眼手機上剛收到的訊息，沒立刻回答，只挑眉：「秦苒，找秦陵。」

十分言簡意賅。

「喔，請進。」經紀人連忙側身讓開一條路，心裡卻還沒回過神。要來的不是秦語嗎？秦苒是誰？

「姊姊。」秦陵從椅子上站起來，要去拉秦苒的袖子。

秦苒瞥他一眼，「坐好。」

秦陵立刻收回手，又坐回自己的椅了上，先對秦苒介紹秦修塵，「姊，這是我叔叔。」然後又偏頭，下巴稍抬：「叔叔，這是我姊姊，秦苒。」

秦修塵昨晚收到資料的時候，心中就有了一些猜想，但儘管有預料到，看到秦苒本人還是非常意外。

從秦陵的語氣，秦修塵就感覺到秦苒對他的態度。他看了一眼秦陵，輕聲笑了笑，「秦修塵，小陵的叔叔。小陵說，妳是來跟我討論小陵參加綜藝節目的問題？」

秦苒坐好，先回了封訊息給程雋，之後漫不經心地「嗯」了一聲。

秦陵看不出秦苒的態度，但至少沒拍桌就走。他低頭喝了一口飲料。

帶秦陵去上綜藝節目是秦修塵剛剛決定的，合約什麼的自然沒有列印出來，不過有電子版的，他讓經紀人把電子版的合約拿給秦苒看。

經紀人拿出手機，翻到合約，點開後遞給秦苒。

秦苒接過來翻了翻，一共十二頁。她總共翻了一分鐘多一點，就還給經紀人。

經紀人一愣：「看完了？」

「嗯，」秦苒面前擺著一杯飲料和一杯白開水。她順手拿起白開水，手上有一下沒一下地敲著杯壁，「荒島？沒危險？」

秦修塵略微瞇眼，想了想，「只說可能會有。節目會播出三集，只有一集是在荒島，基本上都是在風景區體驗生活，會有醫生跟直升機隨時待命。」

秦苒手撐著下巴，又陸續詢問了幾個問題，都是合約上提過、十分明顯的問題。

經紀人在一旁聽著，越聽越覺得疑惑，然後打開手機看了一眼，果然在合約裡找到了秦苒剛剛問的一連串問題。

他抬頭看了一眼秦苒，十分驚訝，她以為秦苒只是隨便翻了一下，沒想到真的認真看了。

「節目組有很多挑戰，小陵聰明，帶他去我也沾光。」秦修塵伸手，幫秦陵倒了杯飲料。

秦苒主要來不是聽合約內容的。綜藝節目這麼多，總不會讓嘉賓陷入危險，主要就是看看秦修塵這個人，沒什麼問題，也真的很照顧秦陵，比秦漢秋還可靠。

秦苒具體了解過後也沒多說話。

「姊，妳……」秦陵早就吃完了，見到秦苒放下了筷子就讓她看一個遊戲。

秦苒頭也沒抬，「不會，不知道。」

秦陵低下眉眼，挺慘的：「……喔。」

站在一旁的經紀人連忙開口：「小陵，什麼遊戲？我幫你。」

秦陵就把手機遞給經紀人，手機上的遊戲進行到一半。

經紀人沒把小孩子的遊戲當一回事，點了重新開始。

啪——遊戲人物死了。

他一愣，再度重新開始。

啪——遊戲人物死了。

如此重複了幾遍之後，經紀人默默把手機還給秦陵，秦陵也毫不意外地接過來。

一行人差不多吃完飯了，秦苒看了一下時間，要回去。

秦修塵也放下筷子，跟她一起下樓：「妳住哪裡？我們送妳回去。」

現在已七點多，將近八點。秦修塵不知道秦苒是做什麼的，也不知道她住哪裡，只大概聽秦管家提過對方好像在大學城，是個大學生。時間這麼晚了，秦修塵自然不會讓她一個人回去。

「不用，」秦苒下樓，站在路口看了一會兒，就看到停在不遠處的黑車，「有人在等我。」

她把手機塞回口袋裡，朝斜對面走，朝背後揮了揮手。

秦修塵站在原地看著秦苒上車，車子也開走後，他才收回目光。

他身側的經紀人多看了眼車牌號碼，本來想要記下來，免得秦苒在路上發生什麼危險，可是念著念著就覺得不對勁，這車牌號碼……也太囂張了吧？

秦修塵又打了通電話給秦漢秋，今晚秦陵依舊住他這邊。

回去之後，經紀人才敢問出口，「秦影帝，那個秦苒是怎麼回事？」

「我二哥有兩個女兒，」秦影帝拿著杯子去倒了杯檸檬水，清了清嗓子，靠著飲水機笑：「我只查到了秦語，但小陵說的不是秦語。」

囂張的車內，秦苒坐在後座，前面是程金在開車。

秦苒單手托著腮，手肘撐在車窗上，看著前面開車的程金，「怎麼是你，程木呢？」

「我今天陪雋爺來談生意，程木去見林同學了。」程金朝後照鏡看了一眼，恭敬地回答。

秦苒算算日子，程木見的應該是林思然，她敲了敲車窗，轉頭看身側的程雋，「什麼時候去的？我也有事要找林思然。」

「剛走。」程雋終於睜開眼，瞥了她一眼，語氣幽幽：「現在去還來得及。」

程金會意過來。紅燈時他打開手機，又開了藍牙，撥通程木的電話，詢問他地址。

程木回了一串地址，靠近京大，開車過去要一個小時。

現在路上人不多，也不是節日，路況沒有很塞，不到一個小時就停在一個路口前。

程木也剛到，路上來來往往的行人不多。

「雋爺、秦小姐。」看到程雋跟秦苒從後座下來，程木跟兩人打了個招呼。

程金朝四周看了一眼，沒看到人，「林同學還沒來嗎？」

「快了。」程木朝一個方向看了一眼，這裡是他每次跟林思然交易的地點。

不到兩分鐘，一輛廂型車朝這邊慢慢開過來，然後停下。

林思然抱著一個花盆從副駕駛座下來，把花盆遞給程木就跑到秦苒身邊，小聲開口：「苒苒！妳怎麼不說妳也要來！」

秦苒還來不及回她，林思然忽然一拍額頭：「對了，我們家咪咪今天也來了！」

秦苒雙手環胸，抬抬下巴，「讓我看看。」

林思然拉開廂型車後座的門。

林父拔下車鑰匙，從駕駛座上下來，不由得叮囑：「思然，妳小心點，這裡人多，別嚇到人了。」

程木想起了林思然家那隻非常慘的貓，同情地朝林思然的方向看去。只見林思然手中拿著一根黑色的繩子，從秦苒這邊看過去，能看到繩子有點粗，泛著冰冷的金屬光澤。

站在秦苒身邊的程木錯愕地看著繩子，「這麼粗的繩子？」

一隻貓而已，有必要嗎？

「咪咪，下來！」林思然吹了一聲口哨，後座猛地跳出一道巨大的黑影。

程木跟程金都感覺到危險，不由自主地往後退了一步。而程雋瞇了瞇眼，伸手抓住秦苒，往旁邊讓。

咪咪似乎感覺到了程雋的目光，不敢撲過來。

「咪咪，坐好！」林思然清喝一聲。

躍在半空中的黑影停下，然後威風凜凜地坐在林思然前面。

「這就是咪咪？」程木面無表情地看了林思然跟她身邊的咪咪一眼。

林思然拍拍咪咪的頭，笑咪咪的，「是啊，有什麼不對？」

程木：「……」

不是不對，妳叫一隻狗咪咪就算了，為什麼幫一隻一公尺高的藏獒取個這麼像貓的名字？

坐在林思然身邊的，赫然是一隻藏獒，將近一公尺，純黑色的鬃毛垂在身上，隱隱反射著冷光。叫聲很沉悶，頭形酷似獅子，炯炯有神的一雙眼睛還微微帶著金色。

勁爪柔毛，又凶又猛，旁邊路過的人恨不得遠離牠一千公尺。

「苒苒，咪咪怎麼樣？」林思然跟秦苒討論了一下。

秦苒摸著下巴，慢吞吞地點頭，「還可以，養得很好。」

她一邊說，一邊從口袋裡摸出隨意折起來的門票，直接塞到林思然的口袋裡。

「什麼東西？」林思然在口袋裡掏了掏。

秦苒頭痛，朝她擺手，「走了。」

程金此刻也回過神來，看著程木，壓低聲音：「秦小姐的朋友都、都這樣嗎？」

程木接過林父遞給他的花盆，聞言，默默看了程金一眼——

兄弟，你見過廝殺到一半，突然乖乖去烤肉的傭兵嗎？

程木拍了拍程金的肩膀，把花小心翼翼地搬上後車廂。

跟林思然一行人說了一聲，秦苒就回到車上。

「秦小姐，您要去哪裡？」駕駛座上，程金轉動車鑰匙。

秦苒低頭看了看手機上的時間，已經九點多了，「回亭瀾。」

大一雖然有住宿的規定，但對秦苒來說等於沒有，江院長對她十分寬鬆。

程雋坐在一旁，唇微微抿著，半側頭看向秦苒，一手撐著頭一手把玩著手機，有些漫不經心，手機螢幕上還是對話的頁面。

『程雋：來幹嘛？

秦苒：見個人。』

若是這樣就算了，程雋往下滑。秦苒傳了這句之後，還慢悠悠地回了一句：『長得比電視上帥。』

程雋想了半晌，又從口袋裡摸出了一根菸，這次還是沒點燃，只是用牙齒慢慢磨著。

到了亭瀾，程金在大門口停好車，程雋跟秦苒走下車，程金則是把車開進地下停車場。

秦苒不緊不慢地低著頭跟在程雋身後，腦子裡在想秦家的事。

程雋按了電梯的按鈕，電梯剛到二十一樓，要下來還有一段時間，他就側身看了秦苒，清清嗓子，「誰啊？」

秦苒沒跟上他的思緒，往牆上靠，「什麼？」

「那個很……」程雋瞥了她一眼，懶懶道，「妳說長得很帥的人。」

電梯「叮」了一聲打開。

兩人進去，秦苒拿著手機，不太在意地回，「秦修塵，大明星。」

秦修塵？程雋念了一遍這個名字，忽然想起什麼，低頭看了看秦苒，眼神低斂著。半晌，忽然低低地笑出聲，背靠著電梯左側。

秦修塵……雖然沒有查，程雋也從秦漢秋最近說的話中能猜到秦漢秋就是秦家早年失蹤的那個孩子。

秦苒還不知道程雋的心情起起伏伏，像在坐雲霄飛車，只是拿出手機滑著遊戲。

她打開了錄影功能，還沒從隱藏軟體中打開秦陵晚上給她的遊戲，手機頂端忽然出現一通電話。

是一年多沒有見面的徐校長。

叮——電梯門打開。

秦苒一邊往外面走，一邊接起來，程雋拎著黑色背包跟在她身後。

美洲，徐校長剛上飛機。他戴著老花鏡，鏡片後的眼睛極其鋒銳。電話接通時，他笑了一下，看著飛機窗外的美洲，聲音緩和，「苒苒，我八個小時後到京城。」

與此同時，秦修塵家——

「六爺，我查到二爺的女兒了。」秦管家拿著一份資料進來，表情有異。

之前找回秦漢秋時，秦管家不打算再找另外兩個女兒，是前兩天秦修塵提醒他才開始查。

秦修塵接過來，詫異：「你查到了？」

秦管家把查到的資訊拿給秦修塵看，忍不住開口：「二爺的女兒在京大，讀的是藝術系，比我想像的要好太多。」

秦管家把資料列印出來。他查到的東西沒有特別詳細，只有一張紙。上面是秦語的照片，還有大概介紹，是秦語的現況，沒有秦修塵的那麼詳細。

秦修塵隨意掃了一眼，就把秦管家的資料扔到桌上，往沙發上靠，眸底意味不明。

他在想秦苒的事情。

對於秦語，看完一二九的資料後，秦修塵就對她喜歡不起來。至於秦苒……雖然對方話不多，資訊不多，但莫名其妙地，秦修塵自有一種親近之感。

可能是因為秦陵很喜歡那個姊姊。

「六爺，怎麼樣？」秦管家摸不清秦修塵的意思，下意識壓低聲音：「要派人去接她嗎？」

秦管家的情報網沒有秦修塵的強大，這麼多年來，秦家大部分的勢力都被秦家四爺跟歐陽家吞噬了，秦管家在短時間內只能查到秦語的大概。

秦陵的房門打開，他穿著小拖鞋，出來拿杯子倒水。

「這件事暫時放下。」秦修塵站起來，沒提秦語的事情，而是走到秦陵身邊幫他倒了一杯溫水，「總部的事情處理好了嗎？聽說你們搶了總部的一個工程？」

「沒找到人，我讓阿文拿了監控畫面，他還在看那三天的紀錄。」說到這裡，秦管家皺了眉頭。

秦陵接過秦修塵遞給他的水，聽到秦管家說這個的時候，目光閃了閃。

「謝謝。」他低聲跟秦修塵說了一句，然後進了房間。

房間內，秦修塵幫他裝了一個巨大的螢幕，螢幕上是遊戲畫面。他沒有立刻拿出手把，而是從床上拿起電腦，打開編輯器，輸入一行代碼，剛輸入「Enter」鍵就被防火牆彈出來。

秦陵撐著下巴，將電腦放在腿上，疑惑地看著編輯器的頁面。

半晌後，他才嘆了一口氣，把電腦放到一旁，又慢吞吞地去床上找到自己的手機。

點開微信，找出秦苒的大頭貼，傳了一句話：『**秦管家在查中秋三天的電梯監控畫面。**』

門外，經紀人拿著綜藝節目的合約進來，「秦影帝，小陵的合約好了，你替他簽嗎？」

「你們確定要帶小少爺去上綜藝？」秦管家有點驚訝。

昨天早上經紀人還在反駁，現在合約就擬好了？

「嗯，下個月底進組。」秦修塵走過來掃了合約一眼，拿黑筆在最後一行簽下名字。

「要多長的時間？」秦管家忽然想起另外一件事，「小少爺還要上學。」

「我問過小陵。」秦修塵不擔心。

秦管家點點頭，秦修塵都安排好了，他也就不多干涉了。今天來，主要是要說秦語的事，他拿著資料站起來，「二爺說他有兩個女兒，還有一個我找不到，聽二爺說過，沒跟著二爺的前妻，就跟著她外婆，不知道怎麼樣……」

畢竟第一次找到秦漢秋的時候，秦漢秋的處境太糟糕了，竟然在工地搬磚頭。今天查到秦語的資料，讓秦管家稍微寬慰了一些，比想像中的好多了。

至於二爺的另一個女兒，秦管家不知道對方長什麼樣子，比之秦語又如何……

「對了，」聽秦管家說到這句，秦修塵打了個響指，朝經紀人抬抬下巴，「你把我書房的文件拿過來。」

經紀人知道秦修塵說的是什麼資料，就把秦修塵早上列印出來的秦語資料拿給秦管家。

等秦管家離開之後，經紀人才看向秦修塵。

秦修塵揉了揉眉心，「有什麼事？說。」

「你侄女有進演藝圈的打算嗎？」經紀人走到秦修塵身邊，「你看她那張臉，就是天生吃這碗飯的，正好你工作室要簽新人，有什麼比把你侄女放在你的眼皮底下更好的？」

經紀人說的侄女，自然是秦苒。

「以你在演藝圈的地位，手裡的資源一大把，她不會被拉去亂七八糟的酒席，有你罩著，從此之後，你們一男一女能橫掃國內演藝圈……」

經紀人說著，都能暢想到那樣的場面了，臉色激動到通紅，伸手一拍桌子。

秦修塵手指敲著沙發，瞥了經紀人一眼，「看情況吧，你如果能說動她進演藝圈，什麼都好說。」

他就是覺得……秦苒不像會進演藝圈的人，就她那樣的長相，不會沒有星探找她。而且，秦修塵想起晚上看到的車子……

經紀人面色一喜，站起來，「那你把她的連繫方式給我！」

秦修塵有留秦苒的電話，但沒給經紀人，只淡淡開口，「你去找小陵要。」

他拿出手機，點著存在手機裡的秦苒電話，看了半晌後打開微信，在添加好友上滑了滑，很快就翻到秦苒的號碼。點開來一看，大頭貼是一片空白，什麼都沒有，他在驗證訊息上工工整整地填了三個字：秦修塵。

*

秦管家已經回到秦家老宅，現在在他的房間看資料。

門外，阿文敲門，秦管家就放下老花眼鏡，沉聲開口：「進來。」

「秦管家，」阿文走到秦管家身旁，看到他桌上擺著的文件，眸光一凜，幾乎破音，「一二九的資料？您怎麼會有？」

秦修塵印出來的資料頁面右下角，是一個一二九的形狀，這是一二九的標徽。阿文在秦家待了這麼久，怎麼會不認識京城的幾個勢力。

去年之前，秦家分裂還沒這麼嚴重，本家這一脈還有十幾個工程師；最近一年，秦四爺能在短時間內把秦家一一擊破，其中一大部分的原因就是歐陽薇是一二九內部的人，找出了不少秦家的內部資料，秦四爺又是個不擇手段的人，秦家本家這一脈會沒落也在情理之中。

一二九是新興勢力，四大家族也不是沒有想過要吞併，但不說其他人，光是一個孤狼、一個巨鱷，就讓所有勢力望之卻步，不敢跨越地雷池一步。

「六爺給我的資料，秦語的。」秦管家放下了資料。

阿文見秦管家面色有異，不由得抬眸：「是有什麼問題嗎？」

秦管家嗤笑一聲，「眼高手低，幾乎單方跟二爺解除父女關係，既然她解除了，就隨她解除吧，不用管她。」

阿文點點頭，他看著秦管家手邊的資料，想起他來找秦管家的目的，「我看過二爺家的電梯監控記錄了。」

「怎麼樣？」秦管家手撐著桌子上站起來。

「您去看看就知道了。」阿文不知道怎麼說，臉色有些古怪。

秦管家放下手邊的事，跟著阿文去阿海那裡看了一下。

影片是阿海在處理。看到秦管家過來，阿海一句話都沒有說，打開監控畫面的一段影片，總共兩分鐘。

秦管家看完，注意到裡面來來去去的一些人。

「是哪個？」他看向阿海。

阿海沉默了一下，然後低頭，伸手指了指監控畫面上的時間，「您再看看。」

監控畫面上方顯示著時間。秦管家仔細一看，果然發現了問題，中秋節那天上午十一點有兩分鐘被跳過了，晚上八點的兩分鐘時間也跳過了。

「我拿回來的時候，總時長是三十六個小時，但就在剛剛，突然少了四分鐘，」阿海神色莫測地看著電腦，「秦管家，有人當著我的面駭了我的電腦、刪了一段影片，我還沒有發現。」

阿海雖然不是專業駭客，但也是秦氏的高級工程師，駭客程度不能跟大師級的相比，但也比一般人強很多，他的電腦都是自己加的防火牆。

有人篡改了他防火牆的資料，還趁機刪了一段影片，能做這樣的……

「秦管家，對方應該是非常厲害的駭客，」阿海抬起頭，語氣激動：「如果他能幫我們……」

秦管家坐在他對面，「可是……二爺怎麼會認識這樣的人？」

秦管家想不通。不是他看不起秦漢秋，只是秦漢秋的生活環境不太像能認識這種駭客，秦管家突然發現謎題太多，有點頭痛。

*

翌日，京大內的路口。

秦語抱著一堆書下課出來的時候，就看到站在路口的徐搖光。

她一愣。自從高考後到現在，她再也沒有見過徐搖光，徐搖光也沒有找過她，兩人幾乎失去了連繫。來京大之後，秦語也沒聽說過徐搖光的消息，她才知道徐搖光不在京大。

她抱著書站在原地想了一會，才走到徐搖光面前，「徐少，你怎麼在這裡？」

若是一個月前，秦語可能不會對徐搖光這麼熱情，只是現在……

她微微抿唇。

徐搖光兩手插著口袋，看著人群。聽到秦語的聲音，他頓了頓，微微頷首，「在等喬聲。」

「對了，你高考志願填了哪裡？」秦語點頭。

「沒填大學，」徐搖光已經看到喬聲了，就朝他揮揮手，輕聲開口，語氣清冽：「我爺爺沒讓我繼續讀。」

「不念大學？」秦語的臉色有點崩潰，她抬頭看了一眼徐搖光，臉上是勉強的笑：「徐少，你騙我吧？」

他不上大學要幹嘛？

「確實不讀書了。」喬聲只差幾步遠了，徐搖光看了秦語一眼，「我們要出去吃飯，妳要一起來嗎？」

秦語有點怕喬聲，尤其是經過秦苒的那件事之後，她搖頭，「不了。」

徐搖光也沒多說。他的眉眼一直都很冷淡，幾個月不見，似乎又變了很多。

等他走後，秦語系上的同學才走過來問她剛剛那男生是誰，「長得好帥啊，能比上宋校草了，不是我們學校的吧？」

「不是我們學校的，」秦語笑了笑。那件事發生後，她就請輔導員幫她換了寢室，「他高考七百三十二分，是全國第二名。」

周圍全是驚嘆的聲音，秦語卻看著徐搖光的背影，微微抿唇。她不知道喬聲會不會把網路上的事情告訴徐搖光……

*

秦苒寢室——

她今天換了一盆花，南慧瑤一眼就認出來了。不過秦苒戴著耳機，在寫她不太懂的樂譜，南慧瑤寫完教授指定的作業就打開電腦，詢問班級群組裡的人有沒有人要一起打遊戲。

不久，很少回寢室的冷佩珊從外面回來。

她把包包放到桌子上，看向南慧瑤跟楊怡，「妳們知道妳們物理系明天有一個演講嗎？」

南慧瑤放下按著鍵盤的手，眼前一亮，「妳說宋校草的嗎？我當然知道，」然後嘆息，「但是我搶不到票。」

京大的演講會所就那麼大，物理系都不夠坐。若是其他人就算了，偏偏又是神龍見首不見尾的宋律庭，別說物理系，連英語系的人都瘋狂搶票。到最後，本來是為了物理系新生辦的，偏偏一群新生都搶不過老油條的物理系大二、大三、大四，還有其他系的學生，到最後，物理系新生成為了最慘的新生，票寥寥可數，讓南慧瑤簡直看到了粉絲圈的恐怖。

「我這裡有票，也是一個學長給我的，妳們要去看嗎？」冷佩珊拿出口袋裡的兩張票，遞給

第四章　秦陵姊姊

南慧瑤。
南慧瑤接過票，眼前一亮，「這妳也能拿到？」
「因為我那個學長剛好認識宋學長。」冷佩珊淡笑。
「妳竟然認識宋律庭？」南慧瑤腳一蹬，「有見過他本人嗎？」
冷佩珊坐到椅子上，把票遞給南慧瑤，然後看了秦苒一眼。對方依舊戴著耳機，似乎沒聽見，
「見過一面，下次有機會，我帶妳們去看看。」
秦苒手機在放歌，耳機是特製的，外面的聲音她聽不到。
這個時候有電話打進來，她看了看，也沒接，直接掛斷，然後起身。
南慧瑤看了看她，「等等，苒苒，妳是要去吃飯嗎？一起！」
她拿著飯卡跟上去。秦苒看了她一眼，手機一握：「是去吃飯，不過還有幾個朋友。」
「誰啊？」
南慧瑤跟著秦苒下樓，聽到她要見朋友，腳步就慢下來。她跟秦苒是很熟，但還是不認識她朋友，不好意思去。
「要不然我自己……」南慧瑤張了張嘴。
秦苒挑眉，「有兩個是校友，走吧，就在食堂。」
「妳朋友他們有幾個人？」南慧瑤跟在秦苒身後。
「三個。」
秦苒停在八號食堂一樓的自動販賣機前，投了幾個硬幣進去，拿出兩罐可樂。

竟然三個都考到了京大？南慧瑤不知道要用什麼表情看秦苒，莫非這就是傳說中的物以類聚？

秦苒把一罐可樂扔給南慧瑤，一手拿著手機，也沒把手機塞回口袋，直接單手拉開拉環，喝了一口。

南慧瑤捧著可樂，跟在秦苒身後，走到三樓。

八號食堂一樓、二樓是自助餐，三樓是單點，價格平均比一二樓貴很多。

現在是五點，還沒到下午的下課時間，三樓人不多，遙遙看過去，只有寥寥幾桌學生。

南慧瑤張望了一下，「妳朋友們呢？」

秦苒吊兒郎當地晃著手裡沒喝完的一罐可樂，朝最裡面靠窗的位置抬抬下巴，「那裡。」

南慧瑤有近視，但度數不深，能看清那邊有兩道人影，沒走兩分鐘就到了桌旁。

「苒姊，妳又準時才到。」魏子杭嘴裡叼著菸，也不敢點，只雙手環胸靠著椅背。

他身上沒有魏大師沉澱的氣質，俊秀裡透著一股不羈的浪蕩，坐在他對面的潘明月跟他就是兩個極端。

「妳好，」看到秦苒身後的南慧瑤，魏子杭手撐著桌子，「我是魏子杭，對面學校的。」

秦苒坐到鐵椅上，「室友，南慧瑤。」

三個人互相介紹了一波。南慧瑤回過神來，坐到秦苒身邊，稍稍吐出一口氣。果然是秦苒的朋友，顏值一個個都太高了。

能跟秦苒這種臭脾氣相處的，都跟魏子杭他們合得來，就是潘明月話少，大多是魏子杭跟南慧瑤說話，秦苒就靠在一旁喝可樂。

「苒苒說你們有三個人……」南慧瑤往旁邊掃了一圈，想起秦苒說有三個人。

「宋大哥去點菜了，京大他比我們熟。」魏子杭放下菸，朝南慧瑤身後招招手，「來了。」

南慧瑤下意識地回頭。

魏子杭在A大人氣高，但畢竟不是本校人，南慧瑤又是新生，知道得不多。而潘明月向來只到圖書館、寢室、教室，在京大這方廣闊的天地中，她不像在衡川一中一樣逆天，只在系上稍微出名一點。但宋律庭不一樣，他的知名度從今天被搶光的票就能看出來。

京大中，大一下學期初就能進入實驗室的第一人，現在學校論壇上還有他的光榮事蹟。

進大學這麼多天，南慧瑤終於知道實驗室相當於什麼樣的存在——京大的學生想要進實驗室，就跟一個普通高中的學生要去考京大的難度差不多，除了期中、期末考要達標，還有另外的考核。

論壇裡曾有人洩漏過考核的題目，南慧瑤簡直嘆為觀止，果然實驗室不是一般人能進去的存在。而宋律庭……不僅僅是對南慧瑤而言，對整個京大的學生來說都是神人般的存在，京大無可厚非的風雲人物，比一百個校花榜單還要熱門。

宋律庭今年進實驗室的消息徹底震驚了學長姊們，一舉成名。因為在大一上學期，他深居簡出，除了物理系的學生，知道他的人不多。

所以，當看到宋律庭拿著一個托盤過來的時候，南慧瑤有些玄幻地坐在椅子。

「我是宋律庭，大二物理系的。」宋律庭坐到魏子杭身邊，把盤子裡的碗筷拿出來，神色自若地開口。接著把托盤遞給魏子杭，讓他去拿剩下的菜。

南慧瑤僵硬地應了一聲，僵硬地拿著筷子，又僵硬地拉開可樂的拉環。

秦苒就在一旁替南慧瑤說：「她可能是你的粉絲，剛剛在寢室拿到了你的兩張票，開心得像個瘋子。」

宋律庭笑了笑，「外面的票基本上都是後面站票。」

魏子杭把菜一一端上來。

「我來跟妳說期中考試的問題。」宋律庭抬頭看向秦苒，十分清醒地開口。

秦苒不太在意，「什麼？」

「別太猖狂了。」宋律庭鎮定自若地拿起筷子，看她一眼，「我是說摩斯密碼。」

「期末考試也一樣。」頓了頓，宋律庭再度開口，「或許等不到期末。」

「你不說，我也不會，我答應過江院長要好好考。」秦苒伸手彈了彈滑到眼邊的碎髮，不緊不慢，「不過期中考……很重要？」

秦苒還不太了解實驗室的規則，她一直都把重心放在核子工程的課本上。

「重要。物理系選人去參加實驗室的考核是根據成績來選，現在實驗室分派嚴重，在明年的資源分配前，周校長很可能會提前把妳拉進實驗室。今年的考核，他應該幫妳報了名。」宋律庭看向窗外跳躍的陽光，正了神色，他稍微琢磨就能猜出周校長的想法。

秦苒撐著下巴，「怎麼說？」

「三大實驗室，醫學實驗室在京大，物理實驗室在京大跟A大的交界處，IT實驗室在A大，」宋律庭轉回視線，「實驗室裡不只有京大的人，還有A大，當然其他魔都的勢力基本上被京大跟A大同化了，兩個高中也在爭研究院的名額。他要是報了名，第一輪篩選就是妳的期中考。」

秦苒點點頭，手上轉著筷子：「我知道了。」

宋律庭只是隨便提一句，完全不知道秦苒十分重視他說的「重要」，以至於她比高考還要重視期中考。

幾個人許久沒見，吃完飯又坐在這邊聊了很久，直到五點半下課，人漸漸變多才解散。

秦苒帶著南慧瑤回寢室，一路上南慧瑤都沒說話，不知道在思索什麼。

「妳怎麼了？」到了寢室，楊怡詢問。

南慧瑤看著桌上的兩張宋律庭演講門票，抬起頭：「啊，沒事，我再想想。」

這邊，宋律庭也回到了實驗室。

穿著實驗室白袍的中年人風風火火地進來：「怎麼樣，她有沒有答應做我徒弟？」

宋律庭慢條斯理地套上白袍，扣上釦子，面不改色地回：「問了，不願意。」

中年男人摸摸空空的頭頂，滿臉費解，「不應該啊？怎麼會不同意做我徒弟？不可能……」

洪濤默默拿著一個實驗器材走過，黑著眼圈，困倦又同情地看了教授一眼……

不知道不能提起宋律庭的兩個妹妹嗎？他只是叫了兩聲妹妹，已經三天沒闔眼了。

宋律庭穿好外套，忽然想起什麼，「學長，你那裡還有票嗎？」

洪濤精神一振，「當然有，ＶＩＰ至尊票，學弟，您有什麼吩咐？」

「拿幾張給我妹妹，秦苒。」

洪濤眼前一亮，「我一定會送去給秦學妹！」

實驗室的地下二樓，負責人在核對今年的報考名單。

每年物理實驗室的考核有兩場，三月底跟十二月初。每次考試都要提前報名，十二月初的名單在今天截止，負責人就在剛剛收到了京大校長周山提交的名單。

「大一新生？」負責人看到秦苒的名字，不由得愣了一下。

身側的助理聽到負責人的聲音，湊過來看了看，「不會弄錯了吧？我去問問京大的教授。」

三分鐘後，助理拿著電話回來。

負責人推了一下眼鏡，問：「如何？」

「周校長親自回答的，說名單沒有給錯。」助理把手機放回口袋裡，回覆負責人。

實驗室負責人沒有再糾結什麼，直接把「秦苒」兩個字輸入名單，若有所思，「周山今年很有信心啊，估計又是一場好戲。」

之前京大也做過這樣的事，幫新生報了名，就是在實驗室展露鋒芒的宋律庭。那時候實驗室還一連打了好幾通電話才確定了京大校長沒有報錯名字，但宋律庭好歹也是隔年三月底才報名的，今年到十二月，新生的整體上課時間還不到宋律庭的一半吧，京大今年要幹嘛？

第五章　繼承人

京大女生宿舍——

楊怡從洗手間出來，秦苒的桌子上就空蕩蕩的了。

「她又去圖書館了？」楊怡壓低聲音。這也太拚了，除了睡覺，一天幾乎看不到她的身影。

南慧瑤從課本中抬起頭，微微擰眉：「嗯，她期中考要考自動化，雙學位很難修。」

京大的課題很難，想修好一個科系都不是什麼容易的事，修兩個科系自然要比常人付出更多的努力。

對面，冷佩珊收拾好了自己的書，正面對著鏡子為自己戴耳環，聞言，側頭：「她還沒放棄修輔系？」

「沒。」南慧瑤看了一下手錶，晚上還有一節公開課，她把書收起來。

南慧瑤忽然想起一件事，偏頭看向冷佩珊，「佩珊，妳還有票嗎？我們班長想要。」

「你們班長？」冷佩珊戴好耳環，又拿了口紅。

「褚珩。」南慧瑤將手撐在椅背上。

冷佩珊拿著口紅，手指一頓。

京大幾乎集齊了全國各地的天才，新生想要在其中闖出名頭不太容易，除非顏值過高，像是秦苒，公開的神顏，又在軍訓中一舉成名。其他新生……出彩的並不多，冷佩珊卻知道褚珩這個人——京城高考狀元，總成績七百二十分，高考分數下來的時候，還登上新聞好幾天。

冷佩珊描好口紅，拿起一本書，看向南慧瑤：「正好我晚上沒課，跟妳們一起去上課。」

*

京大學生會辦公室內，學生會會長與各部門的部長、副部長正在開會。

辦公室的大門被敲了兩下，洪濤推門進來，時間很趕，又是晚上，他就沒換下實驗室的白袍。

學生會會長連忙起身，「會長？你怎麼來了？」

洪濤正是上一任學生會會長，他看了眼辦公室的人，「我的票還有嗎？」

京大學生會之所以有宋律庭的票，完全是因為洪濤。

「還有，」學生會會長連忙終止會議，站起來帶洪濤去辦公室，拉開抽屜拿出門票，「還有四張。」

洪濤看了看，是第二排的票，他伸手接過來，「也行。」

他把票拿在手上，也沒跟會長多說，只低頭翻看手機上的資料，是他記錄的秦苒宿舍房號。

現在已經接近晚上九點，校園裡路燈漸次亮起，洪濤一手捏著票，一手拿著手機打電話給秦苒，詢問她在哪裡。

接到電話的秦苒還在圖書館。圖書館裡人多，通常占位超過二十分鐘，東西就會被圖書館阿姨收走，秦苒就沒下樓去找洪濤。

她放下筆，拿手機去外面的露天陽臺撥給南慧瑤，漫不經心地靠著牆，「在哪裡？」

南慧瑤說了一個地址。

秦苒回想著京大的地圖，離得很近，她就摸著下巴，「妳等幾分鐘，我讓學長送個東西去給妳。」

電話這一邊，南慧瑤一行人剛走出教學大樓。

刑開的一個室友跟冷佩珊聊得火熱朝天，「妳一個電腦系的，竟然能拿到兩張票，物理系的學長可連一張票都沒留給新生。」

「正好有認識的學長認識上一任會長。」冷佩珊風淡雲輕地笑著，看了眼一直手插口袋、走在後面的褚珩，不由得瞇了瞇眼。

「南慧瑤都不說秦苒的事情，冷佩珊，妳知不知道秦苒每天都在幹嘛？」刑開寢室的男生對於冷佩珊，當然更關心秦苒。

冷佩珊嘴邊的笑容不變，「應該是去見男朋友了吧，她男朋友好像早就畢業了，是社會人士，所以不經常出現在校園。」

「男朋友？」刑開的室友立刻捶胸頓足，半晌後又回過神，唉聲嘆氣：「果然美女都有主。」

冷佩珊依舊笑著，沒說什麼。

走在前面的南慧瑤掛斷電話，十分抱歉地開口：「不好意思，我要等一下苒苒的學長，妳們先回寢室吧。」

「沒關係，不差這一點時間。」刑開等人立刻表示可以一起等。

刑開看了褚珩一眼，褚珩也點了點頭，一行人都站在原地等秦苒的學長。

沒幾分鐘，洪濤就看到了南慧瑤。

白色T恤、藍色牛仔熱褲、娃娃臉、皮膚白，他一眼就認出來了，因此壓下煞車，腳蹬在地上，「秦苒學妹的室友？」

「是我，學長好。」南慧瑤禮貌地跟洪濤打招呼。

冷佩珊作為學生會的一員，看過學生會辦公室裡的合照，認出了他是學生會之前的紅人，「洪學長。」

洪濤看了冷佩珊一眼，腦子裡沒什麼記憶，就十分敷衍地點頭，「妳好。」

「學妹，這是宋學弟給秦學妹的。」他從白袍口袋裡摸出幾張票，遞給南慧瑤，「我還有事就先回去了。」

京大裡能進實驗室的，都不是普通人，雖然對比宋律庭的履歷，洪濤太過普通，可對比其他人，洪濤卻極其優秀，是學生會會長、實驗室成員，有自傲的資本。

除了秦苒指定的學妹南慧瑤，洪濤懶得跟其他人打招呼，與南慧瑤交換了手機號碼後，就踩著自行車離開。

他……急著回去睡覺。

衣襬處，實驗室的標誌十分明顯，是京大論壇上，無數人的大學夢想之地。

南慧瑤聽到洪濤說到宋學弟，大概就知道是宋律庭了，所以拿到門票時反倒很平靜。

她看了眼秦苒傳的訊息，側身看向褚珩，「苒苒有四張票，不過她不去，給你們男生吧。」

自動化一班的男生從軍訓期間就十分照顧班上唯二的兩個女生，一行人很熟，南慧瑤也沒跟他們客氣。

刑開看著洪濤離開的背影，跟南慧瑤確認：「南慧瑤，剛剛那是實驗室的學長？」

「是啊。」南慧瑤特別淡定地回答。

冷佩珊也收回了目光，心情極其複雜。雲光財團的電腦，她認為是秦苒那個「步入社會」的男朋友幫她拿到的，那洪濤呢……

冷佩珊不由得抿唇，秦苒的手段真不是普通的高超。

＊

秦苒沒有去聽宋律庭的演講，她最近這段時間一直來往於圖書館跟核子工程的教室之間，除了睡覺，連南慧瑤都很少看到她的身影。

星期六，沒公開課也沒選修課，圖書館閉館，楊怡跟南慧瑤都在寢室裡。

南慧瑤看秦苒忙得頭都大了，每天都想拉秦苒打遊戲。除了南慧瑤，還有九班的那群人。

秦苒就從樂譜上抬起頭，頭痛地開口，「妳等等，我拉妳進一個遊戲群組。」

南慧瑤遺憾地點頭。她加了很多群組，再多加一個也不在意：「好吧，妳拉我。」

秦苒找到喬聲跟九班人創的群組，把南慧瑤拉進去並私訊喬聲，讓他通過驗證。

另一邊，喬聲已經收到了秦苒的訊息，一聽到南慧瑤是秦苒的室友，還能被拉到這個群組裡，他連忙點下驗證通過，然後標註南慧瑤。群組裡的人一看是秦苒邀請的，幾乎在線上的都列隊歡迎，還跟南慧瑤約好了有時間一起打遊戲。

群組裡很歡樂，南慧瑤也只是隨便加一加，看到這麼熱情，她有些不適應，說了幾句之後才點開群組資料看了一下，群祖名稱叫「今天也是拜苒姊的一天」。

她一笑，就關了群組。

秦苒拉南慧瑤進群組之後，把最後寫好的樂譜拍下來，點開言昔的大頭貼，傳給對方，開始收書。

「今天還要去圖書館？」楊怡從床上爬下來。

秦苒拿起背包，「沒，我要回去。」

她一邊拉著拉鍊，一邊拿著手機回覆程雋，跟南慧瑤兩人說了一句之後就走出寢室。

寢室內，冷佩珊一直沒有說話。在這之前，她基本上都在跟學生會的人接觸，這兩天，她意識到南慧瑤跟褚珩關係不錯之後，下意識地留在寢室，不過南慧瑤、褚珩、邢開等人不好接近，她花了好幾天，關係都沒什麼進展。

等秦苒走後，她打開手機，點開歐陽薇的帳號：『表姊，妳九州遊的遊戲帳號可以借給我嗎？』

秦苒拿著黑色的背包，去江院長辦公室拿了套新書才離開。

剛到樓下，就看到拿著資料的邢開跟褚珩兩人。

「秦苒！」邢開立刻朝秦苒招手，「妳要去哪裡？也去小吃街嗎？」

褚珩也跟秦苒打了個招呼。

「不去，我出門。」秦苒換手拿書，垂著眼睫，遮住了眸底隱隱若現的紅血絲。

她拿的是核子工程的教科書，一共有七本，每本都挺大，分量不小，加起來有好幾公斤。

「我幫妳拿。」邢開十分有紳士風度地開口。

要是被班上其他男生看到班上唯二的女生自己拿著一疊書，他還不幫忙，肯定會被班上的男生指責。

秦苒掂了掂手中的書，「謝謝，不重。」

這幾天，論壇上關於秦苒的傳言有點多，但自動化一班的男生都不信。在軍訓期間的相處就知道秦苒的脾氣，她從來不跟男生有過多接觸，當然也有了一些兄弟情誼。

聽秦苒這麼說，邢開也想起她在軍訓期間的壯舉，別人手裡的負重袋沉得像鐵，她一手拎一個還身輕如燕，邢開默默收回了手。

「對了，妳要自動化系的筆記嗎？」邢開指了一下身側的褚珩，「褚珩每一門都總結了筆記，整理的都是精華，下次讓南慧瑤帶給妳。」

褚珩有些疏冷，聞言只是點頭，聲音清冽，「不過洪學長就是自動化系的優秀畢業生，妳可能不需要。」

三個人走在路上，大多在討論物理系的一系列問題。

校門口的人依舊不多，秦苒眼睛一掃，一眼就看到了站在人群裡異常鶴立雞群的程雋。

「我回去了。」她跟褚珩兩人打了個招呼，就朝程雋那邊走去。

程雋拿著手機，漫不經心地立在路邊，目光若有似無地掃著人群，姿態慵懶，表情淡漠。

他來學校的時候不怎麼會開車，一是路程不遠，二是怕給秦苒帶來不好的影響。

注意到秦苒微擰的眉心，程雋也蹙了一下眉頭，才伸手接過秦苒的書，目光順帶掃了褚珩跟邢開一眼。

兩個人長得都還可以，但在秦苒這種顏控眼裡，應該不足一提，程雋就禮貌性地跟兩人打了個招呼。

邢開連忙回應，「你好！」

等秦苒跟程雋兩人走了，邢開看著兩人的背影才回過神來——

剛剛那個人給他的第一印象就是很帥，雖然對方的一舉一動，就連聲音都顯得很有禮貌，但莫名其妙地，邢開能感覺到一股強烈的壓迫感。氣質、談吐都不太像是一般人，冷淡驕矜，尤其是年齡，也不像冷佩珊形容的那種「社會人士」，跟他們差不了兩歲……越看越讓人覺得自慚形穢。

邢開收回目光，手摸著下巴，「這下班上的人都可以死心了，不過秦苒真的有點奇怪。」

「什麼？」褚珩朝小吃街那邊走去。

「不奇怪嗎？揹著地攤貨背包，都起毛球了，腳上穿著L家限量版的運動鞋。」邢開想了想，還是忍不住抽了一下嘴角，「這種球鞋一般都是球鞋迷買回家收藏的，只有她會穿在腳上。還有她帶去軍訓的保溫杯，你還記得嗎？那上面的鑽石是真的……」

晚上，程溫如聽說秦苒回來了，過來蹭飯。她大馬金刀地坐在飯桌旁，目光一掃，沒看到人就敲敲桌子：「苒苒呢？」

程雋坐在她對面，形狀漂亮好看的手指拿著筷子，漫不經心地解釋，「在書房看書。」

「這麼努力嗎？我……」程溫如放下手，站起來要去樓上。

程雋連頭也沒抬，慢吞吞說了三個字，「妳試試。」

側著身的程溫如捏了捏手腕，十秒鐘後，掛著得體的微笑坐回去，「我想起京大的教學制度很嚴格，就不去打擾苒苒了。」

吃完飯，程雋上樓去看秦苒，程溫如也沒走，就坐在沙發上，向程木旁敲側擊雲光財團的事。

程木一直在弄花，閉口不言。

程溫如手托著下巴，慵懶地笑，「程木，長大了啊。」

她雖然沒有問出什麼，卻也從程木的態度中知道，上次雲光財團合約的事一定有內情。

她雙手環胸，朝樓上看了一眼。

程木：「……」

樓上，程雋拿著一杯溫茶，打開書房門。

書房是他慣用的，書桌上放著一盆薄荷草，窗簾半掩著。程雋往門內一掃，就看到秦苒趴在桌子上，只露出半邊臉。眼睫淺淺地垂下，眉宇間沒平常看到的冷燥，腿肆意地斜在桌底，即便睡著了，也有一股挺不好惹的氣息。

應該是最近這一個星期都沒睡好，不然也不會在看書的過程中睡著。除了一開始在校醫室，程雋很少看到秦苒這種狀態，他不由得揉了一下眉心，慢慢走過去把茶杯輕放到桌子上。

秦苒還是沒醒來。他把她手中的筆拿出來，又輕聲喊了她兩聲，她都沒有要醒的意思。

看來真的是睏極了。

程雋在桌旁站了兩分鐘，在叫她起來吃飯和讓她繼續睡的天人交戰中想了好一會兒，還是不忍心叫醒她，彎腰輕鬆地把她抱起來，打開隔壁的房門。

秦苒的房門沒有鎖，程雋把她放在床上，然後小心翼翼地拿開左手，右手則從枕頭上小心地抽走，儘量不驚醒秦苒。

秦苒卻動了一下，眉心擰起，依舊有些不耐煩，頭枕著他的右手。

細長的頭髮穿過他的指縫，程雋下意識地放輕動作，用左手幫她拉起被子。試了好幾次，程雋都沒能成功抽出右手。他坐在床邊，沉默了一會才輕哼一聲，「妳知道我是誰嗎？」

秦苒依舊安靜地睡著，沒有任何回答。

*

翌日，秦苒很早醒來。她在房間裡轉了一圈，右手按了按太陽穴，看著房門若有所思。

拿著保溫杯下樓時，程木在樓下跟她打招呼，「秦小姐，早。」

秦苒抬手看了一下手機上的時間，七點多，比她平時晚起，不算早了。不過昨晚睡得挺舒服的，她眸底的血絲少了些許。

她去廚房倒了一杯牛奶出來，在大廳裡掃了一眼，沒看到其他人。

程木立刻會意過來，「雋爺去京大了。」

正說著，玄關處，程雋已經開門進來，手裡還拿著兩張紙。看到秦苒起來，直接遞給她，「要把妳寢室裡常用的東西搬回來嗎？」

秦苒坐在餐桌旁的椅子上，一邊喝著牛奶，一邊看程雋遞給她的紙張。

那是江院長簽好的不住校申請單，下面那張則是有程雋簽名的保證書。

程木過來看了一眼，驚喜地開口，「秦小姐不住校了啊，那我去把花接回來。」

秦苒翹著二郎腿，看著手中的不住校申請單。由奢入儉難，一開始的軍訓期間，她在學校還能忍，沒事還能負重去山上烤兔子來吃。後來沒日沒夜地讀書，學校裡人多、聲音吵雜，她就一個星期都沒怎麼睡好，似乎又回到了在橫川國中的初期，晚上會爬起來戴著耳機看書。

她抬頭看了眼程雋。程雋雙手環胸，挑眉，似笑非笑地看著她。

沒多久，程木就迫不及待地去寢室整理秦苒的花跟其他常用東西了。

他在樓下跟舍監阿姨提出申請，舍監阿姨一看到他身分證上的「程」字，親自帶他去寢室拿秦苒的東西。

程木一路上目不斜視，到寢室後，也先徵詢過南慧瑤等人的同意才進去收秦苒的東西。他的眼睛不敢亂飄，只敢看秦苒的桌子。要帶的東西不多，除了兩盆花就是秦苒的電腦，還有程雋吩咐的秦苒寫過的手稿。其他衣服都沒帶，這些亭瀾都有。

冷佩珊開門的時候，就看到秦苒的座位旁有個男人的背影，還有些眼熟。這背影看上去有點冰冷，很不好惹。

冷佩珊一愣，走到南慧瑤身邊，「那是……」

「幫苒苒收拾東西的人，她不住校了。」南慧瑤偏頭解釋一句。

家人？冷佩珊胡思亂想著。

程木已經收拾好東西了，左手拉著黑色行李箱，右手抱著花盆，身影凜然，五官冷硬，不苟言笑，眸射寒光。

「程木先生？」冷佩珊幾乎失聲地開口。

程木拉著輕鬆地拎著行李箱出去，聽到冷佩珊的聲音，停下來看了她一眼。意識到這是秦苒的室友，就禮貌地想跟她打招呼。

「我是歐陽薇的表妹，我們之前在我表姊的生日宴上見過面。」冷佩珊掐了一下掌心。

歐陽薇的生日宴不小，都是京城裡玩得很開的人。冷佩珊認識的人不多，但也知道那時候站在圈子最中央的程木一行人。

聽到「歐陽薇」三個字，程木收回了禮貌的表情，依舊冷硬如鐵。

他不是秦苒、程雋，還沒到過目不忘的地步，像是冷佩珊這種人，京城多的是，他不可能每個都記得。冷佩珊的話要是放在一年前，程木可能會停下來跟她打招呼，只是現在，不說歐陽薇早就不是他的女神了，最重要的是……程金跟程水都跟他鄭重提醒過要防備歐陽薇。

程木的腦袋不太靈光，但幾個哥哥的話他都用心記著。

冷佩珊沒跟程木說過話，卻也聽別人提過程木。程家的人，以前在歐陽薇的宴會上，她也只能遠遠看一眼。

看到程木毫不停頓地拉著行李箱離開，冷佩珊笑了笑，伸手把頭髮別到耳後，若有似無地開口：「我表姊馬上就要去考中級會員了……」

程木像一個沒有感情的搬行李機器，直接下樓。

寢室內，冷佩珊看著程木的背影，收起了臉上的笑容，失神地坐在自己的位子上。

楊怡把書放到桌子上，「妳認識秦苒的家人？」

「認識……」冷佩珊拿著手機，目光出神地看著陽臺外。

南慧瑤拉開椅子坐下，手指漫不經心地托著下巴，笑道：「聽到沒有？他姓程，學校裡不能惹的姓氏之首，以後得趕緊抱好苒苒大腿。」

楊怡點頭，附和，「說的是。」

這兩人還有心情說笑，冷佩珊卻覺得一點都不好笑。

程木是程家太子爺最重視的手下，能出入程家老宅，普通家族的繼承人看到他都要加上尊稱，圈子裡的人都知道這件事。

秦苒說的那個，已經進入社會的男朋友就是程木？她怎麼會跟程家人有關係……

*

徐家——

徐校長在美洲停留將近三個月，打開了市場，回到京城後用一個星期才理清徐家的事。

「爺爺。」徐搖光從椅子上站起來，眸色清冷。

「以後美洲馬斯家族的事情都由你去處理，研究院那邊我已經找到繼承人了。」徐校長看了眼窗外。

他以前是覺得，如果能撮合徐搖光和秦苒就好了，到時候一個掌管徐家大權，一個掌管研究院大權，還特地為此排除眾議，把徐搖光從京城弄到衡川一中。但最後他看上了一個叫什麼秦語的不說，秦苒還被程家叼走了。

徐搖光在雲城的時候就聽程雋提過這件事，但那時候他還不知道那個繼承人是誰，直到高考之後，秦苒的物理、數學都是滿分，徐搖光才意識到這些。所以那時候他緊急趕到雲城，想要問問秦苒的事，不過這一面都沒有見到，他就去美洲了。

「是，爺爺。」徐搖光跟徐校長說了一聲，就從書房離開。

等徐搖光走後，徐校長才撥通秦苒的手機。

秦苒現在在樓上書房，程雋正拿著她的手機在玩遊戲，錄影給秦陵看。

他傳了一個影片給秦陵，半晌，秦陵回了一句：『你玩得沒我姊姊快。』

程雋咬著菸，眼睛稍微瞇了瞇。

他正要回秦陵一句，螢幕頂端出現了一通來電提醒，上面只有一個字：徐。

秦苒存的名字亂七八糟，鳥、龍都有，程雋看過，竟然還有個烤肉，徐還算比較正常的名稱。

程雋一邊接起電話，一邊往樓上走，還很有禮貌地回對方：「稍等一下，她在樓上看書。」

手機另一頭的徐校長沉默了一下，『怎麼是你？』

在雲城時，徐校長曾希望程雋以後多罩著他的繼承人，但鑒於程雋把人照顧走了，徐校長十分難受。

「徐老？」程雋也沉默了一下，站在樓梯間一會才繼續往樓上走，「您稍等。」

他打開書房的門，秦苒正拿筆在一本教科書上做記錄。

「徐老。」程雋把手機給秦苒。

秦苒把筆放到桌子上，接過手機，「徐校長？」

『有時間嗎？』徐校長站在窗邊，目光望向外面，目光很深，『我們繼續聊聊雲城的事。』

「等等，」秦苒撐著太陽穴，「等我期中考考完。」

『期中考？』徐校長語氣驚訝，換了一隻手拿手機，『妳讀什麼科系？』

秦苒如實相告。

徐校長：『……還可以。』還囂張地修了兩個科系，不過也很好。

秦苒已經答應了，而且人就在京城，徐校長不是特別著急，她答應過的，自然不會騙他。繼承人的事情也急不得，涉及到多方勢力，到時候京城會人仰馬翻，在這之前他也要做好各方面的準備。

兩人又說了幾句就掛斷電話。秦苒往椅背上靠，伸手把手機還給程雋。

程雋拿起還剩下一點水的茶杯，倒掉又重新倒滿水拿回來，卻沒接下她遞來的手機。

秦苒挑眉，眉宇間斂著乖張，「你……」

她原本以為程雋是要問徐校長的事，程雋卻隨手拉了張椅子過來，伸手指了指她的手機，理直氣壯地開口：「妳弟弟罵我。」

罵他？秦苒低頭翻了翻訊息，就看到了秦陵傳的話。

她拿著手機慢吞吞地回了兩句話。

『**他跟你一樣，也是第一次玩。**』

『**你比他菜。**』

回完秦陵，秦苒看了看，又把手機遞給他。

程雋接過來看了兩眼，才站起來拿著她的手機離開，關上書房的門。

他點開秦陵的大頭貼，看到對方正在輸入中，他就回了一句：『**臭弟弟（微笑）**』

不到一秒，確定秦陵看到了這句話，他迅速收回，再度回了個微笑。

樓下，程木已經拖著秦苒的行李回來了，他把行李箱放在大廳中央，將花小心翼翼地放到窗戶旁。看到已經枯萎的葉子，他不由得皺著眉頭，秦小姐就是不會照顧花。

「哥，你怎麼回來了？」他剛拿好工具，就看到程金從富貴樹旁的樓梯上來。

程金在大廳裡掃了一眼，「雋爺讓我回來的。」

「先坐。」程雋漫不經心地玩著遊戲。

程木拿著鏟子跟程金一起坐過來，「有什麼事情嗎？」

「是有件比較重要的事，」程雋語氣不緊不慢的，「程金，你需要多久能把財力中心挪回來？」

「整個中心？跟雲光財團一樣？」程金驚訝。

程雋靠著沙發，「差不多。」

「雲光財團用了一年多，他們去年就開始入駐京城了，不過我們有好幾個據點在京城，真的要挪，能比他們快幾個月，但……雋爺，您確定？」程金的嘴角抽了一抽，這是想讓京城爆炸？

「確定，」程雋手上依舊不疾不徐地玩著遊戲，「徐老的面子，我不能不給。」

程金看了看程雋，心想：連程老爺的面子都不給的人，會給徐老面子？

只是……這跟徐老有什麼關係？

一局遊戲玩完，程雋看了看影片，打包傳給了秦陵。

程金從包包裡拿出工作電腦，迅速登入網站，抽空看了一眼程雋，「那我要馬上召開高層大會，具體是因為什麼事？」

程雋將手機一握，「開吧。」

其他的沒多提，只朝樓上看了一眼，伸手懶洋洋地抵著額頭。

京城最大研究院的繼承人，他們家老爺要是知道這件事，可會坐不住……

之前在雲城碰到徐老時，徐老就提過繼承人的事，只是那時候程雋沒有多想，只覺得拒絕徐老的人該有多瘋狂。直到後來一連串的事情碰在一起，秦苒的手受傷時，徐老緊張的態度就讓他有了懷疑，再往後，秦苒高考的成績出來，他就直接確定了。

程雋的手指慢條斯理地敲著手機，而程金已經連繫了各大高層。樓上書房是秦苒在用，他不敢去，就抱著電腦去了樓下自己的房間。剛把電腦放在桌上，電腦上就出現了幾個坐在大圓桌旁的人。

幾個人表情嚴肅，聲音發沉，『程金先生，集團出了什麼問題？』

這種緊急會議很少出現。

「挪總部。」程金從書桌上翻出一份文件，伸手翻了翻。

螢幕上，戴著金框眼鏡的中年男人一頓，『挪到哪裡？』

「京城。」程金抬眸，已經吩咐手下在京城選基地了。

『京城？』螢幕上的一行人面面相覷，『我聽說雲光財團也挪到了京城……』

怎麼突然間都要把總部搬到京城，京城是有什麼吸引這群大人物？一起開大會？

程金掛斷視訊通話，就看到程木拿著鏟子，小心翼翼地推開了書房的門。

「你小心點，這地毯是從美洲運回來的。」程金指著程木手上還沾著土的鏟子。

程木低頭看了看手上的鏟子，直接塞到口袋裡，「哥，你是做什麼的？」

「賣衣服。」程金登入社交軟體，接收了一份資料，他點開來後選地址，隨口回答。

程木：「……啊？」

＊

翌日，星期一早晨，程雋送秦苒到校門口。

秦苒一手拿著書跟筆記本，一手扣著鴨舌帽，頭也沒回地朝背後揮了揮手。

駕駛座上，程雋懶懶地靠著椅背，漆黑的眼瞳靜靜看著她。隨意放著的手機正響著，他也不急著接起電話，直到秦苒的背影消失，程雋才懶洋洋地伸手，勾起手機看了看，是程溫如。

他接起來，眸色沉斂，「說。」

程溫如也習慣了他的態度。她現在在程家老宅，看了程老爺跟程饒瀚一眼，拿著手機走到外面的院子裡，看著對面長廊上程老爺養的鳥：『還記得我辦公大樓對面的大樓嗎？』

「怎麼了？」程雋發動車子，左手放在方向盤上，右手拿著手機。

他看著方向盤，長睫微垂，想了半晌又放開手。

『有人要買。』程溫如單手插在口袋裡。

這種事情，負責金融中心的人自然會第一時間通知程家。她的公司就在金融中心大廈，只租用了一層，但每一層的面積能給一間中型企業使用，而對面大廈的規模足足是她的百倍，這才是程溫如詫異的原因。

她數遍現在國內的企業，也沒想到誰能財大氣粗到買下這棟大樓。

程雋手敲著方向盤，眸色沒有明顯的變化，只不鹹不淡地「嗯」了一聲，「沒其他事的話，我先掛了。」

程溫如現在不太敢跟他嗆聲，只聽到手機裡傳來忙碌音。

她低頭看了看手機，嘴角不由得抽了一下，然後拿著手機轉身回到程家大廳。

程饒瀚正端著一杯茶，看到程溫如拿著手機走進來，不由得看了她一眼，似嘲似諷，「我早就說了，妳跟他提那麼多廢話有什麼用？」

與此同時，秦苒拿著書走向核子工程的教室。

現在才七點多，路上的人不多，秦苒剛到二樓，就看到靠著走廊等人的南慧瑤。

南慧瑤似乎有些困倦，正懶洋洋地打著哈欠。

看到從樓梯走過來的身影，她站直身體：「苒苒！」

「特地找我？」秦苒淡定地拿出鑰匙打開階梯教室的門，找了靠門邊的安靜位置，「啪」一聲把書扔到桌子上，抬抬下巴讓南慧瑤坐到前面，「說吧，什麼事？」

秦苒靠著牆坐好，眉眼微微低著。

「苒苒，妳跟冷佩珊有過節？」南慧瑤趴在她旁邊的桌子上，不經意地問著。

秦苒翻開新的課本，垂著眼眸，語氣平靜，「沒，我又沒打她。」

南慧瑤差點被自己噎死，她默默看了秦苒一眼：「……我知道了。」沒打她是什麼意思？

「妳一早來找我，就為了這件事？」秦苒抬起眼眸。

南慧瑤坐直，「不是，是班長讓我問妳的，這個星期六晚上，妳有沒有空？其他班級軍訓後就聚餐了，就我們一班還沒有聚餐。」

聽到這個，秦苒收回了目光，挺無所謂的，「到時候把具體時間、地點傳給我就好。」

「好，」南慧瑤精神一振，手撐著桌子站起來，「我待會就跟班長說。我先去吃早飯了，掰掰！」

她走到後門旁，朝秦苒揮了揮手。

南慧瑤吃完飯後走向教學大樓，口袋裡的手機響了一聲。是學生會的訊息，中午在綜合大樓開會。

中午，南慧瑤下課也不趕著吃飯，直接去綜合大樓。

學生會也有分等級，其中辦公室部門的權利最大，南慧瑤跟冷佩珊都進了辦公室。開會的時候，南慧瑤跟一個短髮女生坐在辦公桌的最末端，冷佩珊坐在部長旁邊。整個辦公室的人都知道冷佩珊認識高年級的學長姊，是學生會的新晉紅人。

開完會，幾個部長就去吃飯了。冷佩珊看了看辦公室內剩下的人，不由得抿唇笑著開口，「晚上還有誰想一起玩遊戲嗎？」

「我！」

「冷美女，算上我啊！」

「……」

辦公室內熱鬧非凡，南慧瑤拿著自己的課本回寢室，身後的短髮女生跟上來，「南慧瑤，妳跟冷佩珊怎麼了？我記得之前妳們還是很好的室友，前幾天還一起打遊戲，怎麼最近幾天都沒看到妳們一起打遊戲、一起走？」

「沒事。」南慧瑤淡淡開口。

短髮女生看了看後面，確定沒人能聽到才壓低聲音，「我們系的人都知道，冷佩珊是有後臺的，她玩遊戲連神牌都有。京城這地方水深，如果沒事，別跟她結下梁子。」

短髮女生也是電腦系的，而冷佩珊在電腦系很出名，所以短髮女生知道的比南慧瑤多，她也是南慧瑤在京大物理系之外唯一的朋友，南慧瑤偏頭朝她笑了笑：「謝謝。」

「不用謝，妳記住我說的話就好了。」短髮女生拍拍南慧瑤的肩膀，「我們教授上課的時候說過雲光財團的事，當然妳應該沒聽說過……解釋起來很麻煩，妳小心冷佩珊就是了。」

南慧瑤一邊去食堂，一邊拿出手機搜尋了一下雲光財團。

*

一個星期很快就過去，星期六，自動化一班的學生聚會。

秦苒到的時候，人也才剛到齊。褚珩是京城人，綜合一班的具體情況選了一個大包廂，裡面放了三大張桌子，還有一系列的娛樂設備。男生們喝酒，秦苒跟南慧瑤就坐在一旁喝飲料，旁邊不遠處還放了撞球桌、電腦等一系列設施。

一批男生沒怎麼喝酒，有人拿著球杆去打撞球，有人拿著麥克風唱著死亡之聲，有人吆喝著開電腦打遊戲，還有人拿著撲克牌。

邢開跟褚珩拿著一罐啤酒過來，邢開坐到秦苒跟南慧瑤的對面，「妳怎麼不去跟他們一起打遊戲？」

「懶得去。」南慧瑤靠著椅背。

「妳這麼喜歡打遊戲的人，也有懶得去的一天？」邢開喝了一口啤酒，不由得笑道，「最近怎麼沒有見到妳跟冷佩珊組隊……」

他話還沒說完，南慧瑤看了邢開一眼。邢開訕訕一笑，沒說下去。

秦苒一手玩著手機上的闖關遊戲，一手拿著杯水慢慢喝著，「冷佩珊？」

南慧瑤上次也提過冷佩珊。

秦苒一問，邢開連忙解釋，「就是妳們寢室的冷佩珊，她星期一還跟我們玩了遊戲，她在遊戲裡有一張神牌，雖然打遊戲的技術一般，不過神牌挺酷的……」

南慧瑤似乎不太想聽到冷佩珊這個人，她放下手中的杯子站起來，坐到一臺空著的機器前登入遊戲，「還有誰要帶我一個？」

「沒了，南姊，我們已經組隊了，下局帶妳！」班上男生立刻回。

有大頭貼正在跳動，南慧瑤隨意點開，是秦苒拉她加入的那個群組，正好有人傳了個組隊要求，她隨手點了進去。

遊戲的語音頻道是開著的。南慧瑤剛進去，音響裡就傳來驚訝的男聲。

『這是誰？』

『苒姊的室友。』

南慧瑤看了一下聲音頁面，說話的是一個叫「林子很大」的人，是一道女聲。

意識到這是秦苒介紹的群組，南慧瑤十分拘謹地跟他們打了個招呼。她看了一下其他四個人的遊戲資料，驚駭地發現他們都是宗師級的帳號。南慧瑤大師級的帳號在自動化一班已經算很厲害了，所以經常跟男生組隊，沒想到秦苒的高中同學更厲害。

「希望我不會扯你們後腿。」現在已經排隊進去了，南慧瑤也退不了。

選卡牌時，她更拿出了自己唯有的兩張天牌，然後加了一張厲害的地牌，暗暗鬆了一口氣。

卡牌全都鎖定，五個人一起進競技場的頁面。南慧瑤暫時放開手，拿起之前放在一旁的水喝了一口，目光轉回來看隊友選擇的卡牌。

第一列是「林子很大」的卡牌。

第一張是天牌，第二張是天牌，第三張是……我靠！神牌？？

南慧瑤傻眼了一下，目光下意識地轉向下一個人。

天牌、天牌……神牌……

南慧瑤今晚沒有喝酒，這時候卻覺得自己喝太多了。神牌在遊戲裡那麼罕見，基本上除了OST戰隊的職業選手，很少能看到路人局的神牌，但她這次就看到了三張？還是她的隊友？

遊戲開始，五人進了競技場，南慧瑤根本就沒有好好發揮，但這一局也似乎用不到她，莫名其妙就贏了。

不到十分鐘，下一局，南慧瑤又被拉進了一個群組，這次換了隊員。

南慧瑤只認得「林子很大」。她有點遺憾，剛剛有兩張神牌的隊友不是她的隊友了。

卡牌選擇完成，依舊是五人隊伍，三張卡牌……

她：「……？？！！」

南慧瑤看到「林子很大」的神牌還不是上一局的神牌……

「大神，你們是職業戰隊的嗎？」南慧瑤終於忍不住開口詢問。

『不是啊。』一道輕佻的男聲出現。

「那你們哪來這麼多神牌！」南慧瑤捏著滑鼠。

『多嗎？』男聲操控著女媧進場，驚訝地回她，『我們一人只有一張神牌而已，林思然她一個人就有三張，她才多。』

一、人、只、有、一、張、神、牌、而、已？

你知不知道冷佩珊的一張神牌人人羨慕，到你嘴裡怎麼就變成了「而已」？？

南慧瑤坐在自己的位子上看著遊戲螢幕，腦子裡亂糟糟的，此刻什麼也沒想，連冷佩珊的事情都忘了，只想衝到網路線的另一端，把說話的男生揪出來。

「妳沒事吧？」坐在身邊的男生打完一局遊戲，看了南慧瑤一眼，「我們打完了，來組隊吧。」

還組什麼隊。南慧瑤伸手抓了抓頭髮，有些抓狂，她整個人都置身夢境。

秦苒到底讓她加了什麼群組啊！

這一局打完，南慧瑤憋了一肚子的問題走去找秦苒，過去的時候卻發現秦苒走了。

她立刻掏出手機打電話給秦苒，秦苒現在正在玄關處換鞋。

「怎麼了？」她換好鞋就往裡面走，坐在沙發上，腿微微交疊著。

南慧瑤沒怎麼回過神，『苒苒，妳是怎麼認識那群大神的？』

「高中同學。」秦苒知道南慧瑤應該是跟喬聲他們一起玩遊戲了，也不意外。

跟南慧瑤說了幾句，就掛斷電話。

「雋爺，」程金從樓上拿著一份文件上來，看到秦苒，他頓了頓，然後十分恭敬地打了個招呼，「秦小姐。」

程雋才剛換好鞋，正朝這邊走來。他坐到秦苒身側，隨手拿了個抱枕慢條斯理地抱著，朝程金伸了伸手。

「位置已經敲定了，這是上面傳來的文件。」程金坐到對面，把文件遞到程雋手上。

程木正從廚房出來，端了一杯茶給秦苒。

聽到程金的話，他就回了一句，「買衣服的地方嗎？」

「嗯？」秦苒隨意把玩著手機，聞言，挑眉，「誰賣衣服？」

「我哥。」程木小心翼翼地把茶放到秦苒身邊，「哥，你們公司在哪裡賣衣服？規模有多大？」

程金不太想回答程木。

另一邊，聚餐還在繼續。

「妳找她幹嘛？」褚珩靠在桌子上跟人玩牌，不緊不慢地看南慧瑤一眼。

南慧瑤沒什麼情緒地坐到沙發上，低頭看著自己剛掛斷的手機，「她之前讓我加了一個遊戲群組。」

「不就是遊戲群組，然後呢？」邢開從另一邊拿著球杆過來，順便遞了一支給南慧瑤。

南慧瑤僵硬地接過球杆，「然後……」她抬頭，面無表情地看著邢開，「那一個群組裡的人大多數都有一張神牌。」

邢開手中的球杆一晃，他手撐著桌子，沒回過神來，只能下意識地問：「那……那少部分的人呢……」

「少部分的人有三張。」南慧瑤繼續開口。
邢開撐著桌子的手再次抖了一下，身體壓得更低。
他看著南慧瑤，「爸爸，我可以見見大神們的群組嗎？我也想跟三張神牌同臺一次。」
一旁，圍觀全程的褚珩：「……」
拿出你之前那句「不就是遊戲群組嗎」的氣勢來啊！
最後，邢開跟褚珩都加入了秦苒所說的「遊戲群組」。

*

京大在十一月初要進行期中考，此時已經十月底，距離考試不到三天，學生們已經開始緊鑼密鼓地複習，每天圖書館都被一群學生占滿了。
秦苒現在在江院長辦公室。
「江院長，您找我有事？」她站在辦公桌旁，手裡還拿著一疊書。
身上穿著雪白的連帽衣，外面隨意套了件外套，沒有往日的鋒銳。
「秦苒啊，」江院長看到秦苒，放下了手中的筆，「聽說妳決定要考兩個科系的題目？核子工程有沒有把握？」
身側的助理看了江院長一眼，不由得抬頭，難道不是該問秦苒對自動化有沒有把握嗎？
物理系的人都知道秦苒有輔修，自動化這邊她沒有上過一節課，反倒是核子工程，她每節課都去上，要考第一絕對沒有問題，江院長這是問反了吧？

「不確定。」秦苒微微垂了眉眼，懶懶地回著，嘴上說著不確定，但語氣挺囂張。

江院長不由得笑了，「好了，我有底了，妳去吃飯吧。」

「江院長再見。」

秦苒有禮貌地跟江院長打了個招呼，就下樓。剛走到路口，就看到邢開跟南慧瑤兩人。

「苒苒，這裡！」南慧瑤朝秦苒招手。

秦苒把連帽衣的帽子扣在頭上，身上的氣息一如既往的冷。

三個人中午一起去食堂吃飯。南慧瑤一向習慣去二樓，不過秦苒都去三樓，南慧瑤跟邢開就跟她一起上樓了。

「班長去幫輔導員處理事情了。」邢開點好了菜，坐到兩人對面後解釋。

南慧瑤拉開椅子坐下，在跟「林子很大」傳訊息。

「苒苒，原來妳高中的那個同學林思然跟我們同學校？不過她是經濟系的，」南慧瑤放下手機，遺憾地開口，「在南校區，太遠了，只能找個空閒的時間見面，我想看看有三張神牌的女人究竟長什麼樣子。」

南慧瑤最近跟群組裡的幾個人混得很熟，尤其是林思然。

秦苒看了南慧瑤一眼，沒說話。

邢開、褚珩、秦苒等人本來沒那麼熟，沒想到最後因為遊戲，發展出了十分堅定的友誼。

他們點的菜好了，邢開就去把菜端過來。

「對了，要期中考了，妳可以吧？」邢開把菜放在桌子上。

秦苒翹著二郎腿，手上拿著筷子：「怎麼都問我？」

「沒辦法，」邢開把另一雙筷子遞給南慧瑤，「妳是不知道妳在學校有多紅，論壇裡都在賭妳什麼時候進實驗室，還有人猜妳這次考試的分數，不過……」說到這裡，邢開皺眉，「聽說周博士不滿意上學期大一考試的難度，所以我們這次考試非常難……妳一直沒上課，會遭遇滑鐵盧嗎？」

「開玩笑，苒苒怎麼會滑鐵盧！」南慧瑤瞪了邢開一眼，「高考數學那麼變態，她都能滿分。」

邢開立刻把手邊的飲料擰開給南慧瑤，笑了笑，「南姊，您說的對，您說的對。」

畢竟是高考狀元。

「大二的學長說去年的考卷已經夠難了，去年一批人被當。」南慧瑤不理會邢開，轉過頭看秦苒，筷子戳著碗裡的飯，「今年還要更難，我們這一屆也太慘了，高考這麼難就算了，大學考試還這麼難……」

自動化大二的學長姊們都在為他們默哀。

秦苒慢條斯理地吃著飯粒，聽兩人一言一語的，沒出聲，只在最後忽然抬頭問：「你們上學期學了什麼課程？」

邢開拿著飲料的手一頓，呆滯地看了秦苒一眼。南慧瑤手中的筷子也停住，愣愣地抬頭。

半晌，邢開僵硬地開口：「都是基礎課，高數、電腦基礎、大學英語跟大物。」

京大的進度已經算快了，秦苒算了算，還沒學到工程製圖跟數位電子。

她吃完飯，就放下筷子，隨手把自己的餐具收起來。

對面，南慧瑤跟邢開一人拿著一雙筷子，動也不動地看著她。

秦苒拿著餐具站起來，將手機丟回口袋，兩人還是不動。她微微彎腰，低頭敲了敲桌子，挑眉：「我去圖書館了。」

兩人終於反應過來，連忙點頭。等秦苒消失在光影裡，兩人才漸漸回過神來，對視一眼。

「南姊，剛剛苒姊問了我們什麼問題？」邢開突然開口。

南慧瑤的頭撞上桌，「她問我們學了什麼課程。」

「咳咳咳……」邢開終於回過神，「啪」一聲放下筷子，看向南慧瑤，「我一直以為她在圖書館自學自動化課程。」

秦苒智商高，邢開覺得她修兩個系，不會有問題，畢竟是天才中的戰鬥機。

「說到這個，我突然想起她書桌上擺著的都是核子工程的書，已經修到了大一下學期，還有一堆古怪的核子工程習題。」南慧瑤面無表情地回。

核子工程的什麼資料、變態習題都有，就是沒有自動化。

邢開：「……」

這突如其來的囂張行為……為什麼有時間修大一下學期，都不願意看自動化一眼！！

今天星期三，秦苒下午滿堂，晚上沒課。時間還沒到，秦陵的電話就打來了。

秦苒一手把背包甩到背後，一手把手機塞到口袋裡，然後戴上耳機。

手機另一邊，秦陵蹲在路邊。秦修塵不偷聽他說話，站在保姆車旁等他，秦陵就往後看一眼，然後將手放在嘴邊，小聲開口：『姊姊，今天晚上我們可以跟叔叔一起吃飯嗎？』

「吃什麼飯？」秦苒往圖書館裡看。因為在講電話就沒進去，將連帽衣的帽子拉了拉。

『我明天要跟叔叔出發去重慶，要一個月才能回來。』秦陵聲音低低的，他看著秦修塵，歪著腦袋。

秦苒背靠著牆，眉眼清漫，沒拒絕，「你把地址給我。」

秦陵朝秦修塵比了個「ＯＫ」，聲音很激動，『妳下午有課嗎？我跟叔叔去接妳吧？』

「隨你。」秦苒一手把玩著耳機線，不太在意地開口：「到了打給我。」

她跟秦陵說了幾句，就掛斷電話，然後在手機上找出程雋的大頭貼，跟他說晚上不用來了。

剛傳完，又跳出一條訊息，是言昔的。

『大神，ＭＶ的取景我們選了三個位址，妳覺得哪個好？』

『圖片介紹』

『圖片介紹』

『圖片介紹』

他一連傳了三個備選方案，是圖文介紹。

秦苒隨意掃了一眼，也沒怎麼看，就看到第二張圖是在重慶，跟秦陵他們錄實境節目的地址一樣。重慶是古都山城，有很多人文古跡，秦苒隨意看了一眼，就隨手選了一個。

手機另一頭，一直盯著秦苒大頭貼的言昔在三秒後得到了答案。

他偏頭，朝汪老大看了一眼，然後放下手機，「大神選了重慶。」

「重慶？」汪老大點頭，「我這就讓合作商去連繫重慶，可能要晚幾天。」

汪老大出去連繫合作商，小助理在他身邊開口，「怎麼最後選了重慶？重慶不是不在我們的最佳方案中嗎？不是因為太遠了，言哥都不想考慮？」

三個地點中，前面兩個都做了攻略，合作商都有連繫，只有重慶，合作商雖然中意，但因為言昔的個人喜好，沒有跟那邊交涉。

「你知道什麼？」汪老大拿出手機，嗤笑一聲，「老大選的位置。」

爸爸選的，言昔他能拒絕？

下午四點半，秦修塵先去小學幫秦陵辦好請假手續，又拿了一套習題跟考卷，把他接到車上才帶他去接秦苒。

秦修塵今天依舊是搭工作室的私人保姆車。他跟秦陵都坐在後座，經紀人在駕駛座開車，朝大學城的方向開去。秦陵說過秦苒在大學城，經紀人一直都記得，不過還不知道秦苒到底在哪個學校，他就朝後照鏡看了一眼，詢問：「小陵，你姊姊在哪個學校？」

秦修塵的視線轉過來，微微歪了一下腦袋，唇邊蘊著笑意，也好奇。

秦苒的消息，他半點也不知道。秦陵閉口不言，至於秦漢秋……好像十分怕這個女兒，只能偶爾套出一兩句話，跟秦陵一樣喜歡遊戲。

秦陵坐得非常端正，手放在膝蓋上，嚴謹得像個老頭，慢吞吞地開口：「京大。」

也在京大？經紀人繼續看向後照鏡，好奇：「也學藝術嗎？」
他記得那個秦語也在京大，讀藝術系，不過能考到京大就已經證明她不一般了。
「沒，在物理系。」秦陵不知道他姊姊到底想學自動化還是核子工程。
經紀人跟在秦修塵身後也很久了，自然知道幾大院校的事情，更知道京大的四大學院。
聽到秦陵慢吞吞地吐出物理系，眸光中多了些震驚，他完全沒有想到自己會得到這個答案：
「你姊姊在四大學院？」
京大的四大學院不比其他科系，不能靠政策或者加分考進去。能進四大學院的，都不是什麼普通人。
秦陵看上去嚴肅又冷漠，只稍微抬頭，很淡定：「是啊。」
「怎麼沒有聽她說過？」
經紀人想到那天晚上問她在哪裡上學，她就說京城。別說四大學院了，連京大都沒提。
秦陵收回目光，似乎很疑惑：「為什麼要跟你說這個？」
經紀人：「……」
經紀人心情十分複雜地把車開到京大大門口，等著秦苒出來。
開到京大的時候已經接近五點半，秦苒快下課了。秦陵把背包放好，拿著手機下車，眸子裡是刻意壓抑住的激動，一雙漆黑的眼睛眨也不眨地盯著京大的大門。
秦修塵只戴了口罩，然後穿著能遮住身形的醜長風衣，戴上風衣的帽子下車，站在秦陵身後。
經紀人一言難盡地看著秦修塵的風衣。這風衣就是很普通的地攤貨，上下一樣寬，沒有裁剪，比麻袋還難看。秦修塵就算是天生的衣架子，在看不到臉的情況下，往背後一看就是一個一百八十公分的水桶，別說粉絲了，連他親媽都認不出他是誰。

經紀人停好車，走到秦修塵身側，看著輝煌又具有歷史意味的京大大門，壓低聲音：「秦影帝，你侄女竟然是四大學院的學生，不知道以後有沒有機會進實驗室，秦家被研究院隔離多久了？」

秦家的沒落所有人都看在眼裡，老爺死後，嫡系一脈幾乎消失殆盡，旁系內戰開始。秦家到最後失去了研究院的掌控權，被歐陽家取而代之。二十多年了，秦家嫡系失蹤，旁系無一人被選入。

秦修塵看著來來往往的學生，把帽子往下拉：「老爺死後就沒有了。」

「果然是嫡系一脈，你們秦管家不知道她在這裡吧……」經紀人嘖了一聲。要是知道，會這麼淡定？

秦修塵沒有說話，他不是嫡系一脈，秦家老爺卻把他從豺狼虎窩中抱回來，所以才能在那場風暴中逃過一劫。若不是他一直在演藝圈蟄伏，秦四爺也不會放過他，但當時如果沒有秦老爺，他可能活不過十歲。直到這幾年他的人脈成型了，才幫秦管家找回了秦漢秋。

兩人還沒聊幾句，就看到秦苒抱著書、拎著背包從大門口出來，脖子上還掛著黑色的耳機線。

「姊姊！」秦陵往前走了兩步，興奮地喊她，黑漆漆的眼眸亮了亮。

秦苒穿過人群，不疾不徐地往這邊走。大門口人很少，微微瞇著的眼眸有著難以掩蓋的燥意。

經紀人停住話題。

秦修塵把口罩往上一拉，壓低聲音，「先上車。」

一行人欲離開時，不遠處有三個男生小跑過來，「秦苒，教授說這本習題妳寫得差不多了，能借我們看看嗎？」

說話的男生外面套了件黑色外套，拉鍊沒拉起，身材挺拔，眉清目秀的。

秦苒低頭抽出一本手中的書，遞給他：「剛好寫完。」

三個男生顯然跟秦苒很熟，也沒跟她客氣。

等三人離開，秦修塵一邊走向車子一邊問她，「妳同學？」

「不是，」秦苒換了隻手拿書，眼眸懶懶散散地瞇著，「大二的學長。」

「妳不是新生？」經紀人拿好車鑰匙，驚訝地看向秦苒。

秦苒上了車，取下另一隻耳朵上的耳機，眼睛稍微瞇起：「是。」

經紀人坐到駕駛座上，還想問那為什麼大二的學生會找她借習題時，看到後照鏡裡秦苒那又冷又不耐煩的臉，不由得忍了下來。

秦陵跟秦修塵是明天下午出發，因為有孩子還有女生，秦修塵沒有喝酒，只幫兩個孩子點了飲料。

這次吃完飯，秦苒沒有讓人來接她，而是讓經紀人把她送回京大路口處。這是個好現象，至少沒跟他客氣了。

秦修塵穿著大風衣，送秦苒下車，不敢逾越地要送她回家。只站在車旁，等看不到秦苒身影了才收攏大衣，往車上走。

「秦影帝，你侄女有點意思。」經紀人從口袋裡摸出一根菸，他看著秦苒的背影，有些好奇。

第六章　驚天大雷

程家——

程雋晚上本來不打算回來吃飯的，但因為秦苒晚上沒回去，他就驅車回去本家。今天不是每月的例行家族晚宴，但程溫如、程饒瀚還有幾個管事堂主們坐在大堂中央，商量要事。

程老爺坐在最前方，一如既往地穿著唐裝，眉眼藏鋒。

「京城最近有異動，」大堂主起身彙報，「重慶那邊有兩個分堂的人需要調回，今年……」

重慶是山區，有程家的好幾大勢力，除去京城，就數重慶的人馬最多。

程老爺端著茶杯，板著一張臉，看向慢慢把玩著菸的程雋：「今年你去。」

「爸？」程饒瀚一聽，連忙站起來，神色變了變，手裡的手機幾乎都要被他捏到變形了。

老爺果然一如既往地寵著小兒子，縱使他什麼都不會，重慶那塊甜頭也要給他。

誰都知道，誰去重慶就對誰有利。其他幾位堂主互相對視了一眼。

坐在椅子上的男人眸色沉穩，精緻的下頜抬了抬，慵懶又散漫，「我拒絕。」

他身邊的程溫如交疊雙腿，看著他，勉強保持住了自己的淑女風度，沒翻白眼。

程雋低頭看看手機，八點半了，某人也該回來了。他拍拍衣袖站起來，「爸、各位堂主，我先回去了。」

程饒瀚的一顆心放回了肚子裡，冷笑——果然，還是扶不起的阿斗。

程溫如看著程雋的背影，也站起來跟程老爺等人打了個招呼，急急忙忙追上程雋。

「這麼好的機會你不去？你要氣死爸！」她雙手環胸，來勢洶洶。

程雋咬著菸，眉目清然，「重慶有什麼好玩的，我不去，走了。」

他懶洋洋地朝程溫如揮了揮手，按了一下按鈕，打開車門，疾馳而去。

*

翌日下午，秦修塵跟秦陵到達重慶機場，又坐著劇組的車顛簸，來到一座只開發到一半的山區古鎮風景區。

秦修塵到達重慶之後也沒立刻工作，而是帶著秦陵把山下的古鎮逛了一遍，問過秦苒的喜好之後，他又買了很多當地特產，又把東西整整齊齊地打包成三份。

經紀人看著這三份禮物，讓人收起來，「是給秦管家、您侄女還有秦二爺的吧？」

這種事，秦修塵也不是第一次做了，每到一個地方，他都會買一些當地特產寄回去。

這一次分成了三份，應該是給京城那三個人的。

秦修塵看著這三份禮物，眼睫垂著，半晌才開口：「不用，全都寄給秦管家。」

「全寄給秦管家？」經紀人一愣，他不懂秦修塵的意思。不過既然對方說都寄給秦管家，經紀人也沒有多問，立刻轉身安排人著手辦這件事情。

等經紀人走後，秦修塵才回到房間。秦陵跟他住同一個房間，要在這人生地不熟的地方放秦陵一個人，他不放心。

他進去的時候，秦陵正在玩遊戲。秦修塵找了個椅子過來坐在他身邊，「小陵，我讓管家送些禮物給你姊姊，你覺得你姊姊會收嗎？」

相處了這麼久，秦修塵已經知道秦陵說的姊姊就是秦苒了。

聞言，秦陵從電腦前抬起頭。他沒立刻回答，反而打開微信，點開被置頂的空白大頭貼。

『姊姊，叔叔要送妳東西。』

半晌之後，對方才慢吞吞地回覆：『嗯。』

就一個回答，秦陵看了這個字半晌，不懂什麼意思。又從通訊錄中翻了好久，翻到一個全黑的大頭貼，劈里啪啦地打了一堆字傳出去。

亭瀾，程雋收到秦陵的訊息。他靠在沙發上，毫無表情地看著秦陵傳來的一大串字，裡面把秦苒的回覆、表情說得清清楚楚。

半晌，他回了一句話：『記得送去學校。』

他自然看得出來，秦苒很喜歡這個弟弟。程雋回得比秦苒快，秦陵沒兩分鐘就收到了程雋的訊息。他掃了一眼，然後隨手回了個微笑。

秦陵打字時，秦修塵沒看。他尊重秦陵的隱私，不然一定會認出秦陵傳訊息的大頭貼。

得到了答案，秦陵這才收回手機，「姊姊不喜歡聒噪的人。」

「好，」秦修塵等了半晌，也沒有急的意思，只是一一記下，「我讓秦管家別說話，算了，我再寫張紙條。」

「喔，那沒了。」秦陵收回目光，繼續玩遊戲。

秦修塵點點頭，又問，「你姊姊還有其他喜好嗎？」

重慶新奇的玩意兒多，他之前就幫秦陵買了一堆。難得，秦家自從老爺死後就讓他覺得沒有歸屬感，這對姊弟倒是讓他十分用心。

一天後，晚上八點，秦管家收到了秦修塵寄到京城的三份東西。

秦管家現在正在跟三個工程師，阿海他們研究這次的工程。這是他們這幾年來第一次接觸本部的工程，又是關鍵時刻，秦管家這行人十分在意。

阿文從外面進來，「秦管家，六爺寄東西回來了。」

「送到老宅。」秦管家頭也沒抬。

阿文沒走，他擰了擰眉頭，「送貨的人說，其中有一份需要您親自送到收件人手中。」

「我這邊很忙，」秦管家放下手中的文件站起來，疲憊地捏著眉心：「是什麼重要的東西要我去送？」

「是京大的地址。」阿文低頭看了看紙條，回答。

秦管家看了看天色，勉強開口：「現在也晚了，明天再送吧。」

如果不是因為開口的是秦修塵，這種緊急時刻，秦管家根本不會離開本家半步去送東西。

＊

第六章　驚天大雷

翌日清晨，秦苒很早醒來。

程木正拿著剪刀仔細地修剪擺在陽臺上的花，看到秦苒，他立刻開口，「秦小姐，妳今天要考試吧？廚師幫妳做了一百分的早餐。」

他伸手指了指桌子上的早餐。

京大的考試難度是出了名的難，當然，也主要是秦苒選的學校好，天天考試像高考，廚師就嚴陣以待。

程雋今天沒有去晨跑，身上穿了件雪白的襯衫，拿著手機坐過來，抬頭看秦苒，「重慶山區很危險，他們會怎麼在山區拍綜藝？」

「危險？」秦苒抬眸。

「前段時間下了暴雨。」程雋拿著麵包。

秦陵傳了地址給他，因此程雋派人去查過，那地方是半開發的，他擔心山體滑坡。

秦苒的手頓了一下。

程雋看著她的神色，又淡定地開口：「不過應該沒事，秦修塵在的地方有很多大人物，節目組也有安全措施，有保障。」半晌後，又看著她笑，「放心，我讓人盯著呢。」

秦苒這才低頭繼續吃東西。

七點四十分，秦苒到達第一場考試考場。

她到的時候，班上的人已經來了一半，是按照入學學號排的位置，秦苒跟南慧瑤只隔了兩個位置，班上的人紛紛跟秦苒打招呼。

「秦苒，妳真的來考試了？」一群男生興奮地看向秦苒，「我還以為妳去讀核子工程就不回來了。」

秦苒只帶了一支筆還有一把尺，其他什麼都沒帶，她懶散地趴在桌子上。

別人跟她說話，她就應一聲。一向多話的南慧瑤跟邢開卻沒有說話，兩人都很憂慮地坐在自己的位子上。

褚珩看了眼邢開，「你怎麼不說話？平常不是叫苒姊叫得最勤？」

邢開張了張嘴，看了秦苒的方向一眼，半晌後又低頭，沒說出口——你要是知道秦苒前兩天還在問他自動化大一學什麼，你也會跟我一樣……

邢開心事重重地拿出自己的稿紙。

第一場考的是大學物理，大學物理的上冊也就是力學跟熱學。

這些內容，秦苒早就看過，用不著各種力學分析，寫出拉格朗日量就能得出微分方程式，以至於之前高中時，她一度不習慣物理老師的各種力學分析。

基本上第一次接觸到理論力學的人，都會覺得這東西非常好用。只是京大的物理考試自然不會這麼淺顯，因為還沒有學到熱學，整張考卷都是力學。

秦苒掃了一眼前面的選擇題，驚訝地發現前面幾道題目幾乎涉及到國外資料的理論。

選擇題一開始就在埋陷阱。之前南慧瑤一直說今年京大的期中考會很難，秦苒不知道有多難，現在看到出題的用心程度，大概就了解了南慧瑤說的難度。不提這張考卷的整體難度，從出題老師的嚴謹認真程度，秦苒就能看出物理系真的很重視這次的期中考。

她拿著筆，認真地低頭填入答案。

因為是期中考，只有一位本院系的老師監考。能考到京大物理系的，都是有傲氣的人，很少會發生作弊之類的事，老師們監考都很隨意。坐在前面的老師捧著茶，隨意地坐著。

他是物理系大二的老師，不教大學物理，也不看學生的考卷，只是在晃蕩的時候停在秦苒身邊看了一會。

考試時間兩個小時。五十分鐘後，大部分的人都還沒有翻面，秦苒就寫完後看了一遍，收起筆跟尺，把考卷交給老師，直接走出教室。

教室內，其他人都不由自主地看著秦苒離開的方向，又低頭看了看自己手中的考卷。

大二的老師聽說過秦苒的大名，他伸手翻了翻秦苒的考卷，詫異地抬眸。竟然都寫滿了？

不過具體答案他不知道，只能等專業的老師批閱。

另一邊，秦管家從家裡出發，阿文拿了秦修塵寄回來的東西，往京大開去。

「秦管家，六爺說的那個人是誰啊？他朋友嗎？為什麼要您親自去送？」尤其是上面還寫了，要秦管家看到她不要多說話。

秦管家按了下眉心。他還在擔心秦家工程的事情，阿文說話，他就漫不經心地應著，沒有回答。

若是以往，秦管家肯定會好奇秦修塵讓他送東西給誰，只是現在他沒有半點心情詢問，也不關心到底是誰。心裡還有些許焦躁，想要立刻回總部盯著工程。

兩人一路把車開到京大。

現在京大正在期中考，路上看不到幾個學生，阿文將車開到大路上，秦管家就拿著手機連繫紙條上留下的號碼。他按出一串號碼，不過也記得秦修塵說的話，沒有撥打，只是謹慎地傳訊息過去。

『您在哪裡？』

那邊沒有回，秦管家就在車內等著。十分鐘後，對方才回了一個地址。

阿文看了一下秦管家手機上的地址，把車開了過去。

地址在物理系一棟樓的路口，阿文將車開到那邊，停下來，然後走到後車廂，把秦修塵的東西搬下來。

看到物理系的標誌，阿文十分驚訝，「六爺說的人竟然是京大物理系的？不知道是誰。」

秦管家從後座下來，本來不太在意的臉上也愣了一下。

四大學院的哪個人呢？

兩人在路口等了兩分鐘，就看到路口處有一個女生走來，清瘦高挑，拿著一個黑色背包，穿著黑色的連帽衣，帽子拉了起來，幾乎要遮住臉，就這樣看去，能感覺到對方挺酷的。

竟然是個女生？秦管家跟阿文都詫異。

秦苒走到兩人面前，拉下連帽衣的帽子，看了秦管家一眼，眉目淡漠，「秦影帝讓你們來找我的嗎？」

秦管家愣愣地看著她，沒出聲。

面前的女生拉下了帽子，沒了陰影的籠罩，長相愈發清晰，一雙好看的杏眼氤氳著寒涼，長睫微垂，精緻漂亮。

這雙眼睛跟秦漢秋有八分像，跟秦陵有九分像。最重要的是，他幾乎能看出當年老爺在世時的意氣風發。就算沒有見過秦苒，沒有跟秦修塵確認過，秦管家也知道她肯定就是秦漢秋的另外一個女兒。

秦管家瞬間忘了要說什麼，只驚駭難言地看著秦苒，半晌回不了神。

這就是他一直查不到資料，二爺的另一個女兒嗎？原來她也在京大？還是物理系的學生？

一開始收到秦修塵訊息的時候，秦管家還有些不耐煩，此時看到秦苒本人，他卻完全沒有了這種想法，目光甚至還有些熱切。眼下只是後悔沒有昨晚就趕過來，耽誤了一整晚的時間！也意識到了為什麼秦修塵一定要他親自送東西來給秦苒。

秦管家半晌沒說話，秦苒就將手中的黑包包往背後一甩，眉眼挑著，不太耐煩地說：「沒事我先走了。」

她往旁邊走了兩步。阿文不像秦管家想那麼多，反應也比秦管家快，連忙把東西搬過來，遞給秦苒。

秦修塵要給秦苒的東西只有一些吃的，其他是幾件當地的手工衣服，並不重。

秦苒輕鬆地拎在手裡，跟阿文說了句謝謝，直接往圖書館走。

路口處，周郢揹著手轉過來，看到秦苒，他眼前一亮。

「秦苒同學，等等。」他加快了步伐，走到秦苒身邊跟秦苒說話，「今天期中的考卷難度如何？」

周郢並不認識秦管家等人，自然也沒跟他們說話，就一路跟著秦苒往圖書館走，他還想幫秦苒拎東西，十分熱情。

秦苒極其冷酷地拒絕，「不用。」

周郢想起軍訓期間發生的事，沉默了一下，也不再幫秦苒拎東西，就跟秦苒討論這次的習題。

「還可以。」這已經是第N個問這個問題的人了。秦苒想了想，然後不緊不慢地回。

兩人走到圖書館，周郢沒進去。

周郢只是看著她的背影，然後抬手看手機上的時間。這才剛過十點，考試才過了一個小時？

他伸手翻出手機，傳了條訊息給物理老師：『你有沒有認真出題目？』

物理系大門口，秦管家跟阿文還停在原地，看著秦苒離開的方向。

「秦管家，您沒事吧？」看到秦管家一直沒有說話，只站在原地，阿文不由得叫了一聲。

秦管家回過神來，沒有回答阿文的問題，只是手指顫抖地拿出手機，撥通秦修塵的電話。

「六爺，東西我已經送到了。」秦管家動了動嘴，半晌，「人……我也見到了。」

電話那頭的秦修塵還在拍綜藝，他淡淡地「嗯」了一聲，目光看著秦陵的方向，『東西昨晚就到京城了吧？』

秦修塵知道秦管家並沒有及時送過去，這也在他預料之中，不過好在秦管家還是聽了他的話親自去送。

秦修塵掛斷電話就看向秦陵，揚聲道：「小陵，小心點！」

秦陵無論多麼早熟，也只是一個孩子，來到新奇的地方也會露出好奇心，這時候才有一個孩子該有的樣子。

這邊，秦管家也掛斷了電話，隨阿文上車。

阿文坐到駕駛座上，將車駛到大路上，「秦管家，剛剛那人是……」

秦漢秋到京城後，一直是阿文跟著他，他自然能看出那個女生跟秦漢秋有幾分相像。

「二爺的大女兒。」秦管家怔怔地看向車窗外。

饒是有預料到，阿文聽到這個回答也驚駭難言，「我聽過二爺提過一點，二爺的大女兒過得好像沒秦語好吧，她竟然自己考到了物理系？」

秦苒不是京城人，背後也沒有任何勢力，還能自己考到物理系？

「如果以後能進實……」阿文看著後照鏡，忽然開口，半晌後又閉嘴。

條件太苛刻了。在那裡的人除了真正的天才，都是各個家族從小進行專業培養的人才。

阿文跟秦管家在回去的路上都十分沉默。

京大期中考，一個上午只考兩場，考的都是幾門重要的必修課。

上午大學物理，下午高數。

秦苒在圖書館待到下午考試的時間才去教室。一點五十分，整班的學生幾乎都來了，還有人正拿著筆記本，寫高數老師在考試前講的幾個微分跟導數的大題。

所有人都是一籌莫展的狀態，看到秦苒，一行人再度圍上來。

「秦苒，妳上午那麼早就交卷了，大物考卷妳都做完了？」

「那麼難，妳都做完了？」

「是啊，我還有好幾道題目都來不及看……」

一行人圍著秦苒，褚珩跟邢開剛走進教室，看到這一幕腳步就頓了頓，「我也有一題來不得做，秦苒她寫得那麼快？」

邢開不知道用什麼表情看了秦苒一眼，疲憊地開口，「或許吧。」

上午的大學物理已經慘虐到他懷疑人生了。別說邢開，整個自動化的學生，考下午高數的時候都提不起精神。

本來以為物理已經夠讓他們懷疑人生，是他們人生中最慘的時刻了，直到下午，高數考卷發下來，自動化的學生才發現他們冤枉了大物老師。

大物至少還有跡可循，高數就完全瘋了，中值定理，龐大的計算量，尤其是最後一道四階微分方程模型

——這書上有嗎？？這是數學學院的高材生用來拿獎的數學建模吧？拿到自動化來考他們？瘋了？

光這一道題，都可以寫一篇文獻了。

最後一個四階常微分方程對數學系都有不小的難度，不僅要求解的存在條件，還要討論它的共軛性證明四條定理。秦苒寫到最後，發現還要引用馬可夫的基本預測法來確定唯一解。

前面的題目她寫得很簡略，最後一道題她則用了半張考卷的篇幅。

她提前寫完考卷，把答案卷交給監考老師，然後拎著背包離開。

秦苒是自動化小有名氣的人，監考老師一般都十分注意她，尤其是監考她高數的老師。看著她考完後，拿著她的考卷有些愣住了。

監考老師在所有考卷中翻出秦苒的考卷看了看，然後把考卷密封好，回到辦公室。

「你沒事吧？」同在辦公室的老師看到他狀態似乎不對，不由得問了一句。

監考老師回過神來，搖了搖頭，「我就是……」

「今天的題目太難了？」

「題目我不太清楚，」監考老師把考卷放好，然後側頭看向問話的老師，「就……你見過寫考卷寫到一半，忽然累了就換隻手寫的人嗎？」

監考這麼多年，這是監考老師第一次在考場看到這樣的學生，他當場看得一臉傻眼。

問話的老師：「……」

說實話，他沒見過，倒是見過右手拎東西累了，就換成左手的人。

有了大物高數在前，接下來的電腦基礎已經激不起學生的半點波瀾了。

電腦是第二天早上九點在電腦教室考。

秦苒從前往後掃了一眼，都是些基礎題目，只有後面有一個稍微有點難度的操作題，但因為不需要她自己編寫題目的程式，大概用了十分鐘就寫完了流程。

她也沒往前檢查，只是又打開編輯器，敲了一串代碼，按下 Enter 鍵，然後輕輕拉開椅子起身，準備離開。

在電腦教室來回走動的監考老師看到秦苒要離開，連忙走過來：「同學，考試不到半個小時，系統禁止交卷……」他停在秦苒身邊，壓低聲音開口。

電腦考卷是在系統上交卷，而京大的教學系統一向是半個小時才能交卷，電腦在這方面控制得更加嚴格。

監考老師一邊說著，一邊看秦苒電腦的方向。

電腦上的圓圈轉動完，「交卷成功」與一個綠色的對號成功跳轉出來。

監考老師的話說到一半，止住。

秦苒微垂著眼睫，漫不經心地拎著黑色的背包，用只有兩人能聽到的聲音，禮貌地開口詢問：「老師，我可以走了嗎？」

監考老師「啊」了一聲，然後回過神來，「喔，妳走吧。」

他不是自動化的老師，是電腦室的老師，秦苒走後，他又擰眉看向秦苒的電腦。

等所有學生交完卷，老師才嚴肅地鎖上教室的門，回到辦公室，十分嚴謹地打報告送給電腦教室的管理人員。

『電腦系統考試有漏洞。』

京大的考試系統有漏洞？這對京大電腦系是最大的侮辱！尤其是在考試這麼嚴肅的時候！

管理電腦機房的一群人員在考完試、午休之後，封鎖了京大的機房，開始內測，並排查所有bug。一些需要上機考試的學生，尤其是經濟學大二要來提前熟悉序列模型的學生，看到教室鎖著的大門上貼著排查故障的通知，面面相覷。

京大成立這麼久，還是第一次這麼大規模地排查機房故障。論壇裡熱熱鬧鬧，還在貼文下面討論了一堆陰謀論。比如，A大的學生主導攻擊，或者某個駭客想要挑戰京大的安全系統權威……什麼傳言、猜測都有。

當然，秦苒不關注這些，不知道她原本只想認真考試……卻不小心讓電腦系亂了一個中午。考完所有的必修科目，自動化也體諒大一學生身心俱疲，還十分貼心地讓大一的新生多放了半天假。

南慧瑤連午飯都沒吃，只拖著沉重的步伐回到寢室。一打開門，就看到跟她一樣有氣無力地靠在椅背上的楊怡。兩人對視了一眼，大概就知道對方考得怎麼樣了。

「我買了兩碗泡麵。」楊怡勉強坐直，扔了一碗泡麵給南慧瑤：「我想妳下午也沒力氣去吃飯了，我還裝了一瓶熱水。」

南慧瑤拿著泡麵，在座位上思考了兩分鐘才回過神，拆開泡麵，打開調味包，然後倒入開水。

門外，冷佩珊拿著小鏡子進來。她剛吃完飯，正一邊描口紅一邊往寢室裡走。看了眼兩人的樣子，冷佩珊將目光放到楊怡身上，「妳們今年的題目有這麼難？」

她跟南慧瑤基本上已經不說話了。

楊怡點頭，「有史以來最難的一年。」

冷佩珊一愣，然後笑了笑，她坐到椅子上繼續描口紅，「是嗎？我記得秦苒也要回來考自動化。」

不少人知道秦苒修兩個科系的事情。大多數人都知道她主修核子工程，卻連自動化的一節課都沒上過，基本上都在圖書館自學。

聽到冷佩珊的詢問，南慧瑤擰眉，沒有說什麼。

楊怡撕開泡麵的蓋子，拿起叉子就開始吃，一邊吃一邊回答冷佩珊，沒抬頭，「畢竟是高考狀元，考得再不好也比我們好，是吧？」

她回頭看了眼南慧瑤，最後一句明顯是在問她。

南慧瑤想了想秦苒前幾天還在問她自動化系的大一在學什麼的事情，頭往下低，含糊地開口：「對。」

冷佩珊自然聽出了南慧瑤語氣裡的底氣明顯不足，她放下口紅，看著南慧瑤的方向，意味不明地笑了一下。

自動化期中考的變態難度已經紅到了論壇，冷佩珊在電腦系都有所耳聞，而秦苒一心二用，連自動化的課都不上，還要趕回來考試？

冷佩珊的手機響了一聲，是大二的學長，她連忙接起，「機房？好，我馬上去。」

她才剛回寢室，又匆匆出去了。

等她出去，寢室的氣氛才好起來，楊怡一邊吃麵一邊跟南慧瑤說話，「妳剛剛說『對』的時候有點心虛。」

都是能考到京大的，智商不會低到哪裡。

南慧瑤按了下太陽穴，「苒苒考前問了我一個問題。」

「妳說。」楊怡淡定地繼續吃麵。

「自動化上了什麼課程。」

「咳咳……」楊怡嗆到，立刻放下叉子，抽了一張面紙。

另一邊，亭瀾——

程老爺坐在沙發上，看著對面懶散地玩著手機的程雋，板著臉：「為什麼不去重慶？」

「不好玩。」程雋靠著沙發，眸色冷清，冷淡的聲線也沒什麼情緒。

「重慶那邊我暫時還沒派人去，五天之內，你要是反悔就隨時找我。」程老爺瞥他一眼。

程雋漫不經心地交疊著腿，「放心，我絕對不會找你的。」

玄關處傳來聲響，只見秦苒拎著背包回來，正蹲在地上換鞋。

程老爺收起了嚴苛的表情，程雋也站起來，眉睫微垂，「這麼早就回來了？」

他問過，她考完還有其他課。

秦苒換了雙拖鞋，跟程老爺問完好才回程雋，「系上提前放了假。」

「聽程木說今天是京大的期中考，妳考得怎麼樣？」看到秦苒，程老爺臉上也舒展笑顏，「待會讓廚師多做點好吃的，京大的考試一向很難。」

「還可以。」秦苒也沒立刻去樓上，而是放下背包。

期中考試考完，她也開始琢磨徐校長跟她說的事。

程老爺知道秦苒聰明，她是今年的高考狀元，京大、A大兩個學校都來爭她，所以他一點也不擔心她的考試，只伸手敲著膝蓋，看著她沉吟半晌才開口：「周校長過兩年肯定會讓妳進研究院。研究院涉及到各方勢力跟各方家族，方院長的勢力獨大……」

程管家端了一壺茶過來，聽到程老爺的話，「您現在就跟秦小姐說這麼多幹嘛？」

「也是，還早。」程老爺點點頭，沒再提那麼多給秦苒壓力。

程老爺跟程管家說話的時候，程雋就挑眉看著他們。

「怎麼了？」程老爺眼睥一厲，他最近十分看不慣程雋。

「沒什麼，」程雋慢吞吞地收回了目光，「就想問問您心臟好不好。」

沒跟程老爺說，徐校長那裡還有個驚喜等著他。

程老爺接過程管家遞給他的茶，「你只要少氣我，我的心臟就會很好。」

樓上，秦苒把背包放到床上，就拿了衣服去浴室洗澡。

十一月初，天氣已經轉冷，她的房間一直都是智能恆溫二十六度，不冷不熱的。她沒吹頭髮，就拿著毛巾慢慢把頭髮擦乾，走到桌子前打開電腦，按了幾個按鍵，然後拉開椅子坐下。

與此同時，重慶，秦修塵房間——

秦陵在對面桌上寫作業，經紀人在跟秦修塵討論明天進組的事。

兩人坐在小桌子前，經紀人手裡還拿著一份合約，「明天去山上，山上有好幾個據點，我只能遠遠跟在導演他們身邊，你跟小陵注意安全……」

他正說著，秦陵放在桌子上的電腦忽然亮了起來，經紀人被嚇一跳，就看到一張冷豔逼人的臉。對方翹著二郎腿坐在電腦前，穿著白色的長袖T恤，正在用毛巾按著頭髮，額前碎髮上的水順著下巴的線條往下滑。

「秦、秦苒？」經紀人愣了愣，還沒反應過來。

秦陵正在寫考卷，聽到經紀人的聲音，立刻放下筆，走過來把電腦拿起來，「姊姊。」

秦苒沒想到會看到秦修塵等人，拿著毛巾的手一頓，然後坐直身體，『秦影帝，東西我收到了，謝謝。』

「不用跟我客氣。」秦修塵神色溫和，聲音也放輕。

「姊姊，妳看到我傳給妳的圖片了嗎？這邊很好玩。」秦陵眼睛很亮，等不及要跟秦苒分享。

秦苒會打視訊通話給秦陵，一是因為秦修塵寄給她的東西，二是也想看看秦陵的狀態。確定秦陵在那邊過得很好，秦苒就掛斷了視訊，秦陵這才把電腦轉回來。

秦修塵拿著合約去找導演房間討論一些細節，經紀人沒跟他一起去，才終於找到機會問秦陵，「小陵，你剛剛電腦不是關機的嗎？」

怎麼會突然彈出畫面？而且，經紀人看著秦陵電腦的主頁面，沒看到任何程式，那視訊畫面就像是憑空出現了一樣。

秦陵：「……」

他沉默了一下，然後解釋：「我電腦沒有關機。」

「是嗎？」經紀人不太相信。

「不然呢？」秦陵面無表情地反問。

經紀人想不出還有什麼原因，勉強相信了秦陵的說辭，「你這電腦在哪裡買的？我也想買一個。」

相處了這麼多天，經紀人也看過秦陵玩遊戲，他的電腦開機只要一秒，反應速度快，還沒有亂七八糟的廣告。

「我姊姊送給我的。」秦陵抬了抬下巴。

經紀人遺憾地點頭，他跟秦苒不熟，不好意思問她在哪裡買的。

京大，自動化系——

各科老師已經收齊了期中考考卷。期中考沒期末那麼嚴格，老師都是帶回公寓改的。

自動化的高數老師不是物理系的老師，是數學系的教授，今年特地被安排到自動化。此時的他正戴著眼鏡，坐在書桌面前開始翻期中考考卷。他今年只帶應用數學系的大一、物理系的自動化，一共十個班的學生，卷考拿出來有一大疊。

「教授，應用數學的考卷已經改完了。」對面，跟在他身後讀研究所的兩個男生把應用數學的考卷遞給教授。

改了兩天，應用數學系的考卷已經改完了，數學教授把自動化的考卷遞給他們。

兩個男生翻了一下，他們是專門研究數學的，看到考卷內容的時候愣了一下，「這是自動化的考卷？」

沒弄錯吧？比他們數學系的期中考還難。

「他們自動化的輔導員要求的。」教授捧著保溫杯，「他們考得怎麼樣？」

兩個男生沒說話，只搖頭，這些考卷要是給他們數學系考，都會考得一塌糊塗，更別說是自動化系了。

改自動化系的考卷比數學系的快很多，最後一道幾乎只在文獻中出現過的四階微分方程唯一解問題，連兩個男生看到都覺得頭大。

沒二十分鐘，兩個男生就把自動化的考卷改完了一半。

「你有改到八十分的嗎？」男生一詢問。

男生二隨意拿著筆，「七十分的都沒有。」

考卷是一百分制的。

男生一把手中的考卷放到一旁，又重新拿了一張考卷。他下意識地翻到後面，忽然一愣。

最後一道大題雖然是微分，但要用到微分運算元理論，可以當做一個論文研究專題來寫，正是因為如此，他們看到自動化大一新生的期中考考卷時，反應才會那麼大。這種大題，連教授自己都沒有標準答案，因為要用各種理論驗證過程。

男生一本來以為這題目對自動化來說就是擺設，沒想到新生中竟然有人寫完了。

他是跟在教授後面讀研的，在數學方面有些造詣，自然也能看出這個學生沒有在亂寫。

「教……教授……」

「怎麼了？」教授推了一下眼鏡，抬頭。

「您看看這張考卷……」男生回過神，他走過來，把考卷遞給教授。

教授隨手接過來看了一眼，表情由漫不經意變成了肅然。

他連忙坐直，把這張考卷從頭到尾看了一遍。

邏輯思維縝密，在數學上有著異於常人的天賦，這人天生就是適合學數學的啊？怎麼會不小心到了自動化系？

教授翻了翻名字——秦苒。

「我猜也是她。」教授也沒放下考卷，而是站起來，拿著手機出門。

匆匆忙忙的，不知道去幹什麼了。

「今年的新生這麼猛？」男生感嘆了一聲，然後看著教授的背影，「教授去幹嘛了？」

「還用問。」男生二收回目光，篤定地開口，「去打電話給院長了。」

*

考試已經過了兩天，期中考的成績基本上都出來了，除了自動化。

物理系辦公室，大一的輔導員剛好收到成績，正在統計最後一門科目。其他院系的成績已經統計完，怕自動化的學生等得心急，他登入通訊軟體，在大群組裡說了一句：『大家稍安勿躁，數學成績馬上就能統計好，中午就可以查成績了。』

『自動化一班邢開：輔導員，我們不急，真的不急，您慢慢統計。』

『自動化二班：是的，輔導員。』
『自動化三班：我們一點也不想知道……』

今天星期六，統一沒什麼重要的課，除了少數人有兩節選修課。

因為今天早上公布了成績，京大的氣氛不如往常那麼好。京大的考題難是出了名的，論壇上幾家歡喜幾家愁。期中考一點也不意外地上了熱門榜單，底下一群人在哀嚎，有人吐槽完變態的題目之後，忽然想到了物理系的自動化。

最近兩天有人把物理系的考卷上傳到論壇，無數人前來瞻仰自動化的考卷。

N 樓：說起自動化，不知道秦校花考得如何？

N+1 樓：她一直在核子工程上課，我看有點難說……

N+2 樓：what？高考你們忘了？她是一個連侯德龍出的考卷都能考到滿分的女人！！

N+3 樓：開學兩個月了，除了軍訓，我也沒有看到秦苒參加過什麼活動，沒進學生會，也沒有得過什麼獎項，是不是吹得太誇張了？

N+4 樓：本人數學系大二，運氣好的話，目測大一的考卷我能考到七十九分。

關於秦苒的傳言太多了，大部分都保持觀望的態度，整個京大論壇都在等自動化的成績。

中午十二點多，物理系自動化的成績出來了。

男生宿舍裡，邢開打開學校網站，輸入自己的學號又輸入密碼。

系統有點慢，兩秒鐘後，他才進入網站主頁，直奔成績那一欄，點開自己的成績。

成績是從上往下排，都是百分制。

其他亂七八糟的科目他沒看，他只看三門主要必修課。

大學物理：六十三

電腦基礎：五十九

高等數學：四十一

邢開：「……」

雖然他也認清了自己是自動化最差的一個，但四十一分的高數成績還是深深刺激到了他。

他收回了目光，去其他室友那裡尋找安慰。聽到兩個室友的高數一個五十五分，一個五十一分之後，邢開忽然就平衡了。

平衡之後他才敢去詢問褚珩，「褚珩，你多少分？」

一邊說一邊往褚珩那邊走，褚珩也正好停在成績頁面，從上往下是：

大學物理：八十七

電腦基礎：八十九

高等數學：八十

邢開跟其他兩個室友都沉默了一下，意識到不能跟他比，就去群組裡尋找安慰，群組裡的輔導員也正在安慰大家。

『**這次高數，自動化四個班一百六十個人中，只有十人及格。**』

聽到輔導員的這一句話，邢開終於鬆了一口氣：「我就知道，這考卷也太變態了。」

褚珩看著群組，也想起秦苒。他看向邢開：「你知道秦苒的分數嗎？我看她都提前交卷。」

邢開跟南慧瑤比較熟，所以褚珩才會問他。

但想想之前秦苒的囂張作為，邢開沉默了一下，不敢問秦苒，只點開南慧瑤的對話框，詢問一句。

女生宿舍裡，南慧瑤坐在電腦前。秦苒今天不在學校，但京大的校園系統只能在校內登入，她正戴著耳機在跟秦苒語音聊天。

電腦另一邊的秦苒將耳機掛在脖子上，在書房裡翻著核子工程的課本。宋律庭跟她說過這次的考試成績十分重要，通常不怎麼在意成績的她也放下筆，拿來電腦，『成績出來沒？』

南慧瑤頓了一下，「剛剛才出來，這次題目太難了，高數我們整個系只有十個人及格，考得不好也正常。」

電話那頭的秦苒不知道南慧瑤在安慰自己。

聽到成績出來了，她就打開電腦，登入校園系統，查了一下自己的成績。

在她的預料之中，還截了張圖傳給宋律庭，問他行不行。

秦苒半晌沒有說話，南慧瑤連忙開口：「苒苒，妳在校外吧？校外登不了校園系統，我幫妳查，說起來我數學也只有五十八分。」

『好吧。』秦苒低著眸，然後禮貌地把自己的學號和密碼傳給南慧瑤，『麻煩妳了。』

「沒問題。」寢室裡，南慧瑤掛斷了語音。

身後的冷佩珊靠著椅背，滑著論壇。

論壇上有很多關於秦苒的貼文，學霸校花的名聲在外，連A大都有不少人前來圍觀。

冷佩珊把手機往桌子上一扔，「妳說秦苒考了多少？學校裡有好多人在關注她的成績，她這麼聰明，肯定考得很好。」

她站起來走到南慧瑤身後，扯了扯唇。

南慧瑤皺了皺眉。她已經把秦苒的學號跟密碼複製進去了，還沒有登入。實際上，冷佩珊說話的時候，她就沒有要登入的意思。

「怎麼不幫她查？」冷佩珊走到她身側，直接彎腰拿起南慧瑤的滑鼠，點了登入。

「冷佩珊！」南慧瑤沒想到冷佩珊會直接動她的電腦，連忙要搶。

然而，冷佩珊已經點了查詢成績那一欄。

她拿著滑鼠，漫不經心地看著電腦頁面。她已經看不慣秦苒很久了，表面上裝得不在意，卻偏偏要修兩個科系吸引別人眼球，今天她就要讓人看看秦苒修兩個科系就是個笑話。

冷佩珊自然不覺得秦苒能考多好，她要是真的考得那麼好，早就把成績貼到論壇上了，哪還會讓人如此猜測？她嘴邊勾起一絲嘲諷的笑，正想著，成績已經出來了。

從上往下是——

大學物理：一百

電腦基礎：一百

高等數學：一百

冷佩珊嘴邊諷刺的笑容忽然凝固。

自動化系這次的考卷出奇地難，不只是高數，大物跟電腦基礎都不容易，連褚珩考得都不算好，高數只有八十分。論壇上已經貼出了褚珩的成績，正被人膜拜中。

高數考卷出來之後，連數學系的人都在說能考到八十分的都是神人，秦苒卻是一百！

冷佩珊簡直不敢相信，她拿著滑鼠，又把網頁重新整理了一遍，出來的成績還是原封不動的一排一百。

冷佩珊往後退一步，十分不可置信，「怎麼可能？」

她考得這麼好，為什麼不說一句話？南慧瑤為什麼要遮遮掩掩的？

別說冷佩珊，連南慧瑤看到秦苒的成績後，都沒有反應過來。

楊怡從外面收衣服進來，看著兩人的狀態，一愣：「怎麼了？」

南慧瑤沒說話，只是伸手指了指電腦。

楊怡推了下鼻梁上的眼鏡，走到電腦旁瞅了一眼，也忽然沉默。

「果然是高考狀元，」半晌後，南慧瑤故作淡定地坐在椅子上，把截圖傳給了邢開，「不能用正常人的思維來看。」

南慧瑤的話，冷佩珊已經聽不下去了。她低著頭拿著手機，臉色有些難看地離開了宿舍。

看著她離開，南慧瑤才趴到桌子上。看著頁面上的神仙成績，已經說不出一句話。

片刻後，她點開「林子很大」的對話框，跟她形容了一下這件事。

『開學就修兩個科系，還從來不去自動化班上課，她一直都這樣嗎？考前還問我自動化在學什麼，考試卻全部一百分？』

林子很大回覆得很快。

『淡定。』

『她高考前請假八個月，期間去國外玩了，六月一號回來參加高考，五號左手骨折，拖著半殘廢的身體還考到了全國狀元，七百四十七分，妳說氣不氣人？』

南慧瑤：「……」

秦苒的分數被南慧瑤截圖傳給邢開之後，迅速在自動化的群組中蔓延開來，然後被貼到京大論壇的回應中。

『（圖片）（圖片）（圖片）第一張是三科滿分圖，第二張是高數考卷最後一題，第三張認出來沒？數學系的教授，據學長放出來的消息，教授連夜去找物理系理論了，說物理系耽誤了他們數學系的人才，我也想要這樣泯然眾人（微笑）』

『（圖片）難道就沒人關心她核子工程的成績嗎？我們核子工程不配有姓名？』

核子工程的成績用學校系統查不到，但各科老師也有統計，秦苒依舊是每科滿分，傲視群雄。

時隔兩個月，秦苒在學校沉寂了這麼久後，再度席捲了京大的各大熱門話題。

*

雲錦社區——

秦漢秋正在愁眉苦臉地翻著一堆文件，阿文就坐在他對面盯著他。

放在旁邊的手機響了一聲，秦漢秋精神一振，立刻接起來，是秦修塵的電話，「修塵啊，是不是小陵……」

電話那頭說了一句，秦漢秋猛地站起來，「什麼？小陵沒事吧？」

坐在對面的阿文看到秦漢秋表情不對，也站起來，「二爺，出了什麼事？」

「小、小陵滑到山洞裡了……」秦漢秋掛斷電話，連忙撥了秦苒的電話。

這個時候，秦漢秋也有些慌亂，不知道該找誰，只是下意識地打給秦苒。

此時的秦苒正坐在車上。程雋有派人盯著重慶那邊，五分鐘前她就已經收到通知了，程木早就買好了去重慶的票，兩人正趕往機場。

程木在開車，他看了後照鏡一眼，安慰道：「秦小姐，您不用急，雋爺說了，您弟弟沒有危險。」

「我知道。」秦苒坐在後座看著窗外，一雙眼瞳黑沉沉的，語氣聽不出情緒的變化。

語氣雖然很淡，但程木隱約覺得秦苒在生氣。他連忙閉嘴，不敢再跟秦苒多說一句話。

程家——

「我要去重慶。」程雋站在程老爺面前，低頭整了整衣袖，面不改色地開口。

程老爺坐直了身體，眉眼冷厲，手指敲著桌子，聲音發沉：「你確定？」

程雋依舊是懶洋洋的姿態，十一月的天氣很冷，他只穿了件白色的襯衫，外套隨意拎在手上，

「就說給不給吧。」

程老爺的嘴角抽了抽，想問問他，誰兩天前還信誓旦旦地告訴他重慶不好玩，打死都不去重慶的？

十分鐘後，程雋神清氣爽地離開程家。

程老爺放下茶杯，程管家拿著手機進來，無奈地搖了搖頭，「我剛剛問了程木，程木剛剛跟秦小姐一起上了去重慶的飛機，好像是要去看秦小姐的弟弟。」

程老爺：「……」

長廊上，程饒瀚拿著樹枝在逗程老爺的鳥。聽到屬下的回答，他嗤笑一聲，放下小樹枝：「還以為長大了，弄了半天，就是為了一個女人。」

七個小時後，重慶山區，實境節目的拍攝現場。

搜救人員剛把秦陵從坍方的山洞裡拉出來。秦陵除了身上髒了一點，表情、狀態都還好，就是腿受傷了。秦修塵冷著臉，一句話也沒說，直接把他抱起來一步一步走下山，回到自己的房間。

實境節目的導演擦了擦頭上的汗，一行人緊跟在秦修塵後面，一句話都不敢說。先不說秦家在京城的身分，光是「秦修塵」這三個字就夠他們喝西北風了，劇組人心惶惶。

到達山下的飯店後，導演拿著手機，急得口沫橫飛：「醫生呢？醫生怎麼還沒來？」

秦修塵的經紀人從樓上下來，神色雖然嚴肅，但也沒有責怪導演的意思：「隨行醫生已經上去了，現在是晚上十一點，這裡的衛生所關門了，山路也不好走，明天再去省城找醫生。小陵身上沒有大傷。」

聽到這一句，導演終於放下心來。

樓上，隨行醫生幫秦陵處理好了腿傷，「就是左腳扭到了，秦影帝，您如果不放心，明天可以開車去省城看看。」

秦修塵終於鬆了一口氣。他坐到秦陵床邊，第一次嚴厲地看向秦陵，「我跟你說過，不要到處亂跑，那邊劇組都拉起了封鎖線，你為什麼要去？」

「顧哥哥給我的石頭掉下去了。」秦陵低頭，羞愧地開口。

經紀人從外面進來，站在一旁，拿了一盒牛奶插上吸管，遞給他：「一塊石頭哪有你的命重要？這次是虛驚一場，好在搜救隊及時出現，你也沒出什麼大事，下次不可以這樣了。」

秦陵認真受教。

「叔叔，我腳受傷了，可能沒有辦法幫你錄接下來的節目。」秦陵喝著牛奶。

秦修塵的一顆心還沒放下來，聽到這一句，都氣笑了：「都這樣了，你還想著節目？」

他不放心再把秦陵放在這裡，秦修塵拿著手機要打給秦漢秋報平安，並讓人過來接秦陵。

「那個，叔叔……」秦陵坐在床上忽然舉手，弱弱地開口：「我姊姊來了，在飯店樓下。」

秦修塵本來要打給秦漢秋，聽到秦陵的話，手忽然停住，側過頭來，「你說什麼？」

「我姊姊，要到樓下了。」秦陵抬頭。

秦修塵也不打電話了，就坐在秦陵床邊的椅子上，面無表情地看著秦陵。

經紀人也反應過來，「秦影帝，我下去接……」

「你姊姊凶嗎？」秦修塵想起秦苒跟秦陵相處都又冷又不耐煩的臉，再度沉默。

秦陵想了想，搖頭，「不凶，」半晌後，底氣不足地說，「但不凶比較可怕。」

秦修塵：「……」

秦陵看著秦修塵的樣子，忽然理解了什麼，愧疚地低下頭：「叔叔，我對不起你！」

「我去接你姊姊。」秦修塵抬手看了眼時間，將近十一點，「你怎麼不早說，這麼晚了，她一個人過來的嗎？」

秦修塵的眉頭擰起。

這次的節目拍攝完全保密，但劇組的行蹤總會洩漏，不遠處住了好幾群遊客。秦修塵隨手拿了個口罩戴上，經紀人匆匆跟在他身後。

導演還在樓下沒離開，正在跟看管飯店大門的中年男人喝酒。看到經紀人跟秦修塵匆匆下來，他連忙站起來，「秦影帝，是小陵情況不好嗎？」

「沒有。」秦修塵拉著口罩，急著去飯店門外，沒跟導演多說。

經紀人落後秦修塵一步，跟導演解釋：「是修塵的親戚來了，沒事。」

「導演，飯店還有空的房間嗎？最好是離修塵近一點的。」經紀人的眸光移過來，壓低聲音詢問。

「這個有，秦影帝對面的房間就是空的，我馬上讓人去打掃一下，鑰匙待會讓人送去給你們。」其他藝人大部分都是新秀，為了不讓秦修塵受影響，導演沒把他們安排在同一層樓。

導演一邊上樓，準備去叫工作人員，一邊好奇究竟是什麼親戚，讓秦影帝這麼著急？

他上樓梯的時候，朝外面看了看。秦影帝正好帶著一個高挑清瘦的身影走進來，那人穿著黑色連帽衣，帽子戴在頭上，外面隨意披著一件同色外套，臉上還戴著黑色的口罩。

樓上，秦修塵的房間——

他把秦苒帶進來，先調高房間的溫度，又幫她倒了一杯熱水，遞給她，語氣沉斂，「妳怎麼一個人趕過來了？」

秦苒拉下帽子，然後把口罩扯下來，扔到一旁的桌子上，之後接過熱水，「正好有認識的朋友，順路。」

聽到有認識的朋友，秦修塵的表情緩和下來。

外面有人敲門，送鑰匙來。秦修塵去開門，秦苒就看向秦陵，一雙眼眸又黑又冷。

她在房間內看了看，不遠處有一張木椅，她抬腳把椅子踢到秦陵對面，然後隨意坐下，雙手環胸，語氣淡漠：「解釋吧。」

「就是，撿顧哥哥的石頭……」秦陵不敢抬頭看秦苒，頭深深地垂下。

「一塊破石頭，改天讓他給你一百個。」秦苒冷笑。

秦修塵他們只覺得幸運，搜救隊正好趕上，在坍方之前把秦陵救了出來，但他們不知道那支搜救隊是程雋安排的人，不然光是通知、搜救隊進山都要花一天的時間才能趕到，那時山洞早就坍方了，這風險也只有秦苒知道。

秦陵的頭垂得更低。

秦修塵拿著鑰匙進來，主動認錯：「是我沒有看好他。」

主要是秦陵一直很乖，這次來參加節目的明星帶的家屬都是成年人，只有秦陵一個小孩。劇組也拉起了封鎖線，秦修塵也沒想到秦陵會越線。

「小陵，快點跟你姊姊認錯。」經紀人跟著秦修塵進來，「下次可不要為了塊石頭做這種危險的事。」

秦陵小心翼翼地抬頭看向秦苒，「……姊姊，我腿瘸了，節目怎麼辦？」

「瘸了也要給我錄完。」秦苒站起來，淡淡地看向秦陵，「自找的。」

秦陵「啊」了一聲。

站在一旁的經紀人：狠還是秦陵的姊姊狠。

「妳先去洗澡休息，這是鑰匙，衣服什麼的房間裡有。山區簡陋，房間潮濕，晚上睡覺把空調溫度設定高一點。」秦修塵把鑰匙遞給秦苒。

秦苒本來想說她已經有住所了，不過聽到秦修塵的話，想了想還是接過鑰匙：「麻煩了。」

秦苒回到自己的房間後，秦修塵這邊還在議論接下來的事。

節目嘉賓不只秦修塵一個人，還有好幾位藝人，大家的行程、檔期都是規劃好的，今天已經耽誤了一個下午加一個晚上，明天秦修塵也不能再耽誤下去。

「還是之前選的那個素人吧，」經紀人翻了翻行程記錄，「有兩個最近有行程，也不會作怪，會以你表妹的身分出現，後天能到。」

秦修塵把藥倒好，遞給秦陵。接下來的節目秦陵不參與錄製，他興致缺缺，對選哪個素人沒意見，「隨意。」

說到這個，經紀人也感覺到疑惑，「你說你侄女是怎麼在短短幾個小時內，從京城趕過來的？」

不包括安檢、上機的時間，飛機到重慶要飛四個小時，中途還要轉山路開過來，怎麼算也要一天吧？

秦陵把藥吃下去，然後拿著手機跟秦苒一起玩連線遊戲。

秦陵操控著人物跟在秦苒身後，還有空打字。

『姊姊姊姊姊姊姊姊姊姊……』

對面的回覆又冷又酷：『刷屏就封鎖。』

秦陵也不怕，繼續戳著手機：『妳要不要跟叔叔一起錄節目？真的好玩。』

『閉嘴。』

半晌，經紀人跟秦修塵討論完所有事宜才闔上筆記本，「那就這麼確定了，我去找導演。」

他轉身，剛要出門，躺在小床上的秦陵忽然坐起身，他眨眨眼：「叔叔，我姊姊可以！」

經紀人一愣，秦修塵也沒反應過來，「什麼？」

「就……」秦陵認真道，「我姊姊要幫我還債，她可以嗎？」

秦陵看向秦修塵，秦修塵則完全呆住了。

頓了一會兒之後，秦修塵眼前一亮：「可以，當然可以！」他轉身，看向經紀人，「去跟導演擬合約。」

一邊說一邊拿出手機，打開瀏覽器，慢慢搜索：怎麼跟小侄女溝通相處？

兩人關上房門，經紀人才看向秦修塵。看到秦修塵慢條斯理地搜索著這個問題，他嘴角抽搐了一下：「修塵，你是認真的嗎？」

「嗯。」秦修塵答得漫不經心。

「你侄女她不太適合這個實境節目。」經紀人想了想，認真道。

「她是京大的，你之前想挖她做藝人？」秦修塵抬了抬眸。

經紀人往樓下走，「那不一樣，如果她是我的藝人，我肯定一開始就包裝她，讓她慢慢出現在大眾眼前，循序漸進，就她那張臉，肯定比你還紅。只是，現在突然跟你一起出現在綜藝節目上，最重要的……」

經紀人悠悠地看了秦修塵一眼，「她跟小陵不一樣，小陵還有點依賴你，你看看你跟她的相處尷不尷尬，到時候節目一播出來，尷尬都要溢出螢幕了。」

他想想，還是覺得有些不忍直視。

秦修塵輕輕挑了挑唇，手上的手機也沒放下，「去擬合約。」

經紀人也猜到了這個結果。

兩人一起去了導演房間。導演剛洗完澡，秦修塵要換嘉賓在他的預料之中，不過沒想到他竟然這麼快就確定了嘉賓的人選。

新的合約也沒什麼要改的，三人看了眼，就簽下合約。

秦修塵擔心秦陵一個人在房間，簽完就回去了，經紀人卻還在原地不走。

導演一看經紀人的樣子就知道對方有話要跟自己說。他拿了兩罐啤酒過來，擺到桌上，遲疑地看向經紀人：「秦影帝這次請的素人有問題？」

「不是素人，是秦影帝的侄女，人沒問題，長得好看又上相，就是……到時候麻煩你們剪輯的時候注意一點，別給她人設。她性格悶、脾氣還不太好，也不是圈內人，到時候節目可能不太好看，可以不用多給她鏡頭，更別為了節目效果，給她剪惡意鏡頭。」經紀人拉開拉環，喝了一口。

導演也是圈子裡的聰明人，聽到經紀人這麼一說，就知道問題所在。

「秦影帝也是膽子大，演藝圈這個放大鏡會將大部分人的缺點放大，好在我們節目不是直播，到時候只能剪輯鏡頭了，」導演沉吟了一下，然後看向經紀人，「怎麼不請個素人過來？你也沒勸勸秦影帝？」

他一聽經紀人的描述，就對明天的拍攝非常不太期待，不過對方是秦修塵的人，導演就算不期待也拿秦修塵沒辦法。誰讓節目宣傳都放出去了，秦影帝第一次參加實境節目，有一大部分的人都是衝著他的名號看的。

「其實找小陵來拍，我就不贊同，這對小孩子的成長不太好，現在網友那麼苛刻，只要一個鏡頭表現不好就會被網友抓住不放。」經紀人又喝了一口啤酒，嘆氣一聲，「好在他侄女只是頂替幾天的時間，等小陵的扭傷好了，我們就換人。」

經紀人一邊說一邊把空的啤酒罐放下，秦影帝正在煩惱他侄女高冷不理人，有這個機會，怎麼會放過？要讓他主動退讓換人，不可能，他現在有濾鏡，覺得世界上沒有人會不喜歡他的侄子、侄女。最重要的是，秦影帝想帶侄子、侄女在節目裡玩。

導演敲著桌子，眼眸稍瞇，最後敲定：「先這樣拍吧，幾天之後我們再重新簽合約。」

先熬過這幾天再說，如果拍攝情況真的不好，到時候再請素人，想必到時候秦影帝也不會拒絕。因為就算秦修塵不在意，他也要為他的侄女著想。

經紀人跟導演商量完，就拿著合約出去。他伸手捏了捏眉心，憂心忡忡地回到了自己的房間，秦苒跟秦修塵這個奇葩的組合……他確實不太看好。

經紀人出去之後，導演把剩下的啤酒喝完，去跟導演組的其他人商量。

因為秦陵的事情，副導才剛睡著又被導演驚醒。聽到導演的話，他猛地坐起來，「他的侄女？上大學了？這可不是秦陵那麼小的孩子，網友對小孩子的惡意都不小了，更別說這麼大的人，秦影帝是想幹嘛？」

副導的眉頭擰起。能讓總導演這麼慎重，看來秦影帝的這個侄女會給節目組添不少麻煩。他原本以為這次秦修塵的加盟，會為節目增加不少熱度，眼下看來，好像是增加不少麻煩。

「秦影帝的經紀人剛剛來找我說了這件事，」導演沉吟了一下，「明天我跟拍，你在攝影棚注意一下畫面，如果有拍到不好的情況，直接讓攝影師切掉。還有，秦影帝十分重視他的那個侄女，別妄想用她製造矛盾炒熱度。」秦修塵可不是好惹的。

副導頭痛地開口：「我知道了。」

這件事還真麻煩。

第七章　大老到哪裡都是大老

山下小鎮的一處房子裡，程木剛洗完澡出來。

他現在五感很靈敏，剛打開浴室的門，就聽到頭頂上空直升機的轟鳴聲。程木連頭髮也沒擦，直接拿著外套下樓，朝院子走。一下來，就看到停在院子裡的直升機。

直升機的門被拉開，一道黑影輕巧地跳下來，隨手理了理衣襟，朝程木瞥了一眼，眼睫微斂，「怎麼是你？」語氣不冷不淡。

聽出了嫌棄意味的程木：「……」

從直升機下來的人正是程雋，程雋也沒看他，直接朝屋子裡走。

樓上只有一間房的燈是亮著的，他微微瞇起眼：「秦小姐睡著了？」

程木正在看停在院子的直升機。加上這次，他已經是第N次看到雋爺的直升機了，只是他至今都搞不懂，雲城跟重慶難道沒有禁飛令？他跟秦苒也是一下飛機，就看到了來接他們的直升機，不然這麼難走的山路，他跟秦苒沒辦法在這麼短的時間內趕到。

「啊，沒有。」程木還沒想通這個問題，就聽到程雋的問話。他跟上程雋，恭敬地回答：「秦小姐一個小時前傳了訊息過來，她會住她叔叔那裡，好像還要幫她弟弟錄幾期節目。」

原本不緊不慢、十分淡定地走在前面的程雋，腳步忽然停下。

緊跟在後面的程木急忙剎車，意識到情況不對，閉上嘴，不敢再說任何話。

「繼續說。」程雋瞥他一眼，漫不經心地從口袋裡摸出一根菸，薄薄的煙霧騰空而起，風輕雲淡地開口。

程木愣了一下，「說什麼？」

程雋的眼眸慵懶地眯起，「她叔叔在哪裡？」

程木這才反應過來，「啊」了一聲，連忙拿出手機，打開跟秦苒的對話，把手機遞給程雋看上面的地址。

程雋直接拿過手機，往門外走，也沒看程木。

「雋爺——」程木僵在原地，剩餘的話被吹散在風裡：「你還沒還我手機……」

山腳下的飯店——

秦修塵在秦陵洗完澡、躺在床上睡著後，才拿著文件敲開秦苒的門。

屋內，秦苒穿著睡袍，頭髮披散著，還沒擦乾。她側身，乾脆俐落地開口：「進來。」

這麼晚了，秦修塵也沒進去，就站在門口，語氣沉穩：「小陵說妳要一起拍綜藝節目……」

「玩幾天吧，後續還要麻煩你照顧他了。」他沒進去，秦苒也不在意，只是朝屋內看了一眼，繼續不緊不慢地擦頭髮。

「照顧他怎麼會是麻煩。」秦修塵把一份文件遞給她，似乎鬆了一口氣，語氣也輕鬆很多，「這是明天節目的具體安排，沒什麼劇本，也沒人設，隨意發揮，到時候還有其他藝人，明天我再介紹給你們認識。」

秦苒一手拿著毛巾按在腦袋上，一手接過文件，朝他禮貌地開口：「好。」

秦修塵微微頷首，「如果有問題隨時打電話給我，第一次錄節目，妳可能不習慣……十二點了，妳早點休息，明天要早起。」他站在門口，又細細叮囑了秦苒幾句才離開。

秦苒看他離開，才關上門回到房間。她把手裡的文件往桌子上一扔，也沒回浴室繼續吹頭髮，而是走到窗邊，拉開窗簾。

窗臺的寬度大約二、三十公分，有一個人正懶懶散散地坐著，雙手撐在窗臺上，嘴裡明晃晃地叼著一根菸。黑夜裡出現若隱若現的火光，腿還慢悠悠地晃著。

秦苒「唰」地一聲拉開窗戶，把毛巾扔到他身上：「可以啊，雋爺，這樣都能爬上來。」

秦苒的房間在三樓，沒有防盜窗。

「還行。」程雋將手一撐，直接跳進來，不以為恥，反以為榮，「看門的大叔說飯店被人包了，我是看在妳叔叔的面子上才沒跟他理論。」

進來後，他找了找菸灰缸，把菸壓熄。

手上的毛巾是半濕的，房間溫度也不高，程雋在房間裡轉了一圈，找到空調遙控器，把溫度往上面調高兩度才把遙控器扔到一旁，順便打量房間。

山腳下的飯店不大，也就十幾平方公尺，剛好夠放一張床、一張桌子。多幾個人，房間就顯得擁擠了。

不遠處有個取暖器，衣櫃是木質的，白漆，把手的漆都掉了。東西都很舊，床單跟被罩應該是劇組自己換的。

「房間太小，還有霉味……」做完這一切，程公子就開始對這間房間評頭論足，從頭到尾數落了一遍，才覺得心情好了一點：「妳晚上吃了什麼？」

秦苒坐到桌子旁，開始看秦修塵給她的行程表，頭也沒抬：「劇組便當。」

剛翻一頁，頭頂就一黑。

程雋轉了一圈，又從浴室拿了條乾淨的毛巾過來，抬腿漫不經心地踢了一張椅子過來，坐到秦苒身邊，一手把毛巾蓋在她的頭上，手法很不專業地把餘下的水分擦乾。

到最後，他擰眉，「你們劇組好窮。」

秦苒的眉心跳了跳，「你想幹嘛？」

「我就是，」程雋往下低頭，下巴抵在她的肩膀上，頭垂在她頸側，壓低聲音，「去住省城飯店的話，搭直升機不到一個小時就能到山頂。」

秦苒：「……」

劇組那麼多人，每天早上搭直升機……確定導演不會被嚇死？

她面無表情地從頭上抓下毛巾，再次按到他臉上。

＊

翌日早晨，秦苒六點起床，剛醒來就收到了程木的訊息。他在樓下，還帶來了早餐。

她也沒穿外套，只穿了白色連帽衣，戴上帽子，直接下樓去拿回一個大飯盒。

秦苒沒戴口罩，帽子則遮去了大半張臉，此時外面有很多蹲點的粉絲，看到出來的是一個陌生的身影，都興致缺缺地蹲了回去。

程木遞給秦苒的飯盒是在校醫室常用的，能裝三層。裡面有三大份早餐，她沒有回房間，先敲開了秦修塵的房門，拿出兩份給他們才回到自己的房間。

秦修塵把飯盒拿回房間看了看，他原本以為是去小鎮街上買的早餐，打開一看才發現裡面的點心製作得非常精美，像五星級大廚做出來的料理，裡面還放著一些時令水果，非常新鮮。

秦修塵看著這個飯盒，擰著眉頭朝門外看了一眼，才叫秦陵起來。

現在六點半，節目組已經開始錄製了。一共有三對嘉賓，秦修塵、當紅的影后，還有一個女生新人。首發明星只有三個人，後期會加入多位人氣嘉賓。

這三人中，秦修塵的名氣占了一半。

每個人身後都有好幾個分配好的跟拍攝影師跟拍助理。今天的行程表上有寫，節目組要拍各個明星還有他們親戚的起床狀態。錄製前，節目組導演找來跟拍秦修塵這一組的攝影師，吩咐道，「待會直接拍秦影帝就好，他的搭檔起床不用拍。」

攝影一愣，「不用拍？」

「對，後面秦影帝的搭檔也少拍一點，多拍秦影帝的單獨鏡頭。」為了避免得罪秦修塵，導演還是決定從源頭減掉他親戚的鏡頭，「秦影帝的搭檔是他侄女，不是圈內人，很多東西都不懂，到時候在拍攝現場出錯也儘量別拍下來。」

他到現在還沒看到秦影帝的那個侄女長什麼樣子，雖然秦修塵的經紀人說長相還可以，也很上相，但導演完全沒心情看，演藝圈中長得好看的人多得是。

他想想接下來的幾天，就覺得難熬。

攝影聽完就頷首，想了想：「我知道，但跟拍的攝影師不只我一個，其他人也會拍。」導演總不能每個攝影師都打招呼，要是被其中一個攝影師透露出去，網路上的人不曉得會怎麼說。

「看情況吧。」導演頭痛地按了一下太陽穴，擺手讓攝影師去拍秦影帝的房間。

與此同時，二樓，影后璟雯的房間裡，她經紀人也得到了秦修塵換成新嘉賓的消息。

「璟雯，那是秦影帝的侄女，秦影帝很喜歡她，」經紀人提前為璟雯打預防針，「她跟小陵一樣不是圈內人，上鏡表現可能不太好，跟小陵差不多，幫她遮掩遮掩。」

「他還有侄女？」璟雯今年三十一歲，眉眼精緻，五官很高級，拿過國內外無數個大獎，是圈內少有的顏值與演技並存的人，跟秦修塵是多年好友，「沒聽他說過。」

「聽說他侄女一家從小走失，剛找到沒幾天，所以他經紀人才會拜託到我這裡。」外面的攝影師已經在敲門了，經紀人囑咐了一句，「真不知道這樣有什麼好拍的，秦影帝也不知道在想什麼……」

他一邊說一邊打開房門，並退出鏡頭之外，用眼神示意璟雯。

璟雯不動聲色地接過節目組的任務卡，「先去山下集合？導演組，你們肯定又在搞鬼，我去找我的老朋友商量，今天可不能被你們整。」

她從樓梯走到三樓，秦修塵也剛好出門，手上也拿了張任務卡。

「秦影帝，」璟雯朝秦修塵抱拳，語氣十分嚴肅：「今天我們結盟嗎？」

「妳表弟同意了？」秦修塵淡定地拍了下衣袖。

璟雯的搭檔是她表弟，她不太在意：「他嫌我化妝慢，先帶我的攝影師去山腳下了，你是他的偶像，他肯定會同意。」

秦陵跛著腳從屋內探頭：「璟雯姊，妳是來蹭我叔叔鏡頭的？」

「……」璟雯指了一下秦陵的腳，並說一句：「天道有輪迴，弟弟。」

人群裡的導演：「……」

還有這化學反應？？

「所以你是要跟我結盟的意思？」璟雯再度看向秦修塵，勢必將結盟進行到底。

秦修塵沒回答，而是走到秦苒的門口，說得理所當然：「等等，我問問我侄女。」

一堆鏡頭對準秦苒的房門。

導演已經計畫好幾乎不給秦苒鏡頭的事情，工作人員也知道，但眼下秦修塵竟然不按照安排好的來，現在就讓秦苒出鏡，工作人員跟導演比著口型：「現在怎麼辦？」

秦修塵的侄女沒演過戲也沒上過鏡頭，導演原本是想等見過人，再跟她單獨聊聊上節目的事情。他著急地用手勢比劃著，讓秦影帝別敲門，最後還用黑色的粗筆寫牌子，寫了「下樓」兩個字。

然而秦修塵就像沒看到似的，伸手敲響了秦苒的門。

秦修塵明顯就是不合作的態度，這樣應該是想給他侄女多一點鏡頭。導演擰了擰眉，眼下這麼多攝影機他不好打斷，只能在後製把這一段剪掉。

現場的人都知道那是秦影帝的侄女，都好奇地看向門口，不知道他的侄女長什麼樣子？

秦苒的房門已經打開，裡面一道白色的清瘦人影走出來。

現場除了秦修塵跟他的經紀人，都沒有見過秦苒，不知道她的長相。倒是昨晚，導演聽秦修塵的經紀人說過秦影帝的侄女長得不錯。畢竟是秦影帝的親戚，看秦影帝這盛世美顏，就能猜到他的侄女長得應該還可以。

然而當這扇門打開，看到從裡面走出來的人影，現場所有人都陷入了一片安靜。

連拿著牌子提醒秦影帝的導演都愣在原地。

秦苒今天依舊穿著件白色連帽衣，裡面有絨毛，她就沒穿外套，也沒戴上帽子。

秦修塵是演藝圈出了名的盛世美顏，只是五官略顯英氣，秦苒則完全不同，她的五官比秦修塵精細得多，一雙杏眼漆黑深邃，寒光畢現，皮膚極白，似乎還籠著一層霞光，眉宇間的恣意沖散了她略顯柔和的五官，更顯得冷豔，對一般人的衝擊力極大。

跟拍秦修塵的攝影師連秦修塵都不管了，連忙將攝影機對準秦苒。

觀察室裡，一排螢幕都是秦苒，側臉、正臉、俯視、平視……三百六十度都有，還能聽到幾聲非常小的「我靠」。

副導演看著螢幕上的秦苒：「……」

他愣了一下，也反應過來，對著耳麥喊：「一號到十號機是怎麼回事？鏡頭都挪過去！」

秦修塵側了側身，向璟雯介紹，「我侄女，秦苒。」

璟雯眼前一亮，熱切地走上來，「小苒苒啊，妳好妳好，我是璟雯，妳可以叫我雯姊。」

「別吵！」秦修塵忽然開口，他瞥了璟雯一眼，直接擋在兩人中間，無視璟雯。他低頭小心翼翼地問了秦苒一句，「這個人要跟我們結盟，妳覺得可以嗎？」

秦苒形狀姣好的眼眸瞇起，纖長的睫毛微垂，手插進口袋裡，語氣漫不經心，「她弱嗎？」

秦修塵十分不給面子，「弱雞一個，但她表弟是個大力士，可以打雜。」

「那看情況。」秦苒摸摸下巴。

璟雯眨眨眼，捂著胸口道：「……我堂堂影后會被嫌棄？你們會後悔的！」

秦苒冷酷地戴上連帽衣的帽子，秦修塵緊跟在她後面，十分乖巧，一句話也沒說。

跟拍秦修塵的攝影師本來想拍下這一幕，但想起導演的話，要讓秦影帝的侄女少出鏡，他立刻又轉過攝影機，拍地板。

啪！剛轉過來，他的頭就被導演敲了一下。

導演走過來，「你幹什麼？剛剛那麼好的場景你不拍？還好十號攝影師厲害，你還不如你的助手！」

攝影師：「……？？導演，你之前跟我說少拍秦影帝的侄女……」他弱弱地開口。

啪！導演又狠狠地敲了一下他的腦袋，怒目圓睜：「我什麼時候說了！」

「您剛剛……」

「還敢狡辯！」

又是狠狠的一下。

導演揉了揉打到發痛的右手，揹著手跟上攝影團。早知道秦影帝的侄女長這樣，他就不用煩惱一整晚了。她沒什麼表現力又怎樣？沒有看點又如何？她長得好看啊！

節目在山腳下開始錄製，秦修塵等人到的時候，其他三人早就到了。

那三個都是年輕人，在一起打鬧嬉笑，顯然很熟。

「小苒苒，這是我表弟。」璟雯把其中一個平頭少年拉過來介紹給秦苒，然後跟平頭少年介紹，「這是秦影帝的侄女，秦苒。」

平頭少年眉眼鋒銳，五官十分深刻。他看了一眼秦苒，眉頭擰了一下，「胡說八道，秦影帝怎麼可能會有侄女？」

他偶像有什麼親戚，他會不知道？這八成是節目組安排的，不知道是哪個十八線之外的新人。還想說什麼，璟雯擰了一下他的手臂，他就吃痛地皺起眉，沒再開口。

另外一個女星是白天天，一個剛開始紅的新人，主動來跟璟雯、秦修塵打招呼。

節目開拍，秦苒將連帽衣的帽子拉下來，在聽到白天天這個名字的時候，眉頭挑了挑。

她記性好，只要提過一次的名字就不會忘記，更別說白天天是田瀟瀟前經紀人拋下田瀟瀟後投奔的對象，也是她之前讓江東葉查過的人……

竟然跟秦修塵、璟雯一起拍綜藝？江東葉這麼捧她？他不是連她是誰都不知道？

秦苒伸手摸了摸下巴。上節目不能帶手機，等晚上回去再問問江東葉是不是會錯了她的意。

她想這些的時候，節目已經開始錄製了。

導演拿著喇叭公布任務，「山腳下有個據點，你們要做的就是找到第一處據點，每一組運一根木頭運到山腰的指定地點，獲取下一關的提示。」

三組行動之前，璟雯再次沉重地走過來，看向秦修塵，「兄弟，結盟嗎？」

按照節目組的尿性，木頭一定不輕，秦修塵可不會讓秦苒搬那塊木頭，他這次想也沒想，直接答應：「結！」

據點很容易就找到了。秦修塵看著三公尺長的木頭，跟表弟伸手抬了抬，將近有兩百斤。

白天天跟她那一組的男生已經抬起一根木頭了，她似乎很吃力，但沒有尋求任何人的幫助。

「偶像，我們抬完一根下來，然後你休息一下，我跟你搭檔抬另外一根。」璟雯表弟連忙開口。

璟雯有很嚴重的腰傷，這是節目組跟粉絲都知道的事情。

秦修塵看了他一眼，沒應聲，只是把外套脫下來遞給秦苒，淡淡道：「妳跟璟雯跟我們一起上去，我跟她表弟送完一根木頭，再下來抬另一根。」

節目已經拍完一期了，璟雯表弟跟白天天等人也很熟，看到白天天一個女生也在抬，不由得嘀咕一聲，「連白天天都在抬，她為什麼不能抬？她高人一等？我偶像常年拍電視也有傷，不能讓他休息一下？」

不是高人一等，因為那是秦影帝的侄女！

導演戴著耳麥，看到這一幕，立刻舉了牌子，讓攝影師別拍下來。到時候節目播出，網路上肯定一片罵秦苒的。

秦修塵跟璟雯表弟去抬了一根木頭，兩個男生，不太吃力。因為顧忌著秦修塵拍戲常年累積起來的病根，兩人只抬了一根。剛往山上走，發現秦苒也朝這邊走過來。

璟雯表弟很不耐煩，壓低聲音：「路在那邊妳也看不到嗎？」

秦苒停在最後一根木頭旁邊，吐出嘴裡的草，睨了璟雯表弟一眼：「閉嘴。」

說著，她彎腰把最後一根木頭搬起來，扛在肩上，輕輕鬆鬆的，如同撿了根假木頭。

路過秦修塵身邊，她還停了一下，「要幫忙嗎？」

秦修塵：「……」

璟雯表弟：「……」

導演組也一臉傻眼，他們比任何人都清楚，這絕對不是假木頭，也絕對不是道具！是貨真價實的兩百斤木頭！就這樣被一個看起來不到一百斤的丫頭扛在肩上？？

秦苒扛著一根木頭，走得飛快，秦修塵跟璟雯表弟也不慢，他們一行人很快就追上了本來走在他們前面的白天天。

十分鐘後，到達據點，璟雯表弟跟秦修塵放下木頭，都不動聲色地走到秦苒那根木頭旁邊用手試了試……

試完，面面相覷。

連璟雯都忍不住走過來，用手抬了一下才十分鄭重地看向秦苒：「原來您才是真正的大力士！失敬失敬！」

第二處據點的提示要等人到齊才能開啟，璟雯表弟看了一眼山下，「表姊，我去幫白天天他們。」

「去吧。」璟雯隨手揮了揮手。

他幫白天天把最後一根木頭運上來，據點處冷漠無情的大叔才揭開這個據點的謎底。

他從桌子底下拿出一個鐵盒，上面有個鎖，「這裡面有任務卡。」

「鑰匙呢？」璟雯表弟抬抬下巴，在周圍找了找。

冷漠大叔轉身，把背後的黑色背景轉過來，上面赫然是一道物理選擇題。一根細線、一個帶電荷量的小球，有磁場有電場，最後問AB兩點的電壓？？然後四個選項？？

畢業多年的影帝、影后面面相覷：電壓是什麼東西？？

璟雯忽然想起這個節目組的新人白天天是江氏特地塞進來的。江氏可是一尊巨頭，節目組會出這個難題，是要炒白天天的學霸人設，提前告知了白天天結果。

她立刻上道地開口，「這種事只能由天天來了，天天今年剛高考畢業吧？還是京城影視大學的高材生。」

白天天不好意思地笑了笑，然後拿著筆，似乎算了一下。

不到一分鐘，她放下筆，璟雯表弟一臉佩服：「這麼快？」

白天天不好意思地開口：「選B。」

秦苒一直坐在一旁的石頭上，嘴裡咬著葉子。聽到這一句，她抬眼掃了掃，懶洋洋地用手撐著下巴：「錯了。」

節目組確實在幫白天天炒人設，畢竟江氏給了那麼多投資，這個節目本來就紅，再加上有秦修塵這個影視圈的半邊江山在，最後一個嘉賓的名額有無數家公司在搶，其中不乏一線當紅小生。這麼多家公司、這麼多藝人，白天天一個新人能夠殺出重圍，完全是因為江家這個演藝圈霸王。

演藝圈霸王就沒有捧不紅的人，畢竟演藝圈裡沒有人敢不給江家面子，劇組也給了白天天十足的鏡頭和表現機會，這道題目就是其中一個吸睛點。

前天拍的節目就發生過一次了。昨天晚上，副導提前把這道題目和答案給了白天天，讓她背起來。為了彰顯白天天的人設，這是節目組提前在網路上找來的特別複雜的物理題目，璟雯跟秦修塵這些演藝圈的老油條對節目組的套路心知肚明。

但璟雯表弟等人不知道，一行人正在讚譽白天天的時候，忽然出現了不和諧的聲音。

白天天的聲音頓住，璟雯表弟也朝這邊看過來。他本來是想要嗆秦苒的，想想對方剛才輕鬆扛起兩百斤木頭的樣子，硬是吞下去那句「又在作什麼怪？」，只道：「什麼錯了？」

秦修塵跟璟雯也看過來。璟雯完全不知道秦苒是做什麼的，但秦修塵知道自家侄女是京大物理系的。能考到京大物理系……全國一年內也只有幾百個人。

秦修塵意識到秦苒的那句「錯了」，肯定是針對物理題目。

「答案錯了？」秦修塵剛剛跟璟雯表弟抬了木頭上來，正用紙巾擦汗，聽到秦苒的話，他把紙巾扔到旁邊的垃圾桶裡，看向秦苒。

秦苒依舊撐著下巴，低聲笑：「不，我是說題目錯了，按照這個題目，四個答案都不對。」

場面靜了一下。

導演就在現場，這個題目不是他安排的，因此他直接按著耳麥，擰著眉頭，問還在攝影棚看畫面的副導：「這題目錯了？」

如果真的錯了，他們的節目播出去，就貽笑大方了。

題目是副導負責的，他拿著耳麥：『這是我們在網路上下載的真實題目，答案下面還有清楚的解析，不可能會錯。』

節目組的工作人員都工作了好幾年，這種物理題目，他們連題目也看不懂，只想要用最難的題目來糊弄觀眾，然後幫白天天炒個人設。

聽到這一句，導演放下心來，立刻對秦修塵舉起牌子，上面寫著「沒問題」。

「我心算了好幾遍，不會有錯的。」看到導演舉的牌子，白天天鬆了一口氣，看向秦苒，似乎滿不在乎，也不介意秦苒的話：「可能這位姊姊看錯了題目吧。大叔，您可以把鑰匙給我了嗎？」

跟拍白天天的攝影師十分崇拜地把鏡頭移過去。

冷漠大叔拿出鑰匙，遞給了白天天。

璟雯也反應過來，立刻打圓場，「都怪這黑板上的字寫得太難看了，小苒苒肯定看錯了。」

聞言，冷漠大叔抬頭看了璟雯一眼：「……」

白天天接過鑰匙，在周圍掃了一圈，抿唇笑了一聲：「璟雯姊，妳來開。」

秦苒手撐著石頭站起來，雙手枕在腦後，也沒說話，就是挑著眉眼，笑得囂張又欠揍。

璟雯已經打開箱子，拿出了裡面的任務卡，念下一個任務的內容，「秦影帝，我們需要去山頂，收拾一下我們……」

她話還沒說完，秦修塵直接朝導演那個方向走過去，語氣微冷：「導演，我覺得你還是讓人檢查一下題目。」

導演皺了一下眉頭。他昨晚就聽經紀人說過秦影帝十分喜歡這個侄女，眼下看來還不是普通的喜歡。

「秦影帝，我說了，這個題目的來源沒有問題。」他本來對秦苒的顏值還有節目效果十分滿意，看秦修塵這樣，他不由得覺得頭痛，暗想著，秦影帝跟江氏哪個比較重要一點。

這其實也是看點，到時候把這個矛盾放出來，節日噱頭就夠了，就算是秦影帝的侄女會被全網罵……導演本來很怕秦影帝，但是如果江氏站在他這邊呢？畢竟現在江氏是程家一脈的，不同往日。

想到這裡，他看向秦苒的方向，「妳說題目有問題，妳告訴我，題目哪裡有問題？」

璟雯表弟等人已經準備走了，沒想到這時候還會發生這樣的事。

「偶像，你別聽這個女人胡說八道！她就是典型的四肢發達，頭腦簡單！」璟雯表弟擰著眉頭，看著秦苒，有些不耐：「天天都算出答案了，還心算了好幾遍，妳都沒看題目就說題目錯了，那妳看完題目了？妳知道題目在說什麼嗎！」

秦苒一個人扛了根木頭上來，璟雯表弟對她的印象有點改觀，一直在注意她，自然知道秦苒從頭到尾看題目的時間不超過五秒鐘，然後就沒什麼興趣地去看周邊的風景，她根本就是連題目都看不完吧？

秦苒慢條斯理地轉身：「ＣＤ兩點的電壓跟ＥＦ兩點的弄反了，這樣題目算出來的答案是-３０ｖ，但那上面給的答案都是正數。」

她的表情太過自信，導演看了她一眼，不知道出於什麼心思，直接拿出手機，撥出一通視訊通話。

那是個高中的物理老師，導演跟他是高中同學，開門見山就問，「你先別說話，幫我看看這道物理題有沒有什麼問題。」

他說著，把物理題的圖片傳過去。

五分鐘後，導演打開擴音，物理老師出聲回答，在場的幾個明星都聽得很清楚，『題目沒什麼大問題，除了有點難。』

聽到這一句，璟雯的表弟看著秦苒嗤笑一聲。

白天天鬆了一口氣，繼續笑，然而下一秒——

『不過CD跟EF兩點的電壓寫反了，但沒關係，通常會做這道題目的人都知道這兩點是反的……』手機另一邊的物理老師不緊不慢地說著。

別說拿著手機的導演跟工作人員愣住了，連不太懂什麼是電壓的璟雯也徹底呆在原地。她看看導演手上的手機，又看看閒適地站在一旁的秦苒，呆住了。

物理老師說完，發現大導演一直沒說話，不由得在另一邊催促，『我說大導演，你打了一通視訊來，就是要讓我看個題目？』

導演回過神來，此時的他十分尷尬，只是皮膚比較黑，看不出來紅了：「回去我再請你吃飯，先掛了。」

他掛斷跟物理老師的通話，看向秦苒跟秦修塵兩人，「秦影帝，這次多虧你跟你侄女了。」

這麼大的題目漏洞，他們整個節目組都沒有檢查出來，卻被一個小女生在拍攝過程中指出來，連導演都覺得尷尬。不過他也鬆了一口氣，好在秦修塵最後有堅持，不然節目到時候播出去，真的要貽笑大方……他們節目的專業性也會大打折扣，人物形象也會崩得一塌糊塗，畢竟答案錯了還好，題目錯了，白天天還能做出答案，這不就是明明白白地告訴觀眾黑幕？

「好說好說。」秦苒笑咪咪地看著導演。

導演看著她這個笑，莫名覺得害怕，捏了捏自己的手臂。

這是一個人形 bug 吧！

現場圍觀的其他工作人員也反應過來……題目錯了？答案也不對？這樣的話，一分鐘就算出答案是 B 的白天天……

所有人都不約而同地看向白天天。

璟雯的表弟腦子少一根筋，他愣愣地說，「題目真的錯了，天天，那妳是怎麼算出來的？妳還心算了好幾遍？」

白天天的臉色瞬間黑成了鍋底。她咬著唇，手指不安地纏著，臉色微紅地開口：「我看錯了。」

題目 bug 說完，節目還是要繼續錄製。璟雯卻忍不住好奇，拍拍秦修塵的肩膀問，「你侄女怎麼回事？我看她根本就沒有看題目啊，她也是個學霸？」

她是真的好奇。

節目組跟導演組也好奇，攝影機齊齊對準秦修塵。

眾多鏡頭下，秦修塵似乎非常不在意又漫不經心地開口：「喔，因為她是京大物理系的吧。」

「難怪，原來是京大物理系的啊！」璟雯點點頭，認可了秦修塵的這個說法。她點點頭，笑著開口：「我就說她為什麼都沒怎麼看題目，就知道題目答案錯……」

說著說著，璟雯後面的話忽然消失。她就這樣看著秦修塵，後面的話忽然卡在喉嚨，什麼都說不出來。

舉著牌子的導演跟現場的工作人員都目不轉睛地看向璟雯——妳怎麼能淡定地說出「原來是京大物理系」？

現場忽然陷入詭異的沉默。

半晌，璟雯緩過神來，指著秦修塵，「京大……物理系？」

現在京大物理系的學生，都長著一張表演系學生的臉？

「是啊，」秦修塵側身接過璟雯遞來的外套，淡淡地開口，「她也是今年的高考生，可能因為剛高考完，還正好學物理，所以腦袋比一般人好一點。」

現場都是演藝圈的人，沒哪個大學是讀物理系的，高考完後誰還記得電場電壓、地球同步衛星的繞行速度，也沒有人會想到在網路上下載的題目會錯，而且都出錯題了，下面還能有解析？

剛剛跟導演視訊的高中物理老師要用幾分鐘算出來的題目，現場的工作人員還很疑惑，為什麼秦苒連筆都沒拿就反應那麼快？可是，秦苒是京大物理系的學生，那就說得清了。

光是京大，就讓演藝圈百分之九十九的人仰望，更別說還是京大四大學院物理系的學生。這個科系的錄取分數在全國是出了名的高分，每年只收那幾個學生，從裡面隨便拉一個人出來不是某個省縣的狀元，就是榜眼，是一個狀元遍地走、榜眼隨手抓的地方。

在她面前寫物理題目……是在關公面前耍大刀吧。

「秦修塵，你夠了，收起你那副得意洋洋的樣子！」璟雯深吸了一口氣，不由得多看了秦苒一眼。

她是真的沒看出來，又繞著秦苒轉了好幾圈。

原本以為秦苒是玩藝術的，誰知道她是個真學神？

璟雯表弟也直愣愣地看著秦苒，而白天天站在一旁，努力維持著臉上的笑容，但看到自己的攝影師都不由自主地拍向秦苒的時候，她一直以來都非常淡定的臉終於繃不住了。

節目組給白天天答案的事情，只有副導等少數幾個人知道，跟拍的攝影師跟內部人員都不清楚。現在鬧出了這種烏龍，大家面面相覷，都心有靈犀。

誰知道想炒學霸人設會炒到真學霸的面前，這下真的完蛋了吧……跟拍白天天的攝影師看白天天的目光也沒有之前那麼崇拜了。

白天天不是沒有注意到一群工作人員的目光，她已經沒有心情再待在這裡了，只垂著腦袋往前走，不敢多停留一步。微垂的臉漲紅著，看到璟雯表弟正用疑惑的眼神盯著自己，她垂下腦袋：「我們快上山吧。」

節目還是要繼續錄下去的，至於物理題目，只能交給後製了。

節目總導演忍不住找了機會，詢問混在人群中的秦修塵經紀人：「你昨晚為什麼沒告訴我秦影帝的侄女是京大的學生？」

他要是知道，哪會糾結那麼久，哪敢在她面前出物理題目！

經紀人疑惑地看了導演一眼，「我擔心她錄節目時出錯都來不及了，這種小事為什麼還要特地告訴你？」

導演和周圍其他人：「……」

導演惱羞成怒地離開！

節目進行中，導演口袋裡的手機忽然響起。

「喂？」是頂頭上司的電話，他連忙恭敬地開口。

電話裡，頂頭上司的聲音十分簡單粗暴，『有個老大要看節目的錄製畫面。』

導演一愣：「哪個老大？」

節目播出以來，還從來沒有發生過這樣的事。

『江總打電話特地吩咐的，你做好就行了。』

上司的話含含糊糊，導演卻聽出來了，這大概是個名字都不能提的大人物。他連忙吩咐下去，嚴謹地辦好這件事。

另一邊，節目現場——

「節目組這次這麼有良心？」秦修塵手指按著任務卡，看向前面精緻的小別墅。

因為璟雯手中的任務卡上只有一句話——**大家辛苦了，請前往山頂別墅吃豐盛的午餐。**

原本他們都以為要花好長一段時間才能找到山頂別墅，誰知道沿著山路上去，馬上就看到了山頂別墅，午餐就擺在大門後面。

長方形的桌子上擺著一堆美食，大廳裡還放著小提琴的音樂，來來回回就那兩首。

璟雯坐到一旁，抬手讓秦苒坐到她身邊。最後璟雯坐在中間，秦苒跟白天天坐在她兩旁，三人對面是各自的組員。

「不知道為什麼，我總覺得這頓飯吃得很不安……」璟雯的綜藝感特別好，一直在帶動飯桌上的氣氛。

秦修塵也不理她，就問對面的秦苒：「妳吃得安心嗎？」

秦苒拿著筷子，聞言點頭，「挺安心的。」

璟雯抹了一把臉，對著鏡頭，一臉沉痛：「我老朋友有了侄女之後就變了，他以前不會這樣對我的。」

對面的表弟一愣，「表姊，我偶像什麼時候不是這樣對妳了？他以前也是這樣的啊。」

璟雯：「……」

白天天罕見地在吃飯時間沒怎麼出聲，反而是璟雯會多次將話題丟給她。

一頓飯吃了半個小時，所有人都放下了筷子。

璟雯表弟抬了抬頭，「節目組怎麼還沒開始搞鬼……」

一句話剛說完，大廳裡忽然傳來節日組喇叭的聲音：「在玩家吃飯時，別墅主人回來了。很不幸，你們因為擅自動用主人的宴席，別墅主人把你們鎖在了別墅裡。玩家要在半個小時內逃出密室，否則會接受頂級懲罰，節目組等在外面你們喔……」

節目組的聲音落下，眾人才發現大門早就關上了。頭頂最亮的大燈也關了，只留下幾個比較昏暗的燈。

「密室逃脫？玩這麼大？」璟雯表弟興奮地開口，躍躍欲試地站出來，「那我們開始找線索吧！」

他走到大門旁看了看，大門上的是密碼鎖，「我們要找六位數的密碼！」

白天天拿起手邊的一個六階魔術方塊，「這裡面會有線索嗎？」

璟雯眼前一亮，「對，誰會玩魔術方塊？」

「我不會。」璟雯表弟正在到處翻抽屜、桌子找線索，聽到這一句，連忙擺手，「四階魔術方塊我還背過口訣，六階是高手玩的。」

秦修塵看了秦苒一眼，發現秦苒正在看播放小提琴曲的播放機，沒注意這邊。

「我會一點。」白天天不好意思地開口。

璟雯就把魔術方塊交白天天，「這個就交給妳了。」

「好。」白天天立刻就坐在餐桌旁玩魔術方塊。她應該是有專門學過，很快就找到手感。

白天天拼到了第一步，已經成型，璟雯表弟站在她身側圍觀了一會兒，驚嘆一聲：「竟然會拼六階魔術方塊，好厲害！」

白天天抬了抬頭，不好意思地笑了笑，「我小時候比較喜歡玩這個。」

外面的監視螢幕前，導演看著鏡頭中一臉淡定地觀察房間結構的秦苒，按著耳麥問副導：「密室內有物理相關的謎題嗎？」

副導回：『放心，沒有，這六位數的密碼都是其他方面的。』

導演這才鬆了一口氣，還好沒有。這個密室本來就是要嘉賓無法通過的，後面的懲罰才是重點。

他剛說完這一句，就聽到螢幕中的秦苒說，「第一個數字是四。」

因為京大超級學霸的身分，現在大廳裡的人都偏向相信她，璟雯立刻圍過來，「妳怎麼得到的？」

秦苒將手插進口袋裡，指了指牆上的壁畫，「這是太陽系行星的順序，按照古巴比倫的星期制度，日月火水土金木分別對應到星期天到星期六，我用地球自轉、公轉算了一下圖上這個天文星象對應的行星，正好是古巴比倫星期制度的星期四。」

導演看了工作人員一眼：「她這麼簡單就找到了？」

工作人員弱弱地開口：「導演……這簡單嗎？」

導演：「……」正常人會想到古巴比倫制度？

不學地理的人連幾大行星都認不出來吧，還能根據天文現象算出對應的行星？？

副導按著耳麥連忙開口：『別急，最後兩個數字太難了，他們一定找不到，你們當初不是還吐槽我設定得太難了嗎？』

導演勉強點頭，還好後面的幾個數字難，不然碰到人形 bug 真的會瘋掉。

而別墅大廳內，其他幾人也沉默了一下，璟雯面無表情地看了秦修塵一眼：「孩子，現在學霸都是這樣的？」

秦修塵也有些茫然，也看了眼秦苒。

秦苒的語氣十分平靜，擰著眉往四周看了一眼，「繼續找吧，還有五個數字。」

接下來的十分鐘內，陸陸續續找到了一共四個數字。

導演組崩潰了。

「不會真的被他們找齊吧？」導演憂心忡忡。
副導演信誓旦旦，『放心，最後兩個數字，就算是神仙也解不出來！』
「你看這是什麼？」璟雯從一本厚厚的詞典裡找出一張紙，上面有點有橫線，她直接拿出來給秦苒看。
秦苒接過來看了一眼，「摩斯密碼。」
璟雯知道摩斯密碼，一聽這個，她激動地道，「這是不是一個數字？」
秦苒搖了搖頭，璟雯瞬間洩氣。
「不過……」秦苒看了看循環播放的小提琴曲，若有所思地開口，「應該是三。」
「三？」璟雯跟白天天的隊友、秦修塵等人再度圍過來，「這個三又是怎麼得到的？」
「這兩段小提琴曲，若用五線譜的數字來表示字母，第二首跟第一首重疊的數字按照圖形規劃是二五六，用十六進位來寫的話，正好是一百，對應妳的摩斯密碼表，是三。」
第二首跟第一首五線譜，重疊的數字部分是二五六……十六進位……
璟雯抬了抬頭，看著秦苒，「你們學霸，都……都學這些內容？」
秦苒一愣，為老師辯解：「不是，老師們上課不教這些亂七八糟的東西，我們老師都非常負責。」
亂七八糟？？
璟雯等人：「……」
導演組已經完全沉默了，一直很有自信的副導演也突然失去聲音。

另一邊，白天天用了十五分鐘，終於把六階魔術方塊還原了。六階魔術方塊算是比較難的高階魔術方塊，難度要比四階、五階高出不少，普通人沒背過公式，連四階都很難還原。

看到這一幕，璟雯表弟立刻走過來，驚嘆：「厲害！」

白天天終於吐出一口氣，脊背上已經冒出了一層冷汗。她把手中的一張小紙條打開，「這是我拼完後掉出來的紙條。」

她打開來一看，裡面是一個大寫的「H」，並不是數字。

什麼意思？

璟雯看了看這個「H」，腦子裡忽然蹦出一個可怕的想法，「……節目組該不會是要我們把魔術方塊拼出一個『H』吧？天天，妳會嗎？」

能還原六階魔術方塊，已經是常人很難做到的事了，更別說拼出「H」了。

白天天也搖頭，抿了抿唇，「抱歉……」

其他五個數字都找到了，就只剩下一個，一行人多多少少都有些洩氣，十分不甘心。

現在時間才過去一半，璟雯幾人不信邪地拿魔術方塊轉了一下，完全找不到方向。

一行人試完之後放下來，璟雯表弟去跟導演組理論。

秦苒看了眼魔術方塊，捏了捏手指，然後隨手拿過來。

「沒事，妳能把六階魔術方塊拼出來已經很好了，我連六階魔術方塊都不知道是什麼。」璟雯安慰了白天天一句，然後湊近鏡頭，「臭導演，我看你就是故意不想讓我們成功逃脫吧？」

導演組的聲音十分冷酷：「時間還有十分鐘，玩家可選擇放棄！」

秦修塵皺了皺眉，看著房間的設施。其他五個密碼基本上都是秦苒找到的，他實在不想放棄。

「臭導演……」璟雯表弟跟著璟雯一起在罵導演組。

這時候，身後傳來散漫的一句話：「最後一個數字是九。」

「妳怎麼知……」璟雯表弟一邊回頭一邊開口，話說到一半忽然頓住。

秦苒手上的魔術方塊已經每一面都拼出了「H」，她正坐在桌子上，腿微微晃著，手中還漫不經心地拿著一張小紙條，紙條上赫然寫著一個黑色的「九」。

這又是什麼情況？一波接一波的衝擊中，璟雯的大腦已經完全失去了思考。

她跟導演組說話之前還試過了魔術方塊，現在剛說完就拼好了？也就是說，在大家說話不到一分鐘的時間內，秦苒拼好了完整的「H」？

如果一開始秦苒就拼出六階魔術方塊，大家可能不會太震驚，可是……現在有白天天用十五分鐘還原魔術方塊在前，秦苒這一分鐘就……

秦苒一握手中的紙條，撐著桌子站起來，「現在我們可以出去了吧？」

她看其他人沒有動靜，就率先走到大門面前，對應顏色輸入數字。

「啪」地一聲，大門打開，外面陽光的光線照進來。

門後，白天天跟在秦修塵等人身後，把麥克風摘下來，小聲問璟雯表弟：「那個秦苒姊姊真的是秦影帝的侄女嗎？」

璟雯表弟也摘下麥克風，他看著前面秦苒的背影，神色十分複雜：「應該是節目組請來的素人，等過幾天小陵的腿好了，她應該就走了……」

他想了想，實在不知道秦修塵什麼時候多出了一個侄子跟侄女。

「這樣啊……」白天天看著秦苒的背影，眸色微沉。

她出道這麼久了，總是有人無緣無故地在幫她。她的經紀人說得對，她身上就是有一種莫名其妙的錦鯉體質。這次的實境節目，有影帝影后做陪，其中的影帝還是演藝圈的半邊江山，白天天做夢也沒想到自己會被節目組看中，她知道這個實境節目是個極佳的機會。然而……

她沒有想到，今天秦苒的出現打破了她一貫的「錦鯉體質」，她有預感，只要秦苒在，她就不可能在這個節目中出頭……

「導、導演，接下來的懲罰怎麼辦？」秦苒等人提前出來，完全打亂了節目組的安排。

導演按著耳機，問副導演：「他們絕對解不開？？」

副導咬著手指，誰知道今天劇組會忽然混進一個人形 bug？

導演冷酷地單方面切斷了與副導的連繫，然後抬頭，秦修塵一行六人從屋內走出來。

「導演，」秦修塵慢條斯理地走到最前方，腰背挺得很直，身形修長又好看，昳麗的臉上微微帶著笑意：「導演，接下來的安排是什麼？」

導演默默收回目光。

接下來的安排？節目組根本就沒想到你們能逃出這麼變態的小屋！接下來還有什麼安排！

想是這麼想，但他臉上卻是非常和藹、美麗的笑。

雖然秦苒的出現打亂了計畫，但這集節目如果剪輯得好，肯定會爆紅，尤其是秦苒、秦修塵和璟雯等人之間的互動，唯一就是……白天天這邊，金主爸爸不知道會不會滿意。

不過這已經不是導演該考慮的事，他只要保證節目組有看點就好。

「因為你們提前逃脫出小屋，我們節目組決定提前放你們回去，」導演端著和藹可親的語氣，「還有，為了表示獎勵，明天，你們也可以請兩位圈內的朋友做客。」

「明天？」秦修塵微微瞇眼。

時間太緊急，他圈內的朋友是不少，基本上都會給他面子，硬要找的話，肯定能找到兩個好友。

導演笑咪咪的，「是啊，秦影帝要請你的朋友嗎？」

「導演，」導演剛說完，人群裡一直沒說話的白天天忽然開口，「其實，這次我們能出來完全是靠秦苒姊姊，這個獎勵給她最合適。」說著，她朝秦苒那邊看了一眼，笑得溫和，「秦苒姊姊，妳有認識的圈內朋友嗎？如果有的話，可以讓他們過來。」

導演嘴邊一僵。聽完白天天的話，秦修塵的手也頓了頓，漠然地往她那邊看。

璟雯抿唇笑了笑，鏡頭下，她聲音淡然地秦苒解圍：「這種好事怎麼能讓小苒苒獨占？我跟秦影帝就義不容辭了！」

這個綜藝節目特別紅，有秦修塵在前，嘉賓也不能隨便亂請。秦苒是京大的大學霸，物以類聚，朋友大部分都是學霸，到時候真的上節目不知道會有什麼效果，而且……嘉賓不神祕也沒有看點，導演跟節目組肯定不希望這樣的事情發生。

白天天笑了一下，意識到璟雯在幫秦苒，就垂下眼眸，乖巧地不說話了。

導演鬆了一口氣，連忙看向秦修塵跟璟雯：「秦影帝、璟影后……」

作為導演，他肯定希望這兩位請嘉賓，尤其是秦修塵，他請的人通常都是圈子裡有影響力的。

秦修塵收回目光，他從經紀人那裡拿來一個保溫杯，遞給秦苒，慢悠悠地開口：「可以。」

這兩人都答應了，導演欣喜，剛想說收工時，本來坐在劇組小椅子上的秦苒，手指撐著下巴，懶洋洋地看著山那邊。

她接過秦修塵遞來的保溫杯，忽然抬頭問導演：「等等，我可以請自己的朋友？」

導演一愣，這 bug 又想做什麼？他可以說不！可！以！嗎！

眾多攝影機下，導演僵著一張臉：「這是妳的獎勵，當然可以。」

山頂別墅的密室逃脫任務中，六個密碼幾乎都是秦苒找到的，一個人獨領風騷，其他人最多就是幫她遞張面紙，幹點體力活。在鏡頭前，她要自己的獎勵，導演找不到拒絕的理由……

他只是小心翼翼地看了秦苒一眼，「秦同學，妳是要請自己的朋友嗎？」

秦苒轉開保溫杯的蓋子，看了看裡面的七片茶葉，喝了一口，眼眸稍瞇，朝人群看了一眼才慢吞吞地開口：「是啊。」

「請、請幾個？」導演心裡盤算著，請一個的話，他還能讓秦修塵再補一個。

「兩個吧。」秦苒將保溫杯的蓋子蓋上。

「什麼朋友？同學？」導演繼續問。

秦苒從小椅子上站起來，瞇著眼，回：「就兩個普通的朋友吧？」

導演「啊」了一聲，憂心忡忡地收了工。

身後，白天天看著秦苒的背影，差點笑出聲。這個秦苒是情商太低嗎？難道看不出來導演很明顯不想讓她請朋友？這一段播出去，秦影帝的粉絲肯定會罵死秦苒。

白天天收回目光，沒有再看秦苒，回到自己的車上。
一行人收拾好東西，回到山腳的飯店也已經下午四點了。
導演走到工作間，看今天錄的畫面。
副導這個時候才問他，「你真的讓秦影帝的侄女請她朋友過來？」
「她是京大的，朋友應該都是學霸，看點也不是沒有……」導演坐在椅子上。
副導看他一眼，「萬一她又請兩個 bug 來怎麼辦？？」
導演：「……」
他現在有點怕京大的學霸了，甚至對「京大」兩個字產生了陰影。
現在京大的學霸都是這樣的嗎？
「也不一定，她是秦影帝的侄女。」導演想了想，又開口，「秦影帝對他侄女可能算是沒智商，不代表他對她朋友沒有想法。我覺得，他應該是想把自己的人脈介紹給他侄女。」
他沉吟了一下，「晚上我去問問秦影帝的經紀人吧。」
另一邊，秦修塵回到房間。秦陵已經寫完了今天的考卷，坐在電腦前玩遊戲，秦修塵則拿衣服進浴室洗澡。
經紀人拿著一個本子從外面進來，他先檢查了一下秦陵今天寫的考卷，基本上都是結果，稿紙上沒有計算過程，就語重心長地說：「抄答案了？抄答案不好，學學你姊姊。」
秦陵看了他一眼，然後不緊不慢地戴上耳機。

經紀人：「……」臭屁孩！

他無聊地坐到秦陵身邊看他玩遊戲。兩分鐘後，他默默走開，坐到秦陵對面低頭玩手機。

直到秦修塵洗完澡出來，經紀人才站起來，把本子翻開，「這是我在圈內找到你可以請的朋友，都是值得信任的，也鎮得住場面。」

秦修塵這十幾年來在演藝圈打拚，外界都傳言他是靠秦家的，只有他自己知道，他一點一滴積累的都是自己的人脈。

經紀人翻開本子，上面列了二十個能在明天抽空來撐場的人，都是圈子裡有名的大人物。

秦苒不是圈子裡的人，秦修塵早就盤算好了，回來後，打算以秦苒的名義請兩個圈內的朋友。

「這兩個可以，跟你侄女的年紀也符合。」經紀人在名單上圈了兩個有實力的演員。

這些都是跟秦修塵拍過電影的後輩，流量沒有那麼高，但在圈子裡，口碑和人氣都可圈可點。

秦修塵接過來一看，眉頭皺了皺，雖然他想請兩個資歷更老一點的，但年紀實在不適合。

「走吧。」他拿著這個列好的名單出門去敲秦苒的門，讓她自己選順眼的。

屋內，秦苒也剛洗完澡，桌子上還擺了個便當盒。

白天她沒穿睡袍，穿了件毛茸茸的白色家居服，打開門讓秦修塵跟經紀人進來。

秦修塵看了她一眼。秦苒的眉眼一向冷豔，他也沒見過她穿這種毛茸茸、看起來很可愛的衣服，格外有反差萌，有點想揉她的腦袋，不過不敢動手，只能遺憾地想想。

她的房間比較窄，秦修塵在椅子上坐好，才把名單放在桌上，說明了來意：「妳看看這上面有沒有妳想見的人。」

秦苒沒想到秦修塵是來做這件事的。

她看著整理好的二十個名單，在這麼短時間內，應該花了不少心思。她眉梢動了動，半晌才笑著往椅背上靠，眸色清朗：「不用，我馬上連繫我的兩個朋友。」

她馬上連繫自己的兩個朋友？經紀人本來在看名單，聽到秦苒的這句話，一頓。

她說要請朋友來原來不是假的，也不是說笑的，而是認真的？

「我斗膽問一下，妳請的兩個朋友是圈內人嗎？」經紀人知道秦苒的一些情況，她應該不認識圈內人，莫非要請兩個狀元學霸來？

秦苒翹著二郎腿，手放在桌子上，聽到經紀人的問題，她眉稍微抬，言簡意賅：「當然。」

經紀人看著秦苒的臉，不太相信。

他遲疑地問：「妳那兩個朋友是誰……」

「好了，」秦修塵坐在一旁，不悅地看了經紀人一眼，眸色溫和地看著秦苒道：「妳要請兩個朋友來玩也可以，他們明天能趕到嗎？需要我幫什麼忙？」

秦苒用指尖敲著桌子，眉眼間全是懶散，語氣卻很篤定，「能。」

「那就好，」秦修塵微微頷首，他把桌上的名單收起來，「我先回去看小陵的作業。」身側的經紀人看著秦修塵欲言又止，但被秦修塵的目光一看，又瞬間收回。

兩人跟秦苒打了一個招呼就離開，從頭到尾跟秦苒說話的時間不超過十分鐘。

門關上，經紀人看著秦苒的房門，然後抬手指著秦修塵手裡的名單，壓低聲音：「這名單怎麼辦？你侄女要請自己的朋友來。她不懂，但你應該知道圈子裡的規矩，節目不知道會怎麼剪輯，但不管怎麼剪輯，到時候播出來，她不管請到誰都會被罵。」經紀人看著秦修塵。

聽秦苒說那是圈內的朋友，但經紀人真的覺得……秦苒不認識什麼圈內朋友。

秦修塵一邊點頭一邊拿著鑰匙，淡定地打開房門，「我知道，你不用再重複。」

經紀人看了秦修塵一眼，發現跟他說什麼都是白說，直接進去坐到秦陵對面，「小陵？」

秦陵伸手取下一邊耳機，挑眉看他，「說。」

經紀人：「……」他頓了一下才湊過去詢問，「你知不知道……你姊姊她有什麼朋友？」

「姊姊的朋友？」秦陵按著鍵盤，收回目光，漫不經心地開口，「很多啊。」

「比如呢？有沒有明星、藝人朋友？」經紀人手放在桌子上問。

「顧哥哥、陸哥哥、明月姊、封叔叔……」秦陵記性好，想也沒想就說出了一大串。

秦修塵坐在一旁，靠著椅背，饒有興致地聽著。秦陵很少說秦苒的事情，他好奇地看著秦陵，詢問：「都是她同學？」

他原以為秦苒這種個性，很難交到朋友。

經紀人把秦修塵放在桌上的名單拿過來，一邊撕碎一邊聽著。

這名單上寫了名字跟私人連繫方式，要是被工作人員撿到，那些人的電話會被透露出去。

「顧哥哥是醫生，就是送我石頭的那個；陸哥哥是校醫……明月姊是姊姊的好朋友，也是京大的……」提起這個，秦陵也有了精神，他娓娓道來，一雙漆黑的眼睛很亮。

秦修塵聽得很認真，但經紀人聽了幾個，也沒聽出秦苒有什麼圈內朋友。

他為自己倒了一杯水，喝了一口，等秦陵說完，也沒聽到秦陵提到一個圈內的朋友。

什麼顧哥哥、陸哥哥的，經紀人聽都不想聽，他十分心累地站起來，「修塵，你們聊，我先走了。」

秦修塵正在跟秦陵說話，隨意朝他擺了擺手，連頭也沒回，至於秦陵……更加冷酷。

經紀人拖著沉重的步伐走到自己二樓的房間，剛到走廊門口，就看到導演在門旁等著。

「我敲過門，發現你不在，就多等了一會。」導演看了他一眼，發現經紀人的神色格外凝重，不由得一頓，「怎麼了？」

經紀人跟導演很熟，經紀人就搖頭，拿鑰匙打開房門，「進來再說。」

「你剛剛是去秦影帝那裡了？」導演坐到桌邊，抬眸詢問。

經紀人點頭。

導演略微思索了一下，眼前一亮，「秦影帝幫忙找人了？」

秦修塵圈子裡的人脈廣，朋友多，出手幫秦苒找兩個人是簡簡單單。

「秦影帝確實想插手，」經紀人看了導演一眼，十分疲憊地開口，「但他侄女執意要請朋友。」

導演：「……」

「我猜不是什麼圈內人。」經紀人想了想，提前打了預防針，「應該是醫生跟京大的學霸，明天的綜藝行程你準備好。」

導演：「……」

醫生？他們這檔節目竟然還要來一個醫生？恐怕是這麼多季來，第一次這麼奇葩吧……

經紀人跟導演相視一眼，尤其是導演……他就知道秦苒會亂來！果然不出所料！這個 bug！

此時，秦苒繼續把頭髮擦乾，打開便當盒，拿出裡面的飯跟菜後，一邊吃著一邊打開手機，滑了滑，先是點開田瀟瀟的大頭貼，慢吞吞地傳了一行字過去。

『有時間？』

另一邊，田瀟瀟好不容易拿到一個小配角，奈何現場的女主角一直在耍大牌拖戲，她的戲分本來是昨天晚上，硬是拖到了今天下午，將近二十四個小時。

「導演，我的戲分……」她演的是小配角，而戲裡是夏季，她一直穿著小配角的衣服，外面套著一件大衣，走到導演身邊。

導演正在為一直卡戲的女主角講戲，這個女主角有後臺、有金主，他不能罵人，因此看到田瀟瀟過來，他劈頭蓋臉就罵了一句，「主角的戲分還沒結束妳急什麼，沒看到我正在忙嗎！」

田瀟瀟咬了咬牙，想了想經紀人溫姊的囑咐，沒嗆回去，坐到一旁滑手機。

正好看到秦苒的訊息，她吸吸鼻子，回了個「有」。

剛回覆，一個通話就彈了出來。

「苒苒？」田瀟瀟走到門外，蹲在劇組的門框上，頭微微垂下。

這邊的秦苒開著擴音，伸手拿著筷子，『妳明天有沒有時間？』

「明天？」田瀟瀟撐著下巴看向前面。

『嗯，有時間就來重慶玩。』秦苒起身倒了一杯水，頓了頓，又加一句，『很好玩。』

田瀟瀟轉身看了看劇組，自己的戲分又被延後了，幾個主角的戲被提前。

這還是秦苒第一次找自己，田瀟瀟抿唇，也沒想太多：「好，我明天去找妳。」

她掛斷電話，又去更衣間換上自己的衣服，去找劇組導演。

劇組導演正叼著菸，不耐煩地看著她，「怎麼又是妳？我都說了妳的戲分還在後面……」

「不是，」田瀟瀟攏了攏自己的大衣，「我想請假。」

最近太壓抑，田瀟瀟也想找秦苒玩玩，順便吐槽。

「請假？我看妳是不想演了。」導演上下瞥了她一眼，抖抖菸灰，「這個角色很多人搶。」

田瀟瀟點點頭，「那就不演了。」

這個小配角本來就沒簽合約，跟跑龍套沒什麼區別，就是演完拿錢，田瀟瀟走得很瀟灑。

身後，場務看了導演一眼，「這個小配角長得有特色，很有潛力……」

「那有什麼用？」導演不太在意，劇組又不用靠新人吸引人氣，她又不是流量明星，能自帶流量，「這種人分不清輕重，在圈子裡連這點委屈都受不了，絕對不會紅。」

今天要是一個流量新人，導演絕對不會讓她走，但田瀟瀟連個合約約束都沒有，可見他有多不把這個人放在心上。

這一邊，秦苒把位置傳給田瀟瀟，然後關掉微信，翻出另一個電話號碼。

這個她就隨意了，也不管對方在做什麼，直接撥過去。

與此同時，重慶的另一邊，言昔正有氣無力地靠在躺椅上，漂亮的眉宇擰起：「機票買好了沒？」

汪老大點頭，「買了，過一會我們就能回京城。」

「嗯。」言昔點點頭，他閉眼。

「重慶的取景不錯，下次……」汪老大看他一眼。

言昔連眼睛也沒睜，「沒有下次，我連一天都待不下去！」

來重慶一個星期，他水土不服了五天……

桌子上的電話響起，汪老大拿起來看了一眼，精神一振。

「言昔，快起來接電話！」汪老大看向言昔。

言昔用手遮住眼睛，沒什麼精神地開口：「不接。」

汪老大也不管他，直接按下接聽，小心翼翼地往旁邊走兩步，把手機恭敬地放到耳邊，語氣放低兩度：「大神？」

本來漫不經心、昏昏欲睡的言昔猛地坐起來，睜開眼睛，嗓音清冷，「誰！」

汪老大看著他，也不說話，直接把手機轉過來對準言昔。

螢幕上明明晃晃的兩個字：江山。

言昔看了汪老大一眼，連忙接過電話，站起來往窗邊走，壓低了聲音：「大神？」

秦苒依舊開著擴音，電話接通就隨意把手機放在桌上，拿起杯子喝了一口水，就開始吃飯，語氣漫不經心：『怎麼這麼久？』

「剛剛在廁所。」言昔面不改色。

秦苒不太在意地回應著，一根菜吃完才不緊不慢地開口，『還在重慶？』

「在，」言昔抬眸看向窗外，「怎麼了？」

『很好，我也在這裡，剛好有個實境節目。』秦苒翹著二郎腿，挑著眉開口，『要請個嘉賓，你有時間過來嗎？』

言昔薄唇微抿，一雙漆黑清冷的眼眸中略顯震驚，有些懷疑自己聽錯了，「妳……在錄實境節目？」

秦苒就「嗯」了一聲。

雖然沒見過幾次面，但言昔跟秦苒確實認識好幾年了。他震驚之後，也馬上反應過來，語氣沉穩：「幾個月？」

秦苒一愣：『幾個月？』

言昔理所當然地回：「妳簽了幾個月？一起簽。」

秦苒：『……』

她拿著手機，把位置傳過去，『就兩天，嘉賓，我也沒幾天。』

言昔有些遺憾，「那好吧。」

兩人掛斷電話，言昔回頭，汪老大正拉著行李箱，似乎在收拾東西。

言昔將手機收起，淺色的眼眸微斂，「你幹嘛？」

「收拾東西，」汪老大抬手看了一下手機上的時間，「飛機還有一小時五十分鐘，你說你一秒鐘都待不下去，我們就早點出發。」

言昔：「……」

他不信汪老大沒聽到他跟大神的對話，這個人絕對是故意的……

外面，年輕的小助理敲門進來，探頭看到汪老大已經在收行李了，「汪老大，車已經在飯店樓下了，什麼時候出發去機場？」

言昔面無表情地看他一眼，汪老大則把行李箱放到一旁，嗤笑：「退票吧。」

「退票？」小助理撓撓頭髮，「你確定？言哥水土不服，一天都待不了。」

汪老大拿著手機出去，低頭看著手機上言昔傳來的地址，查詢路線。接著頭也沒抬，語氣挺淡地說：「他服他爸爸。」

*

山城這邊，秦苒已經吃完飯了。她把吃剩的碗筷裝起來，也沒立刻離開，靠著椅背，又在微信裡滑到江東葉的大頭貼，傳了一句話：『在捧白天天？』

江東葉回得很快：『白天天？』

『那就好。』看來不是認真的捧。

這句話沒有表情，看不出秦苒的語氣，但坐在辦公椅上的江東葉有些坐不住了，找來祕書詢問情況。

祕書一愣，「是您上次問我白天天，下面的人以為你想栽培她，還為她挖了個大資源……」

「把策畫書給我。」江東葉心裡隱隱有種不好的感覺。

祕書又匆匆忙忙找來一份檔案，遞給江東葉。

江東葉伸手翻了翻，裡面有實境節目的詳細內容、人設計畫，正是在重慶。看到這些，江東葉瞬間就想起上午程雋找他的事……所以說秦苒跟程雋都在重慶？還在實境節目現場？

江東葉坐回椅子上，心裡總覺得有點不安，他看了祕書一眼，「什麼時候能空出行程去重慶一趟？」

祕書一愣，伸手推了一下眼鏡，掏出行程記錄翻著，「兩天後。」

「好，」江東葉微微頷首，指尖敲著桌子：「安排一下，兩天後去。」

＊

京城機場內，田瀟瀟只帶了個背包，輕裝上陣。她站在自助機器旁看著上面的航班，撥了通電話給秦苒：「苒苒，沒今天的機票了，我趕過去可能會晚點，妳自己先玩……」

現在已經五點多，正好又是星期天，去重慶的兩班晚上航班都沒票了。

秦苒等頭髮乾了就把便當盒裝好，拿著鑰匙開門出去。

她換了件米色的寬鬆毛衣，底下是黑色緊身褲，沒戴帽子，眉眼又清又冷，聽完田瀟瀟的話只問：『溫姊會來嗎？』

「會，她最近也沒什麼事，房子也沒找到。」田瀟瀟的目光在周圍掃了掃，找了個自助販賣機，投入十塊錢拿了瓶礦泉水。

『了解。』秦苒手上拎著便當盒，走在青石板路上，『妳在機場稍微等一會，十分鐘後連繫妳。』

秦苒掛斷電話，又往前走了五分鐘，終於到了路口的小房子。

門是半掩著的，秦苒一進去就看到站在院子裡的程木。

「秦小姐？妳今天這麼早結束？」程木過來，立刻接過了她手裡的便當盒，然後伸手關上院子裡的門，朝樓上喊：「雋爺，秦小姐來了。」

聲音很大，連閣樓書房內也能聽到。

程雋看了面前的一行人幾眼，慢條斯理地捲了捲袖子，指尖攏著袖口：「那就明天出發去京城。」

這群人都是程家在重慶的管事堂主。看到程雋這麼散漫地決定完，為首穿著黑色西裝的中年男人不由得開口：「三少，我們勢力人多，根本就轉不過來，一天時間不夠，關係還沒疏通……」

中年男人一邊說一邊遞上一份人數和資源的資料。

程雋隨手接過來，伸手翻了翻，大概就一兩分鐘的時間，「夠了，能轉過來。」

他闔上文件，眉眼懶散淡漠，又漫不經意地把文件闔上，隨手扔到桌子上：「三天後，早上七點去重慶千鴻機場。」

「三少，」中年男人捏著雙手，青筋暴起，但還是耐心地提醒，「重慶並不是程家管理的範圍，航空更不是。資源跟人數轉移也要經過航空的檢查，疏通各路關係，要是真的這麼簡單就能離開，我們也不會請老爺派人過來……」

程家在重慶的勢力不弱，程老爺要程雋過來，就是要他收復這邊的勢力。這其中有各種關卡要疏通，程家本家不派一個能鎮住場面的人來，根本鎮不住。

程雋看向窗外，似乎看到了人影，眼眸下意識地抬起，嘴邊掛著懶散的笑：「知道，所有人馬在機場集合好就好。」

懶得跟這群人多說，直接下樓，也沒提疏通關卡的事。

他離開書房之後，房內幾人面面相覷。

「二堂主，」剩下的幾人看著中年男人，擔憂地開口，「之前聽到京城那些關於三少的傳言時我不信，今天一看……過幾天，我們怎麼辦？」

真的要大動干戈地把所有東西運到機場？到時候別說到機場了，祕密通話頻道什麼都沒有，程雋什麼都不管，二堂主能想像到，到時候恐怕還沒到機場，東西就會被航空局扣下來了。

程家在國內說一不二……但在航空這邊，還真的得罪不起。

二堂主揉著眉心，他也是第一次見到程雋。現在程老爺要退休，到了該選邊站的時候……

他站在書房沉吟了一下，把這件事含糊地回報給還在京城的程饒瀚。

「回去開始準備吧，在三天內把東西全運到機場。」二堂主把桌子上的文件收起來，目光看向窗外。

「全運到機場？您不疏通關卡了？」手下臉色大變，從椅子上站起來，不太贊同：「到時候被扣押，老爺那裡說不過去。」

二堂主沒有說話。

傳言老爺最喜歡三子，若是三子一意孤行，犯下大錯……他嘆了一口氣。該勸的，他都勸了，不鬧出一件大事，他怕以後程家真的會落在三少手中……

樓下，程雋沒直接下樓，而是到自己的書房拿出一個黑色的背包，是秦苒的。

拿好背包，他才去院子裡的石桌旁，把秦苒的背包隨手放在桌上。

秦苒手上正端著一杯茶，一邊喝一邊拉開背包的拉鍊，「這麼快就到了？顧西遲不是說還要幾天嗎？」

這裡面是她的電腦，還有顧西遲的藥，那大部分都是給秦陵的。

在一旁站木樁的程木不敢跟秦苒說，程雋昨天晚上威脅了顧西遲，揚言動作不快點就要炸了他的研究室，然後藥在今天下午就到了……

程雋伸手幫自己倒了一杯茶，白皙的手指捏著茶杯：「還行，我師弟速度一向很快。」

秦苒把拉鍊拉上，手指撐著下巴：「今天從京城飛到重慶的航班還有嗎？」

「沒有。」程雋看她一眼。

「喂，」秦苒手撐著下巴，纖長的眼睫微微顫動，看著他，放低聲音：「真的沒有？」

程雋輕哼一聲，「可能十分鐘後就有了吧。」

*

京城機場——

田瀟瀟戴著耳機看電影，背後被人拍了一下，嚇得手機差點掉下來。

回頭一看，正是溫姊。

「又在看秦影帝的電影，我說妳……」溫姊看了她的手機一眼。

田瀟瀟頭痛地收起來手機，然後揮揮手：「好好好，我知道了，不要死亡三連問了，姊！」

「讓我去重慶幹嘛？」溫姊也只帶了一個背包，一看航班資訊，「晚上飛不了，回去吧，明天再說。」

田瀟瀟看了看手機，秦苒的訊息剛好傳來，看到內容，她一愣：「苒苒說能飛，她好像還幫我們買了票？」

「我來的時候就查過了，沒有航……」溫姊不信邪地拿出手機一看，一句話還沒說完就頓住，因為還真的多了一個八點半的航班。

至於她跟田瀟瀟的票，溫姊以為田瀟瀟把兩人的資料傳給了秦苒，所以沒注意，就領了登機證，兩人不用托運行李，過了安檢就直接去登機口。

偌大的機艙中只有寥寥幾人，有種包機的詭異感。

起飛後，溫姊才問：「妳去重慶是要找妳那個朋友秦苒？」

「嗯。」田瀟瀟隨手取出雜誌，也沒抬頭。

溫姊點點頭，她最近手頭上也只有田瀟瀟一個藝人，她戴上眼罩：「那個小配角拍得怎麼樣？導演有沒有找妳約下一部網路劇？」她問起了工作。

田瀟瀟說得很隨意，「沒演。」

「什麼！」溫姊猛地拉下眼罩，用「妳瘋了」的眼神看著田瀟瀟，「妳不會為了去重慶玩而放劇組鴿子吧？」

田瀟瀟抬眸，看溫姊一眼，「淡定，那個導演，我早就想炒了他，一直拖我的戲。」

「這種事是新人經常會遇到的，忍一忍。」溫姊淡定不了，意識到機內不只兩人，還有空服員，她壓低了聲音，「妳到底在想什麼？還想不想在演藝圈混？」

她也是真的關心田瀟瀟。

田瀟瀟手撐著小桌子，有些迷茫，「看情況吧。」

「算了，妳這個萬年衰鬼。」溫姊看她這樣，也不忍心說她了，「心態不好，正好跟妳朋友一起在重慶好好放鬆，調整一下。」

兩人到現在，一直都以為是要去秦苒那裡玩。

兩人坎坎坷坷地下了飛機後，轉了兩趟車，一路上昏昏睡睡，早上六點才到山城。

這個時候，山城也沒什麼燈，天也微微濛亮。

溫姊看著略顯破敗的山城，面無表情地看了田瀟瀟一眼，遲疑地開口，「確定有風景區？」

田瀟瀟沒有什麼想法，捏了捏發痠的肩膀，「這裡怎麼了？自然風景很好啊，開心點。」

「一想到妳推了小配角，就完全開心不起來。」溫姊沒好氣地開口。

田瀟瀟按著秦苒的定位，停在旅館下面。兩人進去後，田瀟瀟打給秦苒。

溫姊找看門大叔訂房間，才被告知飯店已經被人包下來了。

「瀟瀟，我覺得有什麼地方不對勁……」溫姊遲疑地看著這間飯店。
她正說著，秦苒就披著大衣從樓上下來。
看門大叔認識秦苒，見到秦苒帶兩人上樓也沒說什麼，放任兩人進去，等三人上樓之後，他想了想，還是通知了導演。

樓上，秦苒房間——
「妳們只帶了這些過來？」秦苒翻了翻田瀟瀟的包包。
田瀟瀟直接大字型地躺在秦苒床上，「又不是來拍戲的，不用帶那麼多東西。」
今天的拍攝依舊是七點開始，秦苒看了看時間，六點一十分，她去浴室換了件衣服，然後又打開自己的衣櫃，「妳去找找妳能穿哪件衣服。」
田瀟瀟躺在床上不想起來，雙手交疊在下巴下：「我們現在就出去玩？還早吧，鎮上都沒什麼人，睡個回籠覺再起來？」
秦苒換好衣服，手指勾著衣領，聞言只瞥了一眼，冷冷清清的兩個字：「去換。」
一起相處了一個多月，田瀟瀟知道，她再說，秦苒就該不耐煩了。
她摸摸鼻子，站起來去秦苒的衣櫃挑衣服。
「妳們稍微等等，」秦苒看了看手機，「我下去拿早飯。」
看著滿櫃L家的衣服，田瀟瀟默默說了一句「土豪」，然後伸手翻著。
她的身材跟秦苒差不了多少，只是風格不一樣，秦苒基本上是運動風，田瀟瀟就隨手在裡面拿出一件藍色毛衣，吊牌還在，看起來秦苒沒穿過。

田瀟瀟乖乖去浴室換衣服，溫姊坐在椅子上喝水，詫異地翹著二郎腿，「真聽話啊。」

她說著，外面響起了敲門聲。

溫姊放下茶杯，走過去開門：「秦苒，妳忘記帶錢了？」

她想也沒想就拉開房間的門。

門外，站著一道修長的身影，背著光，但依然能看清他的臉。白皙的手指還抬著，呈現敲門的狀態，一身風流韻致。

那人精緻的眉眼一頓，隨後蘊著一絲禮貌的笑，「妳就是苒苒的朋友吧？」

溫姊沒動靜，她似乎僵硬著，然後做了個十分傻的動作，「砰」地一下把門關上，然後又打開。

挺拔俊秀的身影還在，細緻的眉眼依舊溫和又有禮貌地看著她。

屋內，田瀟瀟換好衣服出來，隨意開口：「溫姊，是苒苒嗎？」

這道聲音終於讓溫姊反應過來。她茫然地開口，聽見自己的聲音在天上飄，又輕又小：「秦秦秦……」

「妳好。」秦修塵漆黑的眸子略深。

溫姊反應過來，立刻側身讓秦修塵進去。

田瀟瀟一點也不見外地幫自己倒了杯水，拉開椅子坐下，大咧咧地轉頭朝門口看過去：「苒苒，妳買早餐這麼快……快……快的嗎……」

三個人杵在門口。

秦苒在樓下拿早餐，很快就提著早餐袋進來。

「我剛準備跟你說，你就來了。」看到秦修塵，她半點都不驚訝，只是進門，把袋子隨手放到桌子上。

她朝田瀟瀟抬了抬下巴，站直：「田瀟瀟，我朋友，那是溫姊，她的經紀人。」

秦修塵拿出十足的耐心跟禮儀，一一打招呼。

「這位……」秦苒轉向秦修塵，摸了摸下巴，停頓了三秒。

秦修塵腰背挺直，眉眼疏淡，微微笑著。

秦苒想想，伸手跟田瀟瀟介紹，「我叔叔，秦影帝，妳可以叫他秦叔叔。」

秦修塵咳了一聲，努力維持著影帝的模樣，十分和藹地對田瀟瀟開口，「田瀟瀟是吧？妳有微博是嗎？來，我們互關一下……」

這是秦苒第一次正面向她朋友承認自己是她叔叔，秦影帝也有點得意。

田瀟瀟全程僵硬。

介紹完，秦苒才想起一件事。她打開袋子，從裡面拿出一份早餐遞給秦修塵，「你有化妝師嗎？她們什麼都沒帶。」

秦苒不太會化妝，也沒耐心。主要是她不混演藝圈，對形象也不在意，但田瀟瀟不一樣。

「有，」秦修塵接過早餐袋，指尖修長，嗓音溫和，「吃完飯直接去二樓三〇一，我帶妳們去，儘量早一點，節目七點半開始。」

「好。」秦苒笑了笑。

秦修塵看著她，一頓，想起另外一件事：「妳還有一個朋友……」

「他要晚一點。」秦苒拿出袋子裡的食物，說起這個人就漫不經心了，「不用管他，直接去約定地點等就好了。」

看秦苒這麼隨意，秦修塵就沒多問。兩人說了幾句，秦修塵就回自己房間做準備，並關上房門。

秦修塵的房間裡，經紀人拿著本子進來，看著哼著歌的秦修塵，忍不住問秦陵：「你叔叔今天也瘋了嗎？」

秦陵默默拿起一塊麵包：「不知道。」

這邊，秦苒房間裡的兩人還沒反應過來，僵在原地。

秦修塵是演藝圈的半邊天，好幾年前就國際大獎拿不停，演藝圈往前數二十年，也只有他能達到這個成就，演藝圈多數的演員都是以「跟秦影帝一起演戲」為目標。

田瀟瀟這個衰鬼，從沒見過秦修塵本人，只在電影、電視上見過他。

「溫姊……剛、剛剛我是不是見到……秦影帝了？」她手扶著桌子，低頭看手機上秦修塵的帳號，「還互關？」

溫姊作為經紀人，年紀比田瀟瀟大，心性也比田瀟瀟穩定，此時卻也難免不安定，「好像是的。」

秦苒拉開椅子坐下，拿出一盒豆漿，插上吸管，遞給田瀟瀟，有種不羈的隨性：「冷靜一下。」

田瀟瀟坐下來喝了一口，沒冷靜下來：「苒苒，秦影帝變成秦叔叔了？」

「嗯，」秦苒也喝了口豆漿，笑得懶散，又慢條斯理地拿出點心，咬了一口，「待會妳還要跟他一起錄個實境節目。」

「還要跟秦影帝一起錄節目！」田瀟瀟的身體矮了一截，頭暈眼花。

「還有璟雯姊。」秦苒不緊不慢地，又扔出一個炸彈。

田瀟瀟跟溫姊徹底沒了聲音。

秦苒吃完一塊點心，手撐著下巴看她一眼，「怎麼這個表情，不開心？」

田瀟瀟用一臉要哭的表情看著秦苒。

開心？不……她現在是已經被嚇死了好嗎！！

七點二十分，田瀟瀟從化妝間出來，因為今天在戶外，化妝師只幫她化了防水的淡妝。

「溫姊，我今天還是衰鬼嗎？」田瀟瀟看著在樓梯口等自己的秦苒跟秦影帝，幽幽開口。

溫姊「啊」了一聲，她的心還是瘋狂跳著。她抓著田瀟瀟的手腕：「不，妳可能是全球歐皇的祖宗，這狗屎運都能被妳踩到……」

能跟秦影帝、璟影后一起拍綜藝節目，尤其是，秦影帝變成了秦叔叔……

溫姊想到最後，用一種不知道該怎麼形容的目光看田瀟瀟一眼，「我怎麼就有沒秦苒那樣的朋友？」

「苒苒她……」

「不，」溫姊抓著田瀟瀟的手，「從今天開始，她就是妳爸爸！」

田瀟瀟：「……」

樓梯口，攝影機也準備好了，今天的拍攝行程開始。

秦修塵對田瀟瀟表現出長輩的態度，十分友好，而璟雯知道田瀟瀟是秦苒的朋友，也熱情地打招呼。詢問過田瀟瀟的基本資訊，又問她哪個學校、一些興趣愛好什麼的。

田瀟瀟一愣，現在實境節目都問這個嗎？不過好在她履歷也很好看，一一回答，導演組跟璟雯等人都鬆了一口氣，不是京大學霸就好。

「終於來了一個正常人。」導演搜了搜田瀟瀟的資料，眼前也一亮，「這新人底子不錯，長相也有特色，秦影帝看起來十分看好她，有秦影帝提拔她，要不紅都難。」

導演繼續往下翻資料，看到其中某行字，很驚訝：「還是個十分厲害的小提琴手，已經到了演奏級的水準，這個演員有實力、有長相，節目可以稍微改動一下……」

雖然有秦苒在，節目組裡所有女演員的樣貌都大打折扣，但田瀟瀟還是有看點的。

導演組十分滿意。秦苒請來的雖然不是什麼大人物，但也不是京大學霸，還是圈內人，看她在鏡頭下的表演，綜藝感非常不錯，秦影帝也有提拔的意思，想必播完節目，田瀟瀟肯定能紅。

一個節目帶紅一個人，對節目的好處也不少，雙利。

「秦影帝的侄女還有一個朋友沒來？」導演問了工作人員一句。

工作人員已經打聽好了，「應該是七點半直接到節目現場，好像是個男的。」

「好，」導演點頭，跟著攝影師一起出去，「綜藝流程稍稍改動一下。」

有了田瀟瀟，下一個秦苒要請什麼人，節目組已經不在意了，畢竟田瀟瀟有些看點，這個演奏級的小提琴手是個噱頭，演藝圈裡還真的找不到這麼厲害的。

另一邊，秦苒等人已經到了拍攝地點。

田瀟瀟一開始也放不開，不過秦修塵跟璟雯都十分隨和，幾分鐘後她就習慣了。

今天的拍攝地點不在山上，而是在古鎮的三個街道，街道已經被清空，清出了很多拍攝地點。四個人到的時候，白天天跟璟雯表弟三人早就在這裡等了。

「聽說秦苒姊姊請的朋友已經到了，不知道是誰？」白天天看著盡頭。

璟雯表弟等人也很好奇。

盡頭處，秦修塵、璟雯一行四人走過來，白天天下意識地掛上了微笑。目光一一掠過秦修塵等人，最後停在田瀟瀟身上，白天天嘴邊的笑容微微一凝——怎麼是她？

白天天擰眉，不過心底也鬆了一口氣，田瀟瀟確實是個藝人，卻是十八線以後的藝人。

秦影帝肯定不認識田瀟瀟，也代表他沒幫秦苒請什麼朋友。

一行四人到達。快七點半了，璟雯看了看時間，笑著坐在一旁的門框上，「小苒苒，妳另外一個朋友是不是遲到了？得罰他。」

秦苒找導演組要來手機看了一眼，語氣淡漠，「他繞了點路……喔，已經到了。」

言昔回覆，他已經到了小鎮。秦苒隨手把位置傳給對方，就把手機丟給了導演。

現在鏡頭還在，導演收起她的手機。

璟雯還在圍觀放在一個木桌上的任務卡，看到秦苒回來，就往路的盡頭看去，隨意問了一句，「妳另一個朋友是做什麼的？」

「歌手。」秦苒目光也落在路的盡頭。

白天天等人不好奇，一直在圍觀桌子後面的老宅院。

實境節目在拍攝期間完全保密，除了碰巧來這裡遊玩的粉絲，沒有其他人知道地點。

盡頭處出現了三道人影，璟雯、田瀟瀟和關心秦苒朋友的秦修塵朝路的盡頭看去。

節目組沒有移開攝影機，都在拍秦修塵跟璟雯的反應，要不然就是拍白天天那群人，導演組也不關心秦苒請來的另外一個朋友。

「說不定我曾無意中聽過妳朋友的歌。」璟雯靠在後面的桌子上笑道。

秦苒揚眉，漫不經心：「可能吧。」

璟雯說這句話的時候，已經能看清三人的身形了，那三人不緊不慢地邁著步伐走過來，最後一個人似乎還戴著口罩。

白天天隨意往後看了一眼，忽然笑了笑，「還戴著口罩，看來是個來頭很大的明星啊。」

除了粉絲多的藝人，其他十八線的人出門戴口罩、墨鏡遮臉會讓人群起嘲諷。狗仔又不在意，粉絲也沒幾個，是演給誰看？

田瀟瀟的視力一直很好，臉上本來掛著鬆散的笑容，直到看清那三人的臉，她的目光直接放在最後那個戴著口罩、低著眉眼的人身上，然後麻木地開口：「苒苒，我、我覺得妳那個朋友有點眼熟。」

有些人的特徵，並不是一個口罩就能遮住的。

再往前走近，其他離得近的人也看到了。現場，白天天、璟雯等人說話的聲音消失得乾乾淨淨，連秦修塵都十分意外。

如果說他是演藝圈的半邊天下，那麼言昔就是另外半邊天下。只是兩人一個是影帝，一個是天王巨星，屬於王不見王。尤其言昔完全是演藝圈的清流，除了發專輯就是開演唱會，不拍廣告、不接綜藝、不拍電視或電影，偶爾會接影視作曲，這大概是他跟演藝圈交集最深的項目了。他的歌不僅紅遍國內，國外也有他的半邊天下，國內歌壇從未有人達到那種高度。

在場都是混演藝圈的，沒有人不知道言昔。

璟雯表弟站在白天天身邊，腦袋有點當機，喃喃開口：「言天王……該不會就是秦苒請來的朋友吧？」

白天天回過神來，咬了咬唇。怎麼可能？

別說這兩人，連璟雯也匪夷所思地看到言昔停在他們面前，然後伸手拉下口罩，露出精緻的臉：「大神……」

「人來了。」秦苒直接打斷了他，隨意揮揮手，朝導演組抬眸，「可以開始錄了。」

其他人寂靜無聲，而璟影后的腦子裡還在想秦苒剛剛的那句話。

她問秦苒朋友是幹什麼的，對方非常平淡地回了一句「歌手」。

是歌手沒錯，但妳能不能加上「言天王」三個字！

言昔十分上道地向大家道歉，「十分抱歉，我來晚了。」

「不！」璟影后終於反應過來，「晚什麼晚，明明是秦影帝他太著急，早到了！」說完，端著大方端莊的態度看向言昔，「你是來參加實境節目的？」

言昔眸光清冽，在所有人的目光中點了點頭。

導演拿著牌子，站在人群中回不了神。

耳麥裡，副導在攝影棚中十分著急：『為什麼不繼續錄了，現場發生了什麼事？來的到底是誰啊？怎麼所有人都是這個反應？』

還有人忍不住小聲尖叫，一群工作人員還忍不住拿出手機。

拿手機幹什麼？不知道簽了保密協議嗎！

言昔背對著攝影機，再加上一開始導演組沒準備給言昔鏡頭，言昔剛來也沒戴上麥克風，導演組也聽不到他的聲音。

聽著副導的話，導演「啊」了一聲，「那什麼……秦影帝的侄女好像把言天王請到我們節目上了……」他看著頭頂剛冒出頭的太陽，「我們是不是要紅了？？」

言天王跟秦影帝參加同一個綜藝節目！尤其言天王是演藝圈的異類，幾乎連訪談都沒有，要是忽然參加實境節目的消息放出去，網友絕對會爆炸！

昨天他就怕那個人形 bug 會有什麼動作，此刻是真的有，更直接炸了導演組……

「快，改後面的任務。」導演按著麥克風，立刻對工作人員吩咐。

因為對秦苒請的人沒有期待，導演沒給她的朋友戲分。但眼下是言天王，演藝圈的頂級流量、還有特殊光環的言昔，那能一樣嗎？

導演匆匆吩咐下去時，路過人群裡的秦影帝經紀人，不由得樂呵呵地開口：「你竟然還瞞著我，早點跟我說是言天王，我能連夜準備一百個劇本！不過這個驚喜我喜歡，喜歡炸了！」

經紀人：「……」

秦修塵跟璟雯都是影壇封神的人，論演技，沒人比他們好。秦修塵瞥了璟雯一眼，然後溫文有禮地跟言昔打招呼，眉眼清和：「言天王，你好，我是秦苒的叔叔秦修塵。」

秦修塵在圈內跟言昔的地位對等。兩人一個在影壇，一個在歌壇都是旁人不可撼動的存在，要不然演藝圈也不會用王不見王來形容兩人。再加上他是秦苒的朋友，秦修塵拿出了十萬分認真的態度。

然而聽完秦修塵的話，言昔連忙往後退一步，不敢跟秦修塵握手，而是彎腰，濃密的睫毛微顫：「叔叔您好，我是言昔！」

秦修塵：「……」

兩人論資歷是可以以平輩相稱的，但言昔叫秦修塵叔叔……

所有人看向秦苒，下意識地想到，言昔應該是跟著秦苒叫秦修塵叔叔的。

這兩人到底是什麼關係？

實境節目已經開始錄製，璟雯捂住自己的麥克風，忍不住小聲問：「你侄女是什麼人啊？」

秦修塵面無表情地看她一眼，他自己也想知道……

秦修塵知道秦苒有那麼一點神祕，比如每天早上的早餐，還有神不知鬼不覺遞到節目組的保溫杯、秦陵的三餐……但現在，他也十分好奇他這個侄女是怎麼認識言天王的，還讓天王巨星恭恭敬敬地叫他叔叔。

節目開始錄製，沒那麼多時間聊這些，一行人吞下湧到嘴邊的疑問。

開始錄製，今天要分兩組。一開始節目組讓秦修塵、璟雯各帶一組，但因為來的是言昔，所以秦苒、田瀟瀟、言昔三人分在同一組，再加上了璟雯的表弟，而秦修塵、璟雯、白天天跟她隊友是另外一組。

這集的主題是「逃離詭異小鎮」，節目組在三個街道上設置了很多關卡，兩組人找到各個關卡後，關卡處有冒險、各項指定任務，達到標準就能拿到關鍵線索，然後找出逃離詭異小鎮的方法。

其中，劇組布置了一堆懸疑恐怖的場面，節目一開始，就有穿著詭異嫁衣、化著蒼白妝容的臨演在各個古宅裡晃蕩。

導演已經跟工作人員提過，加了好幾個音樂元素的關卡。

他跟著攝影，看著秦苒雙手插在口袋，懶懶散散的身影，心裡不知道為什麼又莫名不安，再度確認：「今天沒有關於腦力的關卡了吧？」

被京大學霸支配的恐懼，導演組不想再經歷。

工作人員信誓旦旦地回，「導演，您放心，今天的關卡不是指定高難度動作或者演技，就是技術宅，也符合白天天的人設，京大學霸肯定不行！」昨天白天天的表現不出色，江氏肯定會不滿，今天肯定要補回來……

聽他們這麼說，導演也想起節目組交上來的白天天人設列表，學霸人設之外，還有技術宅清純校花。導演拿起劇本翻了翻，翻到了節目組畫出來的那一行重點，讓白天天展示她技術宅的深厚功底。他看著特意被圈出來的一行字——九州遊單排至尊。

九州遊作為全球性高難度卡牌遊戲，很重操作也很重卡牌組合，統領了遊戲界好幾年，從未被超越，尤其受到ＯＳＴ戰隊、楊非還有三張神牌的影響，這遊戲已經成為了這世代的象徵。能單排到至尊，拿到節目上，確實能吸引一大票人的好感，再加上節目組其他的剪輯，要讓白天天在節目上紅一波應該沒太大的問題。

導演把劇本闔上，心底鬆了一口氣，今天白天天的人設該不會出問題吧……

這邊，節目開始錄製。兩組都是四人一組，一堆攝影師跟著兩隊人馬。

玩遊戲要有遊戲精神，秦修塵那一組已經找到了一個任務點，是一個射擊任務，四人總共八次機會，射中兩次紅心就能拿到一個低級線索，秦修塵那一組四個人都在射擊。

璟雯表弟精神一振，他的遊戲精神比較強，剛想對秦苒他們說他會，一偏頭，正是田瀟瀟的聲音：「苒苒，竟然有人要買我的曲譜！就是妳在表演賽幫我重新編曲的那個……」

言昔的話不多，他戴著鴨舌帽，靜靜跟在秦苒身側。聽到這句話，他手壓著帽沿抬頭，嗓音清冷：「她幫妳編曲了？」

「是啊，是我們京協的一個表演賽，」提起音樂，田瀟瀟慵懶的眸色一亮，「不過，很可惜那場表演賽不能使用太多樂器，我後來才去錄音室找樂隊錄製了完整的曲子，剛傳到微博第二天就有人來找我買，淵姊說要幫我賣掉……」

言昔頓了一下，「妳賣了嗎？」

「我還在考慮。」田瀟瀟摸著下巴，側眸認真地詢問秦苒，「苒苒，我可以賣嗎？我們一人分一半！」

秦苒不太在意，她看著周圍的古宅，「可以啊。」

言昔的眸光有些停頓，連腳步都凝了一瞬，半晌，才不知道用什麼表情看向田瀟瀟：「對方出多少錢？」

「十萬！」田瀟瀟撥了撥垂到身前的捲髮，「苒苒，我的作曲、妳的編曲有這麼值錢嗎！一首就十萬！我一年的房租不用擔心了。」

言昔：「……」

她似乎在考慮賣編曲的可能性，而已經了解事情始末的言昔嘴唇微抿，清冷地看她一眼，語氣淡淡：「別賣。」

「啊？」田瀟瀟反應過來，點點頭。那就不賣，雖然那十萬確實有點可惜……

田瀟瀟嘆息一聲。

言昔更想嘆息，他看著田瀟瀟欲言又止。

三人你一句我一句，不是編曲就是曲譜，身後的璟雯表弟完全插不上話。

田瀟瀟提議去古宅中看看鬼……

在秦苒「看」完鬼，決定要試試街上的烤肉時，璟雯表弟終於忍不住了，「言天王，我們不是來拍實境節目的？」

你們又吃又喝還看鬼，是怎麼回事？大型見網友現場？遊戲精神呢……

璟雯表弟正說著，迎面碰到對面店裡的秦修塵那一組。

「結個盟？」看到秦苒等人，璟雯就從椅子上站起來，有些疲憊地開口，「你們找到幾條線索了？我們才三條，今天節目組搞事，除了秦影帝射擊中了三次，後面兩個線索都是天天拿到的，現在在拿第四條線索。」

看到表姊，璟雯表弟終於忍不住，「表姊，我們一條線索都沒拿到！」

秦修塵側身看過來，眉頭微擰。他伸手拿出一個任務卡，遞給秦苒：「先給你們一個，我待會再去試試能不能拿到八進四的中級線索。」

這個節目說到底還是實境節目，若是純玩，沒拿到一條線索，在網路上播出肯定會被人罵。

秦苒不緊不慢地接過來，拿在手心稍微把玩了一下，「節目要錄製多久？」

「到晚飯前，」秦修塵說到這裡，眉輕輕蹙起，「結盟，我們一起出去。」

他也意識到，這一集恐怕大多是為白天天設計的，幾乎每一個地方，白天天都能發揮。

「不用，」秦苒把任務卡一握，抬頭看了看天色，側身看了眼田瀟瀟，若有所思：「我們走。」

璟雯表弟垂頭喪氣地跟著秦苒這一組，連導演組都急了。

副導忍不住跟導演通話，『是不是我們設計太難了？秦苒他們完全不進遊戲地點，我們設計了好幾個音樂遊戲點，他們都沒有進去……』

導演跟在攝影師身後，也忍不住皺眉，這幾人除了顏值，其他沒什麼看點啊……

兩人正說著，秦苒那一組終於找到了第一個任務地點，看到他們選了小提琴店鋪，導演組終於鬆了一口氣。這個地方完全就是為了田瀟瀟跟言昔，尤其是言昔準備的。

看守的是一個ＮＰＣ老人，很有高手風範。

璟雯表弟看了看任務要求：「這裡要拉小提琴，言天王你會嗎？」他直接看向言昔。

言昔的眉眼微垂，抬手拿起小提琴，「叫我言昔就好。」然後把小提琴遞給田瀟瀟，他記得田瀟瀟說過她是京協的人。

京城小提琴協會，京城唯一一個能步入美洲的協會，也是唯一一個能簡稱京協的組織，名氣非常大，能入會的都是小提琴界的天才。

田瀟瀟接過來，想遞給秦苒，秦苒卻雙手環胸，漫不經心地看著其他地方，沒接下。

看守這個任務點的老人聽到田瀟瀟等人的聲音，懶洋洋地睜開眼眸，伸手指了指桌子上擺著的小提琴，「拿到任務卡的前提是把ｄ小調，或者自己的原創……創……」

正好抬頭，看到田瀟瀟，他一愣，「瀟瀟？」

田瀟瀟已經把小提琴拿到了手上，這時候也看清了老人的臉，她回憶一下，想起這個人是誰，「原來是海老師。」說完，又向秦苒介紹，「苒苒，這是協會的海老師，教一樓學員的。」

秦苒考核完就沒什麼去京協了，但田瀟瀟沒有太多通告時，都會去找魏大師進修，認識了一些京協的老師，海老師就是其中一個。

在演藝圈的人，最重要的一個能力就是很會記人，只見過一面，田瀟瀟也不會忘記。

聽到田瀟瀟叫的名字，海老師也朝秦苒看過去。京協裡沒人不認識魏大師的首席大弟子，對方的七級水準不說在學院，在一堆老師中也秒殺所有人。

她這麼久沒出現，京協有不少人猜她是不是到八級了。

頗有高手風範的海老師站起來，直接把最高級線索交給了秦苒，「先把卡給你們，你們誰來演奏？」說著，他目光期待地看向秦苒。

他雖然是老師，也只是因為資歷長。實際上他的小提琴才六級，在小提琴協會算高的了，畢竟每年五級的新生通常都能進美協。

他沒見過現場的表演，此時當然想看。

秦苒拖來一張椅子坐好，撐著椅子扶手，「瀟瀟來。」

海老師遺憾地嘆了一口氣，

一旁的璟雯表弟看著秦苒隨手拿過高級線索，伸長了脖子，十分疑惑。這樣就拿到了高級線索??

別說他，就連一直看著秦苒這邊的導演組也差不多這個表情：「……」

又來了??!

等秦苒一行人離開了，導演跟工作人員趕過來：「您怎麼提前把高級線索給他們了？我們設定的標準是超過你的水準，才能把高級線索給他們……」

海老師連小提琴都沒拉，就這樣把高級線索交出去了？

節目組裡沒有人學過小提琴，更別說加入京協了。

聽到導演的話，海老師頓了一下，「你知道京協嗎？」

「知道，您就是京協的人……怎麼了？」導演覺得有點不太對勁。

他只知道田瀟瀟是演奏級的小提琴手……

「……搜搜京協吧，你們登入不了，但也能看到京協的大致情況。」海老師小心地把小提琴收起來。

跟在導演身後的攝影機對準導演的手機螢幕。

京協在京城的知名度會那麼高，完全是因為魏大師在美協的地位，因為他，每年京協都有一個人能進入美協深造，京城一些家族的大人物都會給他面子。

作為藝術界的強人，「魏大師」這個稱號在十分響亮。他並不是網路上突然竄紅又突然消失的藝人，而是藝術界的「大師」，第一個能在美洲皇家演奏廳表演的國內大師。

導演不知道其他的，但他知道京協跟魏大師是藝術界的鼻祖……

外部網路能查到京協官網，官網上還有報名系統，導演把能點開的都點了一下。上面沒什麼廣告，都是京協的內部會員跟通知，沒點幾條，他就點到了京協會員內容，看起來是個排名。

1. 高級學員秦苒（七級）
2. 高級學員汪子楓（五級）
3. 低級學員田瀟瀟（四級）

「這是京協的內部小提琴等級，跟國內業餘等級不一樣，我才六級。」海老師看了導演一眼，

「雖然我比田瀟瀟高兩級，但她有一首原創拿到了八十五分，我的最高分記錄也不過八十一分，至於秦苒……你別看了，我要看她一場現場表演賽都難。」

他這麼大一把年紀了，也不好意思在鏡頭上獻醜，尤其是在秦苒面前。

導演：「秦苒……她不是京大物理系的學霸嗎？」

「她是京大學霸？」海老師一愣，然後嘀咕一聲，「難怪連美洲協會都不想去，九月之後就再也沒來過京協，原來是去了京大。京大有什麼好的，也不繼續考升級，魏大師竟然同意讓她去京大……」

導演組千防萬防，防住了京大學霸，萬萬沒想到來的是京協的人……

而秦苒這邊，已經拿到了一個高級線索。

璟雯表弟拿著，他現在對田瀟瀟有點崇拜，一直跟前跟後，像個迷弟：「妳小提琴拉得那麼好嗎？」

「妳怎麼認識NPC的？」

當然，因為昨天密室的事情，他對秦苒也不像之前那麼排斥。秦苒走在最後面，不由得伸手掏了掏耳朵，然後猛地停下。

田瀟瀟跟言昔一頓。

「大神，有什麼發現？」言昔把剛剛從鬼那裡拿來的面具戴在臉上。

秦苒面無表情地朝左邊看過去，「有個任務點，進去吧。」

現在的璟雯表弟興致勃勃，看到任務點，立刻衝進去。裡面除了一臺電腦，就是牆上滿面的資料，什麼符號都有。

璟雯表弟立刻問任務點ＮＰＣ，是個年輕人，「兄弟，秦影帝他們來過嗎？」

「沒有……」年輕人用了好長一段時間，才把目光從言昔身上移開……他眼花了？

「那就好！」璟雯表弟看完任務卡，興沖沖地走到滿牆的資料旁，在上面尋找自己需要的東西。

他在找這些時，言昔、田瀟瀟出去了一趟。十分鐘後，兩人抱了兩盒烤肉回來。

兩人遞給秦苒一盒，然後田瀟瀟拍拍埋頭看資料的璟雯表弟：「兄弟，吃吧，都中午了，你不餓嗎？」

璟雯表弟抬頭，茫然地看著他們，「你們哪有錢買烤肉？」

「沒錢啊，」田瀟瀟往後面看了一眼，語氣慵懶：「那家烤肉店老闆是言昔的粉絲，言昔簽了個名給他，他就送了我們兩盒烤肉。」

準備讓他們挑戰任務才能得到午飯的導演們：「……」言昔也是個 bug 吧……

「大神，妳等等再吃。」見璟雯表弟不吃，言昔臉色清冷地看著秦苒，十分嚴肅。

秦苒拿著叉子扠了一塊烤肉，聞言，抬頭瞥向言昔，漂亮的眉眼充滿殺氣。

言昔往後退了一步，然後小聲地說，自以為其他人聽不到：「節目組到時候惡意剪輯，說妳只吃不做事怎麼辦？」

他不知道他戴著麥克風，節目組聽得清清楚楚。

導演：「……」我們不是，我們沒有，別亂說！為什麼言天王會這樣？
秦苒「啊」了一聲反應過來，點點頭：「你說的對。」
她把叉子放到言昔手裡，然後走到璟雯表弟身邊，伸手翻了翻他找出來的資料。
表弟嚇了一跳，「等等，妳在幹嘛？」
「做任務。」秦苒在裡面挑了幾張紙。
看到她把他好不容易排序好的內容弄亂，表弟把手裡的竹籤塞到田瀟瀟手裡，阻止秦苒的手，「妳別找了，等待會找到秦影帝他們，天天是技術宅，這種事還是讓懂的人來弄最好，我們先找到的任務地點，跟他們結盟然後分享這個線索……」
「不行。」
表弟一愣，「為什麼？」
秦苒拉出兩張紙，看了一眼，然後走到NPC的螢幕面前，看著兩張紙輸入一串亂七八糟的字母跟數字，看也不看表弟，十分理直氣壯：「烤肉會冷掉。」
大概也只幾分鐘的時間，滿是亂碼的畫面消失，出現了電腦的主頁面，一個彈窗彈出來。
『高級線索』
秦苒看了一眼，然後拿出節目組的專用手機，把高級線索拍下來就直接關掉這個頁面，動作一氣呵成。然後把手機塞回口袋裡，踢來椅子跟桌子，讓言昔把烤肉放下。
一行三人一邊吃一邊聊天，田瀟瀟建議再回去找幾個「鬼」。
節目組設置了很多能進去的房子跟任務點，找對了就是任務點，找錯了就會突然蹦出一個

「鬼」嚇人。

田瀟瀟十分熱情地招呼璟雯表弟，「你不來吃？等等烤肉要冷掉了。」

璟雯表弟還站在原地，田瀟瀟遺憾地轉回頭，問秦苒兩人，「言天王的粉絲烤肉怎麼樣？我覺得很好吃，比京城那家很紅的網紅店還要好吃。」

秦苒翹著二郎腿，「還行，烤肉也講究天賦的。」

秦苒毫無負擔地吃著，完全不知道導演組連便當都吃不下去了。

『那是給白天天的人設吧？』副導一手拿著筷子一手按著耳麥，大聲對另一邊的導演道：『秦苒她不是京大的學霸嗎？這一期白天天又是個小透明？』

他們這一集能請到這麼多知名的ＮＰＣ，完全是因為金主爸爸可靠，面子又大，劇組要請人特別容易。

導演組現在對秦苒完全沒轍了，總導演也十分疲憊，「她到這裡應該也沒有了。白天天現在在說她卡牌的事情，我們機會也給了，她自己沒有把握住……」

導演關了耳麥，看著螢幕上的秦苒那一組……

秦影帝那一組固然精彩，但是對比秦苒這一組就真的不夠看了，她這一組完全是bug，到哪個任務點，那個任務點的高級線索就會給出去，按照這個情況，今天又要提前收工……

這邊，秦苒三人終於吃完烤肉，田瀟瀟還留了半罐給璟雯表弟。

之前一直碎念的璟雯表弟離開這個任務點之後，一句話都不說了。

「你沒事吧，兄弟？」田瀟瀟懶懶地拍拍璟雯表弟的肩膀。

她不知道秦苒剛剛那麼做有什麼問題，她甚至不知道剛剛那個任務點是什麼任務，只是跟著秦苒，魏大師、秦修塵都見過了，還跟言昔稱兄道弟，她現在的心理承受力非常人能比。

璟雯表弟抬頭，張了張嘴，半晌還是沒說話，只是目光複雜地看著秦苒的背影。

四人很快又到了一個任務點，這次言昔拿下了一個高級線索，加起來有三張了。

秦苒拿來拼了拼，還差一張。

他們一行人繼續往前走，準備找到一個任務點就停下來，遇到在路口餐廳的秦修塵等人。

秦修塵他們還沒吃飯，他們非常守規矩，遵照劇本走到節目組的午飯任務點，不過璟雯還在跟老闆討價還價。

「你們還沒吃？」秦苒一行人慢悠悠地走過來，抬頭看餐廳。

餐廳外寫著折扣——九州遊大師級九折，宗師級七折，至尊一級五折，滿星免費，吃完需要洗盤子換尾款。

璟雯在跟老闆商量洗盤子的事，想少洗一點。

看到三個 bug 跟秦修塵會合了，導演組又覺得十分不安。

「……言昔他們不會搞事情吧？」

副導這次遲疑了一下，『……我們之前跟餐廳老闆溝通過，他只是一個遊戲迷，不是裡面任何一人的狂熱粉。』

不少網紅店都喜歡辦這種活動，簽名換烤肉的事情應該不會再發生。

秦修塵在看菜單，聽到秦苒的聲音，他偏過頭，深色的瞳眸微亮，「還沒，剛找到餐廳，這裡吃飯要用洗盤子換，不過可以打折，妳跟我們一起吃吧。」

說著，秦修塵往旁邊退了一步。

「不用，」秦苒饒有興致地看了餐廳一眼。這家店完全是按照九州遊的卡牌建造的，最中央還擺了三張神牌，下面是五道黑影，「我們剛吃了一點烤肉。」

璟雯表弟手上還拿著盒子，往白天天那邊走。

秦苒跟言昔三人也進來看裝潢設施，店裡的桌椅不多，場地卻非常大，有很多仿造九州遊的副本內容。

「我完全沒轍了，兩個盤子一塊錢，這裡的菜又貴得要命，吃完我們也要洗幾百個盤子，導演組怎麼這麼會搞事。」璟雯說著，也看到了秦苒，「苒苒，一起吃吧，吃完一起洗盤子。」

老闆坐在椅子上，老神在在，一副不打折的樣子。

璟雯表弟拿著半盒烤肉就去看坐在餐廳電腦前的白天天，他愣了一下，然後大聲吼道：「表姊，天天至尊一星，是不是可以打五折？」

幾個攝影師都連忙對準白天天的方向。

飯店老闆是一個三十歲左右的男人，這個角度只能看到他的側臉，能看出他對明星藝人都沒興趣。聽到璟雯表弟的聲音，他馬上站起來，走到白天天坐著的電腦前，確認等級跟記錄之後態度變得熱情許多，「確實是至尊一星，不過要打一場排位賽，才能確認這帳號是妳的。」

眾所周知，至尊一星也是有區別的。有單排到至尊一星、能打職業賽的狂魔，也有一路躺贏，三排、五排上來的騙子。單排一星跟混到一星天差地別，不過能到至尊一星，也足以證明自己的實力。

此時所有人都圍過來，攝影機三百六十度無死角。

白天天這個戰績確實是她自己打的，她也不心虛，脊背挺得筆直，直接拿著滑鼠點開排位賽。

玩九州遊的人很多，縱使是至尊一星，也是一秒鐘就排到了。

一進遊戲就是選卡牌的環節，白天天的左邊四欄顯示著一排人物卡牌——

地牌（齊）

人牌（齊）

天牌（齊）

神牌（〇）

「竟然所有卡牌都有了……」餐廳老闆又驚嘆一聲。幾張天牌要通過頂級副本才能拿到，一般很少有人能湊齊天牌。

白天天只似不在意地笑著，然後選了三張天牌，打了一場排位。她的至尊一星不是自己單排的，也沒到職業賽的水準，但她也確實有手速、有至尊意識。

一場排位賽打了半個小時，在場的基本上都是玩過遊戲的人，看了半個小時都看不膩。不過白天天這邊有個人玩得不怎麼樣，半個小時之後還是輸了。

在場的人難免遺憾，不過確定白天天不是代打，餐廳老闆的表情就更好了，幫秦影帝等人打了五折。

「我靠，天天妳也太厲害了吧，竟然排到了至尊？天牌還是齊的？」璟雯表弟喋喋不休，「我連宗師都沒有打到耶！」

「確實厲害，」田瀟瀟壓低聲音，在秦苒耳邊道，「我玩了三年，遊戲帳號都滿級了，還是個菜鳥。」

秦苒：「……妳也很厲害。」

璟雯接過飯店老闆遞過來的菜單：「沒錯，辛苦天天了，忙了一上午，我幫你們點好吃的補補……」

說著說著，她就沒聲音了。

這裡隨便一道菜都要六十塊以上，他們四個人，隨便點兩個菜，加上飯，最省也要兩百塊人民幣，要洗四百個盤子。打個折，兩百個堆在一起，一張桌子都放不下……

已經預想到自己要去洗盤子洗一個小時，璟雯面無表情地看了眼老闆，「你們一年都不洗碗的？」

話雖這麼說，璟雯還是忍痛點了兩道菜。

這家店會這麼貴不是沒有理由的，除了裝潢，菜色香味俱全。璟雯點了一盤青菜，還有一盤水煮肉，水煮肉上飄著一層辣椒，端出來的時候香氣撲鼻。

秦苒記得這盤水煮肉要一百二十塊，看起來比恩御的好吃很多。

「你們還餓嗎？」秦苒忽然看向身側的言昔等人。

言昔想了想，「有一點，」然後背對著攝影師，「但是好貴。」

「沒事，還餓就吃。」秦苒坐到秦修塵對面的桌子，然後拿起菜單隨意點了兩道大菜，又把菜單扔給田瀟瀟、言昔，翹著二郎腿，下巴微抬：「隨意點。」

還點了一壺兩百塊的茶。

看她這樣，田瀟瀟伸手點了六百六十六塊的佛跳牆，言昔點了五百八十八塊的海鮮。

一邊拿著盒子，還沒吃完烤肉的璟雯表弟差點跪下，欲哭無淚地看向幾人，「我們不會要洗盤子洗到晚上吧？」

「沒事，」田瀟瀟好心安慰他，「你問問老闆能拿出兩千個髒盤子嗎？我們吃完賒帳，等節目錄完了用手機付錢。」

對面桌旁的璟雯：「還可以這樣嗎？」

她忽然看向桌子上的菜單。

導演組：「……」失策！！

一直面無表情地看著秦苒等人的老闆，嘴角終於抽了一下，秦苒還盛情地邀請秦修塵跟璟雯一起吃。

「沒有兩千個盤子，但店裡所有的髒盤子肯定都要我們洗，」璟雯喝了一口湯，元氣終於恢復了，「我們到時候一起洗。」

秦修塵慢條斯理地拿著筷子，他看著秦苒的手指，沉吟了一下：「到時候我幫妳洗。」

秦苒吃著水煮肉，看了秦修塵一眼，然後漫不經心地幫他倒了一杯茶，「不急，慢慢吃。」

一行人不急不緩地吃著，導演組已經失去了靈魂。

導演拿著耳麥，咬牙切齒地看著螢幕，「給我去找髒盤子！沒有兩千，也要找到七八百，他們不是喜歡洗盤子嗎？讓他們洗！！」

一行人慢慢悠悠地吃飯，飯桌上還聊起了人生，山珍海味的。

導演組承認……好像，也非常有爆點，秦苒這個膽子大的，竟然敢問秦修塵什麼時候要結婚，整個演藝圈都沒人敢問秦修塵這個問題。最重要的是……秦修塵還一一回答了。

問完秦修塵，秦苒還問言昔是不是單身，讓他多出去走走，別老待在家裡寫歌。

導演看著螢幕，忽然覺得自己剛剛讓秦苒洗八百個盤子太過分了。就這一頓飯，讓他倒貼十萬他都願意……「秦影帝談結婚」、「言昔自爆女朋友」，兩個圈子裡的頂級流量，每一個都能馬上熱搜，一不小心還能讓系統癱瘓。

節目紅遍全國，指日可待。

「導演，我們找到八百個盤子了。」工作人員拿著手機，過來找導演。

導演回頭看著工作人員，有些遲疑。

而鏡頭中，秦苒等人已經吃完一頓飯了。

老闆看著秦苒，伸手算了算錢，頭也沒抬：「兩桌加起來兩千三百塊，打五折後一千一百五塊，去後廚洗盤子。」

秦修塵跟璟雯等人都脫下外套，一行人躍躍欲試地去洗盤子。

「等等，」秦苒忽然看向老闆，問了個問題，「你這裡也是任務點吧？」

老闆瞥了她一眼，「隱藏任務。」

秦苒拉住要去洗碗的言昔衣領，眉目散漫，挺懶散地說：「稍微等等，我也有折扣。」

璟雯表弟看到秦苒往電腦前走，一愣，折扣？

秦苒坐到電腦前，打開遊戲圖示，輸入了帳號。一行人看到她似乎是要登錄遊戲。

璟雯捏了捏自己的手指，「小苒苒，已經是最低五折了……」

她一句話剛說完，秦苒已經按了「Enter」鍵，帳號資料跳出來。

QR

帳號等級：至尊（二十星）

右上角加好友的通知超過九百九十九個，很快又彈出一個邀請訊息。

『您的好友OST楊非邀請您加入排位競技場』

秦苒頓了一下，仗著手速快，面無表情地直接點了叉叉。

下一秒——

『您的好友OST楊非邀請您加入排位競技場』

兩個超神等級的電競選手線上飆手速，旁邊的一群人還沒從至尊二十星中回過神，又淪陷在神仙手速中。

一直對遊戲沒太大興趣的秦修塵，很清楚地看到自家小侄女很不耐煩地點開好友列表，找到楊非的名字，直接拉黑。

好友清單都在線上。九州遊的好友是按照等級來排名的，大家能看到她好友從上到下的排名。

CJ（至尊二十星）

OST、楊非（至尊二十星）

OST、易紀明（至尊十一星）

第一頁只能看到二十個好友，秦苒速度快，他們只能看到前面兩三個帳號，如果此時有暫停鍵，他們一定能看到，秦苒第一頁的好友列表——沒有一個低於至！尊！段！位！

懂遊戲的田瀟瀟沒了聲音，璟雯表弟也沒了聲音，白天天直接愣在秦苒身後。

會玩九州遊的，沒人不知道OST戰隊楊非這個每年都會霸占遊戲首頁的神人，在微博上的流量堪比當紅炸子雞。戰隊裡的其他人可以不認識，但楊非他們絕對認識！

看著好友頁面上的二十星，沒人會覺得那是高仿……畢竟能打到二十星的，都是職業選手級的大神，到這種地步的，誰還會去高仿……

秦苒拉黑之後，直接偏頭看在她身後愣住的餐廳老闆，讓他檢查一下。

老闆沒說話，秦苒就伸手敲敲桌子，挑眉：「你檢查一下。」

老闆沒有回過神來，只是看著螢幕最中間「一區」的標誌，「不……不用檢查……」

秦苒點點頭，直接點開競技場，開始單排。她二十星，排得有點慢，將近兩分鐘才排到。

到選卡牌的頁面，左邊四欄——

地牌（齊）

人牌（齊）

天牌（齊）

神牌（九）

璟雯表弟看到這一欄，「……我眼睛瞎了？？」九張神牌？？

時間短，他還沒有想通。

秦苒看了看，上次送九班的人時多製作了幾張卡牌，還在背包裡，她也沒在意，直接選了三張攻擊性的天牌，點了進入。

到了這個段位，大家都非常謹慎，帶的牌基本上都有輔助，沒人會帶三張攻擊牌。

看到秦苒的選牌，其他隊友一開始就罵秦苒是扯後腿的。畢竟要打到這個段位不容易，隊友崩潰了。

兩分鐘後——

『隊友：爹，雙排嗎！』

七分鐘後——

『隊友：爹，記得加好友！』

八分鐘後——

結束遊戲。

至尊八分鐘的屠殺遊戲。遊戲結束的頁面上，秦苒一個人占了百分之九十二的輸出。

在場不太懂遊戲的人也看得目不暇給，如果此時有彈幕又是直播，一定是大型屠粉現場！

秦苒登出帳號，關掉頁面，拉開椅子站起來，看向餐廳老闆：「免單嗎？」

店主的手有些顫抖，看著秦苒說不出話來，「我、我……」

去年魔都的那場比賽，是OST初代粉最難忘記的一場，比楊非一戰成名的國際賽還要振奮人心，因為那場比賽，多了一個隸屬ＯＳＴ，名叫ＱＲ的職業選手。

比賽後，程雋把秦苒的名字又改回來了，但伺服器沒有變，二十星沒有變，遊戲積分還擺在一區，單排狂魔依舊是單排狂魔。

一區的ＱＲ依舊只有那麼一個，在場其他人可能認不出來，但老闆認得出來。

他是為數不多的初代粉。後來的粉絲不清楚，初代粉們卻知道最先建立戰隊的是ＱＲ，這個不知名的戰隊從城市賽打到國際賽，確實拿到了勝利，但是初代粉們一直沒看到在賽前要給大家一個驚喜的「ＱＲ」。

九州遊改版了這麼久，遊戲裡的各大副本一直在增加，遊戲卡牌也多了很多，但這間餐廳店內的裝潢設施卻是九州遊最開始的樣子。

老闆索性不說話了，他摘下麥克風，直接回到櫃檯，從抽屜裡拿出一張任務卡，然後又拿出一串鑰匙，打開裡面的一個櫃子，從裡頭拿出一張照片，遞給秦苒。

不是特別新的照片，是五個人的合照。照片裡有易紀明跟楊非，最中間是個扣著鴨舌帽，看不清臉的女生。老闆沒讓鏡頭拍到，直接翻到背面，上頭有四個人的簽名。

當初楊非打完世界賽，他就要到了簽名。

「快四年了，」老闆笑了笑，走到秦苒身邊，故作輕鬆，「今天我是不是能湊齊了？」

秦苒進入店裡時，看到三張神牌，她就認出了這是初代粉。

她沒說話，只是側身看了攝影機一眼，語氣漠然：「別過來。」

然後走到老闆身邊，拿起桌上的黑筆簽了「ＯＳＴ秦苒」。

本來欲上前的攝影師們一個個愣是不敢上前，只敢站在遠處拍遠鏡頭。

導演組也終於回過神來，副導看著畫面，拍著桌子站起來，恨不得親自到現場：『拍啊！全都給我把鏡頭對準他們，你們怎麼都不拍！怕她幹嘛！上啊！膽小鬼！！』

很好，節目又要成功吸引一大波ＯＳＴ戰隊的粉絲了！他恨不得親自在現場操刀，將一萬個鏡頭對準秦苒！

拿到簽名的老闆連忙把簽名照放到自己的抽屜裡，用鑰匙鎖上。

導演組放在櫃子上的靜態攝影機，什麼也別想錄到。

然後老闆拿著他一開始拿出來的任務卡，遞給秦苒，「秦……嗯，這是節目組的線索，這裡是隱藏任務點，只要遊戲等級能超過我就可以了。」

言昔看著老闆，又看向秦苒，聲線略顯模糊：「我們還要洗碗嗎？」

「洗什麼碗？今天在場的都不用洗碗，我請客！」老闆神清氣爽，還看向攝影師，「你們也還沒吃飯吧，餓嗎？今天大家隨便吃，節目組隨便吃，放開來吃！」

秦苒似乎又變回了之前漫不經心的模樣，她低頭翻著手上的高級線索，頭也沒抬，「別虧本了。」

老闆連忙點頭，又改口，「那都給你們打五折！」

導演組：「……」

秦修塵等人：「……」

秦苒又從璟雯表弟那裡拿來其他三張高級線索，隨意翻了一下。線索差不多都集齊了，她已經找出了逃生路線，然後抬抬下巴，「走，我們出去。」

她走在前面，帶他們離開。

秦修塵表面上依舊沉著淡定：「你們線索都找到了？」

「四張高級線索，差不多了吧，」秦苒把任務卡都遞給秦修塵，「你看看。」

璟雯原本也故作沉穩地過來，聽到秦苒說四張「高級線索」，她的腿忍不住軟了一下。

節目組的線索分為低、中、高三級。他們找到的都是低級線索，至於中級線索很難，看看秦修塵的射擊任務就知道了，中級線索要八中四的紅心，高級線索要八中八，這麼遠的距離，沒脫靶就算好了，八中八在璟影后眼裡無異於登天，這是為奧運會射擊選手準備的難度。

所以……高級線索在璟影后等人眼裡，幾乎是拿不到。

她走到秦修塵身邊，看了看秦修塵手裡的任務卡，打開的那一面寫著「高級線索」，乾脆不說話了。

小鎮疑點很多，但四張高級線索足以逃出。下午兩點半，節目組又提前收工，全員需要回去冷靜一下。

他們是請了一個神仙吧？

飯店裡，導演正忙著幫田瀟瀟和言昔準備房間。這是秦苒找來的嘉賓，還是京協的人，自帶光環。

「她的不用準備了。」秦苒擰開秦修塵經紀人遞來的保溫杯，喝了一口。

「她今天就要走了？」導演緊張地開口。

秦修塵跟田瀟瀟都朝秦苒看過來。
秦苒搖頭，喝完水，把蓋子蓋上，「她住我房間。」
田瀟瀟一愣，「那妳呢？」
「小陵繼續錄，我不住這裡。」秦苒將保溫杯一握，往樓上走。
導演擠掉秦修塵，跟在她身後。聽她這麼一說，反而鬆了口氣，「小陵的腿醫生說要一個星期才會好，錄不了……」
「他好了。」秦苒不緊不慢地回。
「怎麼可能？」導演不信，這才多久？
到了三樓，秦苒停在秦修塵的房門前，用腳踢了踢門。
「小陵的腿還沒好，我有鑰匙……」秦修塵的經紀人往前走了一步。
他剛拿出鑰匙，門開了。
秦陵手上還拿著遊戲機，朝秦苒等人看了一眼，長捲的睫毛忽閃著：「姊姊、叔叔，你們回來了。」然後往旁邊退了兩步，讓他們進來。
秦苒沒進去，只是靠著門，雙手環胸，朝導演看去，嘴邊掛著漫不經心的笑：「看，他好了。」
不！他沒好！
導演看著秦陵，對方腿腳好得很，走路也很靈活……但幾天前，他的腿腫得不得了，節目組都看在眼裡，跟來的醫生檢查完，說最少要休養四五天才能下床。這才兩天……你為什麼就好了！
導演看著秦陵的腳，恨不得看出一個洞來。

「妳今天下午就走？」秦修塵看向秦苒。

秦苒修長白皙的手指不經意地敲著保溫杯，想了想，回答，「也不是，後天早上七點走，我住在鎮口的一個院子裡，你們錄完節目可以來找我。」

秦修塵知道秦苒似乎有人在這邊陪她，就沒有深究，只是微微頷首，「好。」

秦苒回房間收拾自己的東西，導演則留在秦修塵這裡沒走。

等秦修塵的經紀人關上門，他才幽幽地看向秦修塵：「你侄子的腳怎麼這麼快就好了？」

經紀人也不信邪地去檢查了一下秦陵的腳，昨晚還有一點腫的腳踝現在都消下去了，看不出來之前受過傷。

「你今天做了什麼？」經紀人匪夷所思地問秦陵。

秦修塵直接走到桌子旁，拿起桌上的一個白色瓶子，垂下眼睫，眼眸掃過大聲說話的經紀人跟導演，沒說話。

他記得，這是昨天下午秦苒拿給秦陵的藥……

璟雯房間裡，璟雯表弟坐在椅子上，靠著椅背，膝蓋上放著電腦，神色有些呆愣。

喀嚓一聲，璟雯開門，跟經紀人一起進來，「沒想到小苒苒這麼快就要離開節目組，我還想明天早點收工呢。」

她低頭滑著手機，從導演知道這個消息之後，璟雯就去找秦苒告別，順便加了微信。

「她不是圈內人，沒微博，」璟雯有些遺憾，「不然可以互關。」

「她有微博的，」璟雯表弟開口，忽然間又反應過來，坐直，「她不錄了？」

璟雯點頭，「是啊，小陵腳好了……」

她還沒說完，表弟就像一陣風出去了，「砰」地一聲關上門。

「真是奇怪……」璟雯看著被表弟放在桌上的電腦，是九州遊的遊戲頁面。

上面顯示著一個人的主頁。

一區。

勝率百分之百。

ＱＲ。

璟雯眯眼，「這不是小苒苒剛剛的帳號嗎？他怎麼找到的？」

另一邊，秦苒已經收拾好了東西。她的東西不多，就一個包包，其他衣服都是程木之後才送過來的，大部分都沒穿過。她把穿過的收起來，沒穿過的留給了田瀟瀟。

田瀟瀟跟她的經紀人都幫她收好東西，之後跟秦修塵、言昔等人一起送她到樓下。

外面有粉絲在蹲點，秦苒就沒讓他們送到外面，停在飯店門口。

她剛走出去，璟雯表弟就從樓上跑下來，「等等！」

秦苒把背包甩到身後，站在原地，抬了抬眸。

璟雯表弟追到外面，氣喘吁吁地追上秦苒：「妳是去年魔都在ＯＳＴ戰隊打比賽的ＯＳＴ、ＱＲ吧？微博那個ｑｒ？我看妳的手速和妳的打法，跟她一模一樣！」

他是疑問句，語氣卻很肯定。

「不，我不是。」秦苒往旁邊走了一步，冷漠地開口。

璟雯表弟是個直男，「妳是！妳本來就是！」

一區二十星的單排記錄，找不到第二個人。還有剛剛八分鐘的對戰記錄，她的狂暴手法跟當初賽場上幾乎差不多。魔都的那場比賽，就算他不是OST的粉絲也一遍一遍地看了好多遍，璟雯表弟怎麼可能認不出來？

聲音很大，秦苒直接把手邊的黑色耳機戴上，冷酷又沒什麼表情：「我說不是就不是。」

臨走的時候，還瞥他一眼，「別跟過來，小心揍你。」

她捏了捏手腕。

「妳揍我妳也一樣是，妳本來就是。」璟雯表弟跟著她繼續往前走，喋喋不休。

走了兩分鐘，到路口，秦苒拿出鴨舌帽，戴在頭上。

在路口等的程木耳朵靈敏，聽到了人概就立刻走過來，左手反擒住璟雯表弟的雙手，右手捂住璟雯表弟的嘴，「秦小姐，妳走吧。」

待秦苒走進屋子，看不到人影了，程木才放開手，癱著一張臉看璟雯表弟，「你太吵了，本來是也變成了不是。」

等送走璟雯表弟，程木回到小屋，聽秦苒說秦陵的腳好了，她不用繼續錄了，程木才恍恍惚惚地覺得，他好像發現了程雋威逼顧西遲的真相……

屋子裡，程雋坐在石桌旁翻著一本書，一手不緊不慢地翻了一頁，一手端著茶杯。他對面還擺著另外一杯茶。

秦苒把背包隨手扔到桌子上，坐到他對面，拿起桌子上的茶杯喝了一口。

程雋頭也沒抬，氣定神閒地問：「不玩了？」

「不了。」秦苒把茶杯放下，手指撐著下巴。

程雋放下書，坐在對面垂眸看了一會，手指點著桌子，「是因為碰到以前的粉絲？」

「你混進了現場？」秦苒抬眸，眉眼微挑，看不出太大的情緒，一雙好看的杏眼看著他。

「我讓江東葉轉錄了畫面……」程雋咳了一聲，含糊不清地開口，然後望著天。

秦苒看了他幾秒，稍稍揚眉：「你轉錄畫面幹嘛？」

程雋也忍不住笑了。他垂下眼眸，那雙漆黑好看的眼睛微微彎著，認真又溫柔，但是又有些無奈地開口：「妳喜歡妳那個叔叔？」

不然也不會去幫他錄節目。

「還可以吧。」秦苒伸手敲著桌子，眉眼漫不經心的，「他對小陵挺好的。」

「我知道了。」程雋微微頷首，若有所思。

秦苒伸手滑著手機，微信上，江東葉不知道什麼時候傳了一條訊息給她——

『妳是在重慶山城？』

秦苒懶洋洋地敲了個「嗯」過去，京城的江東葉猛地站起來。

文件也不簽了，拉開椅子站起來，匆匆忙忙的，直接吩咐助理，「準備一張最快到重慶的機票。」

今天去實驗室找顧西遲的時候，江東葉才知道顧西遲兩夜沒睡，就是為了幫程雋趕一瓶實驗用藥出來，還寄到重慶。能讓程雋催的……江東葉只能想到秦苒，又因為程雋讓他轉錄畫面，江東葉一邊往外面走，一邊拿出手機，打電話給節目製片人。

「江總，明天的會議……」祕書拿著行程表。

江東葉頭也沒回：「直接推掉！」

祕書看著關起來的電梯門，跟其他幾個人面面相覷，江總這……究竟是什麼事，連明天的大會都不去了？

重慶山城飯店——

攝影棚裡，副導翹著二郎腿，坐在椅子上哼歌。

外面有人進來，正是導演。

「你怎麼這個表情？」看到導演進來，臉上的表情似乎不太好，副導扔去一瓶啤酒，「來，慶祝一下，你不會高興到傻了吧？」

導演搖頭。

副導瞥他一眼，拉開啤酒拉環，「因為秦影帝的侄女不錄了？其實也沒事，這兩天的素材夠我們紅到銀河系了，你也別太貪心，這種神仙……時間久了我會害怕。」他怕某天對方連他的頂頭上司都能請來。

哪個綜藝節目能同時請到秦修塵跟言昔？別說是兩個人，光言昔一個……他們這輩子都請不到！還有OST、九州遊的熱門程度……

「不是，」導演吸了口氣，憂心忡忡：「我剛剛接到通知，節目組的大BOSS明天早上到，他是不是不滿意白天天的人設，所以要我們刪掉秦苒的鏡頭？」

這檔綜藝節目，江氏砸了一堆錢，以至於節目組可以從第一集揮霍到最後一集，還能包下整個城鎮。若只是財大氣粗就算了，劇組有秦修塵、璟雯，甚至出現了言昔，導演現在根本不愁拉不到贊助商，關鍵是……江氏不僅僅是錢財的問題，按照江氏現在在京城的分量，只要江總的一句話，這檔節目要被全網封殺也不難。

為了白天天花了這麼大一筆錢，還疏通關係，可見江氏對白天天的看重。

眼下江氏的大BOSS還要親自過來，導演拿著啤酒，眉心沒鬆開。不說秦影帝跟言昔，這兩個人在演藝圈舉足輕重，若真的刻意刪掉秦苒的鏡頭，他們會第一個發難。單說導演自己，他也捨不得刪去秦苒的一個鏡頭，他心裡有種感覺……若是錯過這一次，就再也拍不到這樣的鏡頭了！

「白天天那邊情況怎麼樣？」副導本來優哉遊哉的，聽完，忍不住把啤酒罐捏扁，拿著啤酒罐站起來，「江氏的人這麼過分嗎？就前面兩集而已，我們也按照劇本為白天天創造了機會，她自己把握不了，關秦苒什麼事？後面還有十集，還不夠她立人設嗎？」

聽完，導演幽幽地看副導一眼，「有秦苒在前，後面就算有一百集，白天天也紅不起來。」

她的人設跟秦苒撞就算了，還被秦苒甩了幾百條街。偏偏秦苒什麼也不做，彷彿看準了白天天要立什麼人設一樣，節目組設置的靶子也不去，設置的體力據點也不去……去的都是那些白天天要去的地點，若不是因為劇本在自己手裡，導演組都覺得秦苒是故意針對白天天了。

畢竟——在京大學霸面前立學霸人設？在二十星選手面前立技術宅人設？瘋了吧？

正是因為如此，導演才擔心江氏是來刪秦苒鏡頭的，畢竟這個節目一開始最大的目的，就是幫白天天立人設。秦苒這個 bug，完全就像跟節目組槓上一樣。

「白天天經紀人怎麼說？」被導演一說，副導也想通了關鍵點。

導演搖頭，眸色略深：「我剛剛跟他溝通過，說把物理題目的那個鏡頭刪掉，還有……他好像很不喜歡那個田瀟瀟。」

演藝圈就這麼大，秦苒的鏡頭導演捨不得刪，田瀟瀟也很出彩，但不是不能刪。

白天天的經紀人說得那麼直白，所以兩人開始商量剪田瀟瀟的鏡頭。

「待會跟田瀟瀟他們說一下，」導演敲著桌子，想了半天後，抿了抿唇，「讓她明天不用錄節目了。」

希望用田瀟瀟換來秦苒的鏡頭。

兩個導演對視了一眼，連夜策劃怎麼做才能在ＢＯＳＳ來臨前，保存更多秦苒的鏡頭，連晚飯都沒吃。

白天天的房間——

這兩天因為秦苒的到來，白天天鬧出了不少笑話，出道以來，她一直運氣好到爆棚，來到節目組，璟雯對她也非常好，還互關了微博，節目組也非常照顧她。

在昨天之前，她都以為她會爆紅，直到秦苒來了……

白天天一直維持的人設，在秦苒面前崩得徹底，還鬧出了不小的笑話，今天好不容易又找到機會立人設，又被秦苒搞到什麼都不剩，如同一個跳梁小丑。

經紀人跟助理敲門進來，然後關上門：「天天，告訴妳兩個好消息。」

白天天此時正拿著手機，「什麼？」

「第一個好消息，導演跟我說了，因為節目組的疏忽，那道物理題弄錯了，他們決定刪掉物理題的鏡頭。」經紀人坐到她對面，笑咪咪地開口。

白天天抬頭，她確實驚喜，「第二個呢？」

「秦陵的腳忽然間好了，所以秦苒明天不錄節目了，」經紀人壓低聲音，激動地跟白天天道：「我就說了，妳是錦鯉體質，要不然秦陵的腳怎麼兩天就好了？那天妳也看到了吧？他的腳腫成那樣，兩天就好了，簡直不合常理。」

甩掉田瀟瀟之後，經紀人的路越走越順，他越發覺得，跟田瀟瀟解約是他人生中做得最對的一個決定。沒有了田瀟瀟，他的團隊在短期內上升了不只一階，而曾經有點資本的溫姊，因為帶了田瀟瀟，現在一落千丈，似乎連房租都快要付不起了，現在正在找廉價房子。

聽著經紀人的話，白天天鬆了一口氣，她低了低頭，「只是……田瀟瀟她……」

看她這樣，經紀人也低頭看了她的手機一眼，手機是微博的熱門搜尋。

熱搜前三都爆了——

『**秦修塵、言昔互關**』

『秦修塵、言昔共同關注田瀟瀟』

『田瀟瀟』

秦修塵關注的人很多，多關注一個人並不奇怪。主要是言昔這個演藝圈的奇葩，到現在只關注了十個人，現在突然多了兩個，其中一個還是秦修塵，網友們立刻瘋了，更順勢爬到秦修塵、田瀟瀟那裡，這個熱搜就衝上來了。

田瀟瀟的微博粉絲數量一個下午就瘋狂漲了兩百萬，首頁的第一條貼文有二十三萬條評論，都在問這個小姊姊是誰。

白天天現在一則貼文最多只有一萬個評論，看到田瀟瀟這樣，心底還是忍不住嫉妒。

「沒事，」經紀人看了一眼，他倒不在意，「天天，妳放心，她這個人有問題，等不到一兩天就會沒了，這熱度只是一時的，妳不一樣。」

白天天現在也相信了自己的錦鯉體質，聽著經紀人的話，她放心了些許。

與白天天房間內的情況不同，田瀟瀟的房間有些沉默。

田瀟瀟在收拾自己的東西。

「白天天的上頭有人，」溫姊坐在椅子上，手裡拿著一根菸，「剛剛有工作人員告訴我，導演他們連妳家秦苒的鏡頭都要剪。」

田瀟瀟抿唇，聽到自己被要求離開劇組的時候，她也沒什麼失落的表情，主要就是習慣了她的非酋體質。但聽溫姊說到秦苒，她卻有些忍不住了。

「苒苒的鏡頭也被刪？」田瀟瀟把包包扔到桌子上，難掩怒氣，「為什麼？她不是秦影帝的侄女？導演組也敢刪？」

這兩天，秦苒在劇組裡也吸到了粉絲，一些聽到情況的工作人員同情田瀟瀟跟秦苒，告訴了溫姊他們被離開的事實。

「很簡單的道理，白天天上頭有人罩，那個人還是連秦影帝都惹不起的。」溫姊吐了道煙圈。

田瀟瀟抿唇，加快了收拾行李的速度，十分內疚，「昨天還好好的，就是因為我來了吧？我沒想到我會影響到她，溫姊，我們馬上走。我當初就應該聽妳的話，不應該來這裡，」田瀟瀟後悔不已，「溫姊，我覺得我前經紀人說的對，我有霉運，回到京城後我們解約吧。」

她帶來的東西不多，就是秦苒留給她的東西很多，還留了一個行李箱給她，田瀟瀟全都裝進了行李箱裡。兩人也不是什麼大人物，沒戴口罩，連夜離開了飯店。

路過鎮口時，田瀟瀟看到秦苒住的地方只停了一下，就直接離開，不敢去跟秦苒告別。只見一面劇組就要刪掉秦苒的鏡頭，她怕再見一次，秦苒的鏡頭都要沒了。

與此同時，屋子裡，秦苒跟程雋、程木坐在桌旁吃飯。

今天的晚餐很豐盛，秦苒看到了擺在她面前的水煮肉。

程雋放在一旁的手機亮了一下，隨手拿過來看了一眼，修長的指尖捏著筷子，慢吞吞地開口：「喂，妳朋友走了。」

「誰走了？」秦苒夾了一塊水煮肉，沒抬頭。

「那個拉小提琴的，」程雋不慌不忙地看著她，「是被那個劇組的人趕走了，現在正在鎮口攔車。」

秦苒夾著肉的手一頓，抬頭看向程雋，眼眸瞇起：「田瀟瀟？」

手機又響了一聲，程雋低頭一看，「喔，已經攔到車了。」

山路上，十一月的天氣已經轉冷，車窗開著，寒風刮進來，田瀟瀟不由得縮了一下肩膀。

她靠著椅背，剛想睡覺，口袋裡的手機就響了，是秦苒，田瀟瀟立刻接起。

秦苒的聲音聽不出什麼情緒，就三個字：『在哪裡？』

「我在車上，準備回京城。」田瀟瀟立刻坐直，她微笑著，聲音跟以往沒什麼差別：「其實在來的時候我接了一個劇本，現在要趕回去拍戲，時間太趕了，就沒跟妳告別……」

說完，秦苒那邊就「嗯」了一聲，然後掛斷電話。

這時候，廂型車終於動了。

溫姊沒注意外面，只看了田瀟瀟一眼：「沒跟她說妳被節目組趕出來了？」

「苒苒那種性格，不能跟她提。」田瀟瀟端正神色，「妳別看她什麼都不在意，但她記性很好，什麼都記在心裡，我要是跟她提這件事，她肯定會去找節目組。溫姊妳也說了，那個上頭來歷大，連秦影帝都敢得罪，更何況是她？秦影帝……可是秦家人。」

幾個小時後，車子一路晃晃悠悠地到達市內。

早上五點，田瀟瀟跟溫姊趕到了機場。機場的管理嚴格，兩人是七點的飛機，這麼早來是為了過安檢。

排隊領登機證、托運行李的時候，服務人員拿著兩人的身分證看了一眼，然後微笑著打了一個電話，一分鐘，兩個保全就來把兩人帶到了ＶＩＰ貴賓室。

禮貌的機場工作人員還送上早餐咖啡：「兩位的航班已經在安排，十分鐘後就能出發。」

機場的ＶＩＰ貴賓室並不是搭頭等艙就可以待的，頭等艙有頭等艙的休息室，ＶＩＰ是提供給機場特定的人員。第一次進這種ＶＩＰ室，別說田瀟瀟，溫姊都有點慌。

「這是什麼情況？」溫姊呆呆地開口。

田瀟瀟也是一臉呆愣。她低頭看了眼手機，現在才五點，她們的機票是七點的，十分鐘後出發？

十分鐘後，機場的工作人員再度出現，繼續禮貌又恭敬地把兩人帶到航空通道。走了兩分鐘，兩人來到一架私人飛機上。除去駕駛座跟副駕駛座，只有四個座位，還有戴著耳機的駕駛員。

兩人剛被空姊綁好安全帶，飛機就啟動了。

「瀟瀟，這是妳朋友嗎？」溫姊有些駭然地看向田瀟瀟。

溫姊不是田瀟瀟，她年紀大，在演藝圈混久了，知道得更多。有私人飛機不奇怪，但私人飛機能停在千鴻機場，還在重慶機場有限飛令的情況下，囂張地霸占客機飛行通道，這是什麼人？

將近四十分鐘，私人飛機飛到了兩人熟悉的小鎮，停在一個院子裡。

飛行員取下耳機，微笑著開口：「兩位，到了。」

田瀟瀟跟溫妠往外面一看，正是秦苒說過的小院子。

兩人面面相覷，下車，看到剛好站在樓梯上的男人。他對她們的到來沒有絲毫意外，眉宇間雅致毓秀盡顯：「上來吧，她正在吃早飯。」

他側身，把兩人帶到樓上餐廳。

秦苒坐在餐廳椅子上，靠著椅背，手裡還拿著牛奶。看到田瀟瀟兩人，她抬起眉眼，「先吃飯。」

看上去似乎跟平時沒什麼兩樣，但田瀟瀟覺得有些可怕。

「我就知道肯定是妳。」田瀟瀟不如溫妠想得多，她拉開椅子，想坐到秦苒左邊，立刻被溫妠拉到秦苒右邊：「妳找我回來幹嘛？」

「妳跟節目組簽了兩天，沒拍完。」秦苒咬了口焦黃的餅，漫不經意。

田瀟瀟一愣，然後笑道，「秦影帝跟妳說了？我特地沒跟秦影帝他們告別。我能待在節目組一天就不錯了，還跟秦影帝、言天王他們互鬪了。」

「今天的節目七點半開錄，妳們吃完洗個澡，打理一下。」秦苒抬手看了看手機。

「苒苒，我真的不能拍，」話說到這份上了，田瀟瀟苦笑一聲，「其實我都連累到妳了，節目組說要刪了妳的鏡頭，但我這次漲了幾百萬的粉絲，已經很值得了，妳知道嗎？」

看秦苒依舊自顧自地吃著自己的飯，只「嗯」了一聲，還沒什麼情緒。田瀟瀟有點著急，她拿著筷子站起來，「我跟妳說個實話，白天天肯定是節目組的投資人要捧的，妳別跟他們硬槓。別衝動，得罪不起的，因為我，惹到他們也不值得……」

她正說著，程木從外面進來，「雋爺、秦小姐，江少在樓下。」

秦苒在吃飯，沒理會。

啪——

程雋隨手把筷子往桌子上一扔，低斂著眉眼，聲音溫涼：「沒空見他。」

程木在心裡默默為江東葉默哀，然後從桌上拿了一張餅，一邊吃一邊去樓下通知江東葉這個不幸的消息。

樓下，程木咬著餅打開院子的門，看到站在門口還穿著西裝的江東葉，目光帶著同情。

「怎麼樣？」看著他的表情，江東葉的心一下子涼透了，俊美的臉有些扭曲：「不是，你還有心情吃餅？你告訴我，我到底怎麼了！」

江東葉剛到小鎮，聽顧西遲說秦苒、程雋都在這裡就匆忙趕過來了。

「前面兩百公尺左轉再直走，就到了你投資的節目組，」程木吞下一口餅，才不慌不忙地跟江東葉說了一句，「具體情況，雋爺知道，我知道得不多，但都是因為你的節目組。」

江東葉想起秦苒問過的兩遍「白天天」。

他也不跟程木耗了，直接找上節目組。

飯店裡，導演跟副導一整晚沒什麼睡，都在商量該怎麼讓江東葉消氣。早上又憂心忡忡地坐在導播室，還沒說兩句，外面的工作人員就連忙跑過來，臉色大駭，「導演，江總來了！」

「這麼早？」導演一看手機，才六點？是連夜趕過來的？這麼看重白天天？

他心下更慌了，連忙站起來，跟副導往外面走。

工作人員點頭，他嚴肅地開口：「江總的臉色很黑，好像很生氣……」

工作人員每說一句，導演跟副導的心都往下沉一點。

導演看了工作人員一眼，「你去把白天天叫下來。」

工作人員看了他一眼，就去樓上叫白天天。

現在時間還很早，大部分的工作人員都起來了，幾個人站在大廳噤若寒蟬，一句話也不敢說。

江東葉負手站在大廳中央，眸色冷冽，掃了導演跟副導一眼。

他雖然在秦苒、顧西遲的面前很狗腿，但作為江氏一族唯一的繼承人，氣場不可小覷。

副導昨晚說得好聽，但現在低著頭，看也不敢看江東葉。

導演頂住壓力，將江東葉請到昨晚整理好的接待室，「江總，您請進。」

其他人都站在原地不敢開口，半晌，等江東葉進去了，其他人才重重鬆了一口氣。

接待室內，江東葉按著眉心，坐到沙發上：「節目組最近是什麼情況？」

導演恭恭敬敬地幫江東葉倒了一杯茶，低著頭開口：「江總，您放心，白天天的事情我已經處理好了，她算物理題的鏡頭肯定會刪掉。」

「白天天？」江東葉眉心緊鎖。

導演聽他的語氣，似乎有越來越冷的態度，連忙道：「至於秦影帝侄女的鏡頭，她的鏡頭能為節目組帶來巨大的收益，您是投資人，肯定也希望受益。但如果您真的不想要這些鏡頭，我們也可以刪掉。」

昨晚導演列舉了一系列的收益，想要給江東葉看，但這時候江東葉這麼不冷靜，導演組提都不敢提。

江東葉找到了一些苗頭：「秦影帝侄女？」

「對，昨晚我們已經商量過了，秦苒的大多數鏡頭可以刪，但言天王的不能，所以她還需要保留一些鏡頭，不然言天王就無法解釋……」導演匆匆忙忙開口。

江東葉「砰」地一聲摔下杯子，抬眸看向導演，溫吞的臉上瞬間僵硬：「再說一遍，你要刪掉誰的鏡頭？」

江東葉的表情跟聲音很不對勁。

導演抬頭，「就、就是秦苒啊。」

江東葉不是傻子，但是他萬萬沒想到——這祖宗竟然閒得沒事來錄節目了，不巧還正是他投資的節目，節目組還要刪掉她的鏡頭……

但是會讓秦苒這麼生氣，肯定不是因為這種事，她對鏡頭可能不在意。他抹了一下臉：「你們把白天天跟秦小姐的事情從頭到尾跟我說一遍，一件事也不能漏。」

導演也震驚了一下，他注意到江東葉叫的竟然是……秦小姐？

事情峰迴路轉？

兩人對視了一眼，然後導演把秦陵、田瀟瀟、言昔還有白天天的事情從頭到尾詳詳細細地說了一遍。

「所以你們把秦小姐請來的田瀟瀟趕出去了？」江東葉看了導演一眼，點點頭，「很好。」

秦苒、秦修塵跟言昔自帶的流量和要捧的田瀟瀟，都被導演組一句話都不說就趕出去了。
江東葉握緊手機，站起身來，看了導演組一眼：「不想被封殺的話，趕緊站起來，安排接下來的事。」
「封……封殺？」導演張口。
江東葉冷笑，他瘋狂地抓著腦袋：「別說你們，這件事處理不好，我都要完蛋了！你們沒事為什麼要把那祖宗捧的人趕出去？她還是用自帶的流量捧人，活得不耐煩了！」
江東葉懶得管呆愣在原地的兩人，拿出手機打了一通電話給顧西遲。
兩分鐘後，顧西遲涼涼地回了一句，『今天錄節目的地點傳過來。』
江東葉一聽，鬆了一口氣，看起來秦苒還願意理他，那就好。
他看了兩個導演一眼：「還愣著幹嘛？快去準備今天的節目，田瀟瀟會參加，你們知道怎麼做了吧？」
副導反應過來，他比導演要傻一點，「那捧白天天的劇本……」
「白天天？」江東葉已經知道江氏在捧白天天了，他也不回應副導，直接打了通電話給高層，眉眼斂起，「是哪個傻子在捧白天天的？」
高層現在剛起床，被江東葉這暴怒的話一吼，忽然清醒，想起這個人：『江總，不是您親自過問白天天的事情……』
「那是因為秦小姐提了她一句，我才問你們有沒有這個人，你們給我自作聰明？」江東葉恨不得當場出現在高層面前，揍到他認不得他親媽！

兩個導演恍恍惚惚地聽完好長一段對話，然後對視了一眼，原來……所有一切都弄錯了？江氏捧白天天的人設只是個烏龍？還是因為秦苒鬧出來的烏龍？

不等江東葉再說什麼，導演立刻上道地發誓：「江總，我們一定會好好捧田瀟瀟，將功贖罪！您放心！」

樓上，白天天房間裡，經紀人激動得渾身顫抖，「江總來了，導演讓妳下去接待。天天妳換件衣服、化個妝，我們趕緊下樓！」

「江總？」白天天正閉著眼睛，任由化妝師幫她上妝，聞言，睫毛顫了一下。

「就是我們的江總，聽說導演連秦影帝都沒叫，直接讓妳下去接待。」經紀人的手指還抖著，催促著白天天換衣服，「妳穿好看一點，天天，妳這次真的要一步登天了。」

江氏，別說是演藝圈，就算在整個京城也能搆上金字塔頂端，是當之無愧的演藝圈霸主。他們要捧的人，就沒有捧不紅的，他們出品的節目，就沒有被扣下的。

聽到江總，白天天也忍不住了。她在江氏見過江東葉，對方高大俊美，溫文爾雅，是醫生出身，也拿到了京大的經濟學博士學位，最重要的是潔身自愛，從來沒有花邊新聞，是演藝圈中排名第一的鑽石王老五。

白天天連忙起身，她今天本來要穿運動服走人設，此時也去換了件天藍色裙子，為了避免不美觀，也沒穿外套，化好妝就匆匆下樓。

今天的綜藝節目依舊是七點半開始錄，他們下來的時候，已經是七點一十分。

導演跟江東葉等人剛好出來。
白天天跟經紀人一眼就認出江東葉，兩人往前走了一步。
臉色一直很差、很冷的江東葉看到他們，似乎頓了頓，臉色變得溫和起來，徑直朝他們走來。
白天天緊張得身體都繃得很直，手抓著兩邊的裙子。
江東葉離她兩步遠時，她張了張嘴：「江……」
一句話還沒說完，江東葉直接越過她，禮貌地跟從樓梯上走下來的秦修塵打招呼：「秦先生，您好。」
還微微彎了腰，態度十分嚴謹，帶了些敬意。
還用了「您」？
江東葉和秦修塵認識，但是兩人不熟，尤其是秦家退出了四大家族，論現在的地位，秦家甚至沒有江家高，秦修塵手中更沒有實權。就算是秦四爺，以現在江家在程家一脈的地位，江東葉都可以無視。
江東葉突然對自己這麼尊敬……秦修塵薄唇微抿，漆黑清亮的眸子略顯疑惑，垂下眼瞼，遮住眸底的神色：「江總。」
心底更是詫異，原來這個節目是江氏幕後投資的，只是江東葉怎麼會來？
秦修塵心底詫異著，江東葉的目光轉向他身後的秦陵。
「小陵，你的腳好了吧？」江東葉又蹲下來，看了看秦陵的腳，「看來你顧哥的藥依舊非常有用。」

「江大哥。」秦陵在校醫室見過江東葉，與陸照影、江東葉等人都很熟，抬頭：「你是來找我姊姊的？」

江東葉含糊不清，「算是吧，節目要開錄了，走吧。」

他帶著秦陵等人一起往外走，卻不知道，兩人略顯嫻熟的對話讓大廳裡除了導演以外的其他人十分震驚。

節目依舊是從飯店開始錄的，璟雯也正好從樓上下來，看到這一幕，她忍不住走到秦修塵身邊，捂住領子上的麥克風，「秦影帝，你們家小陵怎麼會認識江總？」

秦修塵現在也不清楚情況，只抿唇，跟上去，「不清楚。」

一行人出去，只有白天天跟她經紀人還站在原地，還有一個攝影師，十足的新人待遇。以往白天天都是跟秦修塵一樣的待遇，一直有五個攝影師跟拍，力保全角度都有。

經紀人有些不安，他看著往攝影棚走的副導，追上去，臉色似乎很惱怒，還帶著質問：「你們不是說要讓天天接待江總……」

這幾天，經紀人發現導演組對他跟白天天很有禮貌，以至於現在他的態度很強硬，不然昨晚也不會「偷罵」田瀟瀟，讓節目組逼她離開。現在跟副導說話，他理所當然地用了之前的語氣，哪想到，以往對他說話十分客氣的副導此時只是淡淡地看他一眼，「江總不用你們招待。」

「那天天的攝影師是怎麼回事？一個不夠。」經紀人擰眉。

聽到這句，副導瞥他一眼，似笑非笑地開口，「白天天的攝影師去拍別人了，當然，你們要是覺得不夠，可以不拍。」

副導說完，直接去了樓上。

經紀人往後退了一步，不敢多說，看到劇組的車真的要開走了，他連忙讓白天天上車。

白天天進入劇組以來，一直是專車待遇，此時卻跟工作人員擠在一起，她還穿著露腿的裙子，十分不習慣，更重要的是今天導演的態度，讓恐慌聚攏著她……

節目拍攝地點——

秦苒跟田瀟瀟提前到了。田瀟瀟下車，往四周看了看，這裡是一處剛開發的風景區，看樣子是個園林，只是全員封鎖，沒幾個人。她還看到了節目的牌子，意識到這是錄節目的地點，立刻抓著秦苒要走：「苒苒，妳怎麼帶我來這裡！這裡是節目組的錄製地點……」

眼睛一抬，就看到了節目組的車，田瀟瀟眼睛一瞪，「糟糕，苒苒，我們快走，妳不會真的想得罪節目組背後的人吧？」

秦苒雙手環胸，漠然地靠著一棵樹，一動也不動。

節目組的廂型車一輛一輛停下，為首的車上走下一個穿著西裝的男人，面容冷肅，氣勢凜然。身後跟著節目組導演，臉上帶著恭敬又討好的笑，而後面下來的秦影帝、璟雯等人都跟在那男人身後。

田瀟瀟朝那邊一看，能讓這些人這樣對待的，應該就是溫姊說的……節目組幕後ＢＯＳＳ。

「苒苒，我們先……」田瀟瀟沒想到秦苒這麼倔強，她完全拉不動。

一句話還沒說完，節目組幕後的ＢＯＳＳ就朝這邊走來，臉上的冷硬嚴肅一掃而空，首先認錯，

「秦小姐，讓妳久等了！」

他的目光在周圍轉了轉，在現場看到一張椅子，連忙搬出來，放到秦苒身邊：「妳站得累不累？先坐。」

「啊，妳渴不渴，需不要需要喝水？」

導演沒想到冷硬的上司一瞬間變成了這樣……但他也很快就反應過來，小跑到車上拿出乾淨的杯子跟水，剛要倒，就被江東葉一把搶了過去。

導演抬頭，江東葉冷冷掃他一眼：「你想幹嘛？」

江東葉一向識時務，求生欲更激發了他的速度，臉色看起來很猙獰。

導演被嚇得放開手：「江總，您……您請。」又立刻往旁邊退了三步，脊背上更不斷有冷汗冒出來。

一開始聽江東葉叫「秦小姐」的時候，他還沒有這麼驚恐，現在看到江東葉的態度，他是著實驚駭了……他原本以為江東葉那句「我都要完蛋了」是危言聳聽，眼下看江東葉這架勢，絕對不是危言聳聽。導演意識到，如果秦苒真的要計較，他們節目組除了秦修塵、秦陵以外的人，包括江東葉都會完蛋。

京城這個圈子，尤其是演藝圈，所有人都走得戰戰兢兢，生怕自己一不小心就得罪了不該得罪的人。可導演沒想到，他謹慎了大半輩子，最後竟然得罪了一個連江氏都得罪不起的！

一直以為秦苒只是秦修塵侄女的導演，戰戰兢兢地回想這兩天除了田瀟瀟，他有沒有其他地方得罪了秦苒。

在他身邊的江東葉這才收回目光。去年跟顧西遲去過美洲一趟，他也見識了不少世面。不說程雋、程家現在在京城的地位，單論美洲彼岸莊園，以及把他跟顧西遲都嚇到崩潰的鑽石大老，江東葉現在都不想再回憶，更別說那次在擂臺上，秦苒跟唐輕打完之後裂開的一條縫……

江東葉發自內心地對秦苒表示深深的恐懼。這次無意中，似乎真的惹她生氣了，連程雋都懶得理他，更別說他知道秦苒的脾氣暴躁，剛剛在休息室打電話給顧西遲的時候，顧西遲也不太想理他……

江東葉仰了仰頭，覺得不把幾個老大罩著的祖宗伺候好，他回京城就快完蛋了。

想想那些年被程雋支配的恐懼，他在心底把手下的工作人員又罵了無數遍，然後十分熟稔地倒完水，轉身遞給秦苒。這套用在顧西遲那裡的動作，他現在做起來順暢無比：「秦小姐，您覺得可以嗎，燙不燙？還是有點涼？」

見到秦苒頓了幾秒，終於接過杯子，江東葉鬆了一口長長的氣，這時才看向田瀟瀟，瞬間又變得溫雅起來，臉上是恰到好處的歉意：「妳就是田小姐吧，抱歉，因為手下員工的問題，讓妳受驚了。都是個誤會，接下來的節目……」

田瀟瀟：「……」

後面的話她沒聽下去，因為她現在確實受、驚、了。

江東葉看了看導演的方向，導演秒懂，朝剩下的攝影師一揮手，五個攝影師的鏡頭全都對準田瀟瀟，一個都不落。

秦苒也不是來耽誤節目組拍攝進度的，現在已經七點半了，她就拿著杯子往旁邊走，走出田瀟瀟的鏡頭範圍之外，讓出拍攝場地。

江東葉從昨天晚上繃到現在的精神，現在終於鬆了下來。

「我就說怎麼沒看見瀟瀟，原來是提前過來了。」節目已經開始錄製，璟雯也從震驚中回過神，她爐火純青的演技再次成功地掩蓋了臉上的表情，語氣如常地跟田瀟瀟說話，並將其他幾人成功帶入節目中。

言昔氣定神閒地走過來，與昨天沒什麼兩樣地跟田瀟瀟打了招呼，還問她能不能把她的那首原創音樂寄給他。

節目慢慢進入正軌。秦修塵年少成名，在演藝圈打拚這麼多年，什麼大事沒經歷過？

他不動聲色地看了眼江東葉。江東葉跟秦苒認識暫且不提，主要是以江家現在的地位，江東葉沒必要對程家以外的其他人這樣。

秦修塵自然也能想到剛剛在飯店，江東葉會對他這麼禮遇肯定是因為秦苒。

「秦影帝？」璟雯看向他，壓住麥克風，「你在想你侄女？」

秦修塵點頭，精緻的眉目微斂，喃喃自語：「嗯，我在想她還能不能看上秦家……」

原本他以為讓秦管家看到秦苒，秦苒可能會回到秦家，或許還能把秦家拉回來，畢竟秦家雖然落魄，但也不是其他家族能比的。而且，在京城混總要有個底牌，秦家不強，但也能做秦苒的後盾。現在，比起江家，他寧願不讓秦苒回秦家……

「什麼？」璟雯沒聽清。

秦修塵搖頭：「沒事。」

他抬手不緊不慢地接過璟雯遞過來的任務卡，若有所思。

璟雯點點頭，手還壓著麥克風：「你侄女……有點怪啊。」

秦修塵掃她一眼，一頓：「妳才怪！」

璟雯就換了一個形容詞，「我是說神祕，神祕。你說她一家被拐走了那麼多年，在外面都做了些什麼？」

秦修塵低頭看任務卡，不理她。

江東葉落後秦苒一步，節目組開始拍攝了，他壓低聲音，問得小心翼翼：「秦小姐，我們回去嗎？」

這件事可以算了吧？

秦苒把杯子放在節目組的桌子上，深色的雙眸瞥他一眼，不冷不淡，這才漫不經心地「嗯」了一聲。

她剛側身，要從旁邊繞過去，節目組拍外場的二十幾個工作人員馬上用平生從未有過的速度，讓開了一條寬闊的通道。

秦苒：「……」好吧。

她從讓出來的一條路往回走，眾人的目光都不由自主地朝兩人看去。

這才發現，不遠處停了一輛黑色的車子。

江東葉先拉開後座的門，待秦苒進去了，這才坐上副駕駛座。

他剛坐進副駕駛座，就看到駕駛座上的程木嘴裡叼著根棒棒糖，面無表情地看著他，還打了個招呼：「江少。」

江少……江少現在十分想跟他打一架。

拍攝現場——

看到那輛黑車開走了，導演這才抹了一把額頭上不斷沁出來的冷汗，讓八百個攝影機對準田瀟瀟。在節目錄製的中途，還對田瀟瀟噓寒問暖。

以往被節目組關懷的白天天，此時穿著齊膝裙，一雙腿露在空氣裡，寒風襲來，她身上都起了雞皮疙瘩，卻絲毫不敢跟導演組提要回去的要求。

她怕她回去了，今天就真的一點鏡頭都沒有了，只努力地看向自己的經紀人。

然而，她的經紀人卻一直怔怔地看著被眾人圍住的田瀟瀟，沒有發現到她的狀況。

一直覺得自己有錦鯉體質的白天天終於有點忍不住了。她想破了頭，也沒想到究竟哪裡出了問題，田瀟瀟是抱上了大腿沒錯，但是跟她的錦鯉運氣有什麼關係？

今天節目組的氣氛跟以往不一樣，連承受能力強大的秦修塵都難以避免。但也有兩個人依舊與以往沒什麼兩樣，一是秦陵，他是秦苒的弟弟，其他人能接受，第二個則是言昔，他看到江東葉，是除了秦陵之外，唯一一個從頭到尾不用演技就能保持淡定的一個人。

璟雯想想他跟秦苒的關係後，也不敢對言昔稱兄道弟了，玩笑都不敢開得太過分。

節目組的人群中，秦修塵的經紀人忍不住找上汪老大。

一直跟組的秦修塵經紀人昨天就跟汪老大混熟了，兩人還交換了微信。知道秦修塵是秦苒的叔叔，汪老大對秦修塵的經紀人也十分有禮貌。

「你們言天王也跟江總很熟嗎？」經紀人看了汪老大一眼，詢問。

汪老大搖頭，直言不諱：「不熟。」

「那……」言昔這麼淡定？真的跟網路上傳的一樣情商低？

汪老大似乎看透了經紀人的想法，想想秦修塵是秦苒的叔叔，不敢插科打諢，只道：「你知道我們言昔一路坦蕩吧？」

經紀人點頭，「對，因為你們粉絲多，還有神編曲，在樂壇的影響力前所未有。」

神級編曲江山邑，在圈內神龍見首不見尾。

「對，神編曲，」汪老大抿了抿唇，壓低聲音：「不少歌手總是花大錢查我們江山老大，知道為什麼沒人成功嗎？」

經紀人覺得自己發現了演藝圈的頂尖機密，也湊過頭，小心翼翼地問：「你說。」

「因為她是雲光財團的人。」汪老大看著他，靜靜開口。

—下集待續—

高寶書版集團
gobooks.com.tw

CP Capt CP010

神祕主義至上！為女王獻上膝蓋　第二部3

作　　者　一路煩花
插　　畫　Tefco
責任編輯　陳凱筠
封面設計　林檎
內頁排版　彭立瑋
企　　劃　黃子晏

發 行 人　朱凱蕾
出　　版　三日月書版股份有限公司
　　　　　Printed in Taiwan
地　　址　臺北市內湖區洲子街88號3樓
網　　址　www.gobooks.com.tw
電　　話　(02) 27992788
電　　郵　readers@gobooks.com.tw（讀者服務部）
傳　　真　出版部　(02) 27990909　行銷部 (02) 27993088
郵政劃撥　50404557
戶　　名　英屬維京群島商高寶國際有限公司台灣分公司
發　　行　英屬維京群島商高寶國際有限公司台灣分公司 / Printed in Taiwan
　　　　　Global Group Holdings, Ltd.
初版日期　2023年10月

本著作物由起點中文網科技有限公司授權出版。

國家圖書館出版品預行編目(CIP)資料

神祕主義至上!為女王獻上膝蓋 第二部/一路煩花著.-- 初版. -- 臺北市：英屬維京群島商高寶國際有限公司臺灣分公司, 2023.10-
冊； 公分. --

ISBN 978-626-7152-96-6 (第3冊：平裝)

857.7　　112013686